二嫁得好 2

文創風 391

小餅乾 著

目錄

第二十三章 動亂 005
第二十四章 爭執 019
第二十五章 生機 033
第二十六章 置辦 043
第二十七章 喜脈 065
第二十八章 書院 079
第二十九章 歸家 105
第三十章 穿幫 119
第三十一章 行情 149
第三十二章 宴客 171
第三十三章 酒後 185
第三十四章 上峰 199
第三十五章 事成 207
第三十六章 追妻 233
第三十七章 方府 247
第三十八章 定錘 263
第三十九章 過年 273
第四十章 吉日 295
第四十一章 迎親 311

第二十三章 動亂

正月二十二。

楊家村有一戶人家拉著牛車，車上載著糧食，打算拉到鎮上去賣。糧價大漲。

那戶人家拿不了主意，又整車地拉回來了。

這不，好多人家都聚在里正的院子裡，求個真相。

里正也是聽說了，今年要是收成不好，鎮上的鋪子便收不上糧，不只南下鎮，近鎮子的都會如此。這農戶都恐慌了，那些大戶人家自然寧願把糧放在糧倉裡，若是萬一啥的，畢竟大戶人家裡最多的就是人。

「這事兒我也做不得主，這今年收成如何，到底還是看老天爺的。這讓我來說，我也說不上來啊，這事兒不都是自家決定的？」這賣糧不賣糧的，里正確實是做不了主。楊家村村民來尋里正，也只是想找個心安。

這糧價已經漲到了一兩銀子只能買到五石糧。

楊家村的那些人坐不住了。眼看著稻種已經挑好了，再過一個月就能種下，有幾戶家裡頭糧食寬裕的，就拉去鎮上給賣了。

又等了一個月，沒有下過一場雨。

一兩銀子只能買到了四石糧。

這是十幾年來都沒有過的價兒，就是里正家都坐不住了，聽說是賣了八石糧。

阿土娘也來尋田慧說話，不過她只是說說，畢竟心裡頭就是著急也沒用，橫豎她做不了主。

「我公爹聽說了這糧價，也在張羅著往鎮上賣糧了。左右這稻子也種下了，就是辛苦些去康河那兒挑水，也會有收成的。」

「這事兒妳公爹他們自有打算，妳就放心吧！」

錢氏那兒也正爭執著，楊全中堅持要把糧拉去鎮上給賣了些，只是錢氏不肯。

「休想！若是真碰上乾旱，你讓我們娘兒幾個一個個都去討飯？你這人的心被銀子給占滿了，左右咱家都是吃喝不愁的，大不了別人家都有銀子了，咱家還是這般過。」錢氏拍桌子不同意，那是死也不同意。

「妳出去瞧瞧，村子裡哪戶人家現在不賣糧的？就是阿土他家、里正家都賣糧了，除了慧娘那兒，她一個大門不出的婦道人家，哪知道這世道？不行，這事兒一定聽我的，錯過這個村，就沒那個店兒，咱家的糧食可是裝滿了糧倉，妳要看著這糧食都發霉，放著家裡賣不出去？」楊全中難得地說了重話，這若是糧食都在糧倉裡爛了、發霉了，他要嘔死的。

僵持不下！

「妳若是給個理由，我就聽妳的！」楊全中難得強勢一回。這不是旁的事兒，這是賣糧的大事兒，田裡糧食一直都是他負責賣的。

錢氏也說不上來。「我感覺，感覺還不是時候，你若是硬要去賣糧，把我氣著了、氣病了，我也不想好了。」錢氏低頭幽幽地哭起來。

一哭都鬧上了，楊全中到底還是不忍心就為這事兒氣著錢氏，所以自己氣著，還氣得不輕。

只半口，糧價大跌，從一兩銀子只能買到四石糧，到一兩銀子能買到五石。

不過還是有好多農戶排隊要賣糧，大戶人家從糧鋪收了不少糧，漸漸地，來問糧價的農戶多了不少，糧行商會報出一兩銀子收五石糧。

越是跌得厲害，就越有人趁著現在比往年都還賺錢，只想著趕緊賣了。賣完糧，就能回去好好地伺候田地，爭取今年能多產糧。

直到過完了立夏，四月初八，接連下了三天的雨，秧苗都喝夠了水。

這糧價也穩定了，一兩銀子收五石半的糧，就是這樣的價格也比往年高了。

楊全中的臉一直陰了好些日子，就是見著田慧，也沒個好臉色，田慧自然是清楚這是怪著她呢，很識趣地不往楊全中面前湊。

對於田慧來說，她只是圖個心安，僅此而已。

錢氏這會兒正在娘家待著呢，誰也沒帶，就自己一個人窩在錢老爹的那個菜園子裡。

錢老爹對這個閨女是又疼又怕，生怕她禍害了這些菜。因為，錢氏的臉色真的不大好，可她身子倍兒棒，那就只有心情陰暗了。

錢老爹摀著胸口，受傷地對錢氏說道：「乖囡，這是咋的，妳都來一天了，啥話也不說，妳爹瞧著心裡難受得緊。」

錢氏瞥了眼錢老爹，轉個身不去理他。「心裡頭煩著呢，別搭理我。」

錢老爹在石凳上放布墊子，穩穩地坐了下來。「那就是我那老實疙瘩的女婿氣著妳了？」

錢氏不說話。

「那塊老實疙瘩不是一向聽妳的話嗎？啥事兒還能讓他把妳給氣著了？」錢老爹問著問著就來了興致。

「爹，咱家的稻子都賣了嗎？」一回娘家，只顧著生氣，錢氏倒是忘記問這個事兒了。

錢老爹搖搖頭。「沒呢，賣那幹麼？」

一聽這話，錢氏頓時來了勁兒，在錢氏的印象中，她爹做的事兒就從來沒有錯過。

「爹，真沒賣啊？」

「沒呢，妳大哥倒是想賣糧，被我舉著枴杖揍了一頓，就沒人敢提了。」錢老爹做了個揍人的動作，惹得錢氏咧開了嘴。

「大哥就是欠揍呢！您早就應該收拾大哥一頓。二哥和三哥都好好的，就他折騰出來那許多的事兒。」錢氏對她大哥不滿很久了，慫恿著她爹多揍幾頓。

錢老爹瞪了眼錢氏。「妳大哥都是做爺爺的人了，若非必要，我管他那麼多做啥！」

「楊家那塊老實疙瘩，正跟我嘔氣呢。我不肯賣糧，又是哭又是鬧的，就差上吊了，總算是讓他歇了心思。這不，心裡怨上我了，那可是大筆的銀子，平白能多一年的收成。」說不心疼，這都是假話，錢氏心裡頭其實也不好受，只是直覺地認為不應該賣糧，又說不上來為啥。

「妳上回跟我說的那個慧娘呢，她如何了？」

錢氏看了眼她爹，不明白為啥有此一問。「呃，慧娘好似挺好的啊，該幹麼就幹麼啊，糧也沒賣。說起來也古怪，這糧價都漲到一兩銀子四石，竟是半點兒不心動，半點兒賣糧的心思都沒有，每日吃得香、睡得好的，可是羨慕死我了！」

錢老爹也不急著說這些，反倒是說起古來了。「我跟妳娘生了五個兒女，原本妳還有個姊姊，可是沒養活。別人都道我特別疼妳，是因為妳姊姊沒養活，就獨疼妳這個閨女。妳這一輩，妳二哥也算是遺傳到我一些，不過就數妳最像我，可惜嫁到楊家村去了，也不說多的，以後等爹老了，妳就多幫襯妳三個哥哥一把。」

「爹，您說啥呢！您身子好著呢，再說我能有啥本事兒，您可別嚇我啊，我這人膽子小。」錢氏一聽她爹說的，似是交代後事，她可不愛聽。

看閨女的樣子，錢老爹知道多說無益，便擺手道：「行了，就妳那牛膽可別蒙我。既然來了，就陪著我種幾天的菜吧，讓那塊老實疙瘩也嚇嚇，沒得不把我乖囡放在眼裡了！」

就這樣，錢氏隨著錢老爹日日在菜園子裡，日出而作，日落而息。

第五日，楊全中就領著楊知故來了楊柳村。

錢老爹逮著楊全中就是一通罵。「你這疙瘩開竅了是不？我當初怎麼跟你說的，讓你別賣糧，若是時機對了，我會讓你二哥、三哥去跟你說的，咋的了，這是不把我放眼裡，我的話也不聽了？我看你是覺得我這話不中聽，還學會跟我乖囡擺臉色，疙瘩開竅了哇！」錢老爹當著外孫的面兒，把楊全中罵得狗血淋頭。

自己的這個老岳父，可真能打下手的、說動手就能動手的主兒！楊全中跟錢氏賠了不是，又保證不會打糧食的主意，又幫著老岳父幹了幾天的活兒，才被人放了回去。就是心裡頭原本還有那麼一絲絲的怨氣，也被錢老爹收拾得乾乾淨淨，楊全中只記得要討好錢氏了。典型的欠收拾。

其實這也不能怪楊全中憋了那麼久的氣兒。

不說旁的，就是楊全中的二哥楊全成，沒少在自己面前說，他今年賺了十兩，把欠著自家的二兩銀子也都給還上了。

楊全中想著自家糧倉裡堆滿了糧，急得滿嘴的血泡。

但在楊柳村，吃了幾日的蔬菜，又幫著幹活，這血泡還真的下去了。

錢氏高高地端著架子跟著楊全中一道兒回去了，不過楊知故被留了下來，幫忙打理菜園子，吃住就跟著錢老爹一道兒。

最近一連下了三天的暴雨，就是康河的河面也上漲了。

田慧想著上山去瞧瞧那條小溪的水是不是漲了，會不會有魚。

雖然都住過大半年了，田慧也不清楚，為啥這每年上山的人那麼多，可是從沒聽人說起過山上有小溪，就是那山洞外面，也都是跟他們從前一樣沒人知道，不過田慧一直記得老道兒說的話，不靠近山洞。

即便心癢癢的，想再去瞧瞧，田慧也硬是按捺住好奇心。

她繞著路，朝著小溪走，並沒有聽到半點兒水聲，待得走近了，也只見河床上濕濕的，卻沒有水流流過。

這都下三天的雨了，沒道理啊。

田慧有些不敢相信自己看到的，就是山腳下，也有不少溪水流出來。

等到田慧下山的時候，正好碰見了阿土娘。

「我剛剛去尋妳了，還說妳去哪兒了呢，這麼早就往山上跑了啊？這雨後蘑菇多呢，一道兒去摘蘑菇吧，妳不是喜歡吃這些東西嗎？」

田慧想也不想地點頭應了，年前採的那些蘑菇，早就被田慧放湯啊啥的，給吃了個乾淨。「行啊，妳等我會兒，我這就回去拿個背簍。」

「妳別老是採那黑不溜秋的啊，這地上的蘑菇多採點兒，那東西滑不溜丟的，不好吃。」看見田慧在那兒猛採木耳，阿土娘忍不住道。

摸著田慧的良心說，她也真的不喜歡吃黑木耳，況且光是想想就知道秦氏是不捨得放糖的。想想，黑木耳湯不放糖，就在那兒乾喝水，嚼著黑木耳，光想著就跟作噩夢一樣。

「這東西好處多著呢，這可比這蘑菇缺多了，咱這一路走過來，也沒見著多少。益氣強身，養血駐顏，潤滑腸道，總之好處多多，咱女的多吃是不會錯的。」田慧細數黑木耳的好處。

「看來我是沒這種命，慧娘妳多採點兒吧，回頭我到妳那兒蹭點兒吃吃。」說著阿土娘已經採完了那一片的蘑菇，幫著田慧採起了那黑不溜秋的東西。

田慧也不多說，知道阿土娘這是出來採蘑菇的。

正如田慧想的，往年採蘑菇的人多，阿土娘就是黑木耳也會採回去的，但出力不討好，後來阿土娘寧願有時候採不滿一簍子，也不願意讓人說自己拿這些東西充數。

「今年也是奇了，這上山的人怎麼就那麼少？」阿土娘每回上山來，除了背著簍子，還會多帶個布袋子。

田慧也早就注意到了。「可能糧食賣得都不錯，就不急著上山來了，所以咱趕了個早唄……」

說起這些，阿土娘他們家就多賺了不少的銀子。「慧娘，你們就不賣點兒糧？」不過說這些都晚了，現在這糧價也不算是高了。

「秦嬸子現在只有兩畝地，就是我的，也只有兩畝，這不留著那麼點兒糧，明年就該挨餓了。」這話阿土娘不是沒問過，田慧也知道她這是關心自己家，所以耐心回答了。

「妳說若是秦嬸年前的那些糧，沒賣了那該多好！」光這事兒，村子裡就沒少人拿出來說道，有的甚至還說都是田慧住進了秦氏的院子裡，所以擋了秦氏的財運。

也虧得秦氏根本就不愛聽這話，半點兒不眼紅前段時間猛漲的糧價。

用秦氏的話說。「我現在的日子就跟偷來似的，還有啥不滿意的。」她確實不在意這些，否則也不會把田地交給族裡管著。

海嘉九年，對於大乾國南部的農戶來說，是個動盪的一年。

了。

原因無他，只因糧價漲漲跌跌，直到秋收的時候，跌回一兩銀子六石糧，自此是穩定了。

對於楊家村來說，大多數農戶都嘗到了甜頭。越是嘗到甜頭的人，哪會甘心。只是他們想到等著來年開春，這糧價自然會像今年一樣上漲，故也不是特別擔心，照樣歡歡喜喜地過大年，買魚買肉。

不過，大乾國的中部，卻是受災嚴重，大乾國國力雄厚，國庫充盈，皇上大筆一揮，撥糧！撥稻種！

南下鎮的糧價，自此跌回一兩銀子六石糧。

楊家村的農戶急了，等到了播種的時候，糧價才上漲到了一兩銀子五石半，而且據說每日只收五百石。南下鎮上的每家糧鋪都如此，自此，每日都有農戶一大早就排著隊，等著糧鋪收糧，不過這糧價一直穩定在一兩銀子五石半。

雖不知道糧鋪每日收進去多少糧了，他們也只盼著能收到自己的糧就好。

海嘉十年，雨水比照著去年的來。

錢氏家已經壓了兩年的糧。

秋收前兩個月，錢氏家開始賣糧，一兩銀子四石半，賣的是海嘉八年那年秋天收上來的糧，陳糧也賣出了大價錢。

因為已經可以看到今年的收成，恐怕比去年還不如。

這時候，鎮上能賣糧的，除了大戶人家，就只有一些農戶。

秋收後，就是田慧和秦氏的四畝地，兩女人兩小孩，收成勉勉強強只能混個半飽。連著兩年的少雨水，若不是莊戶人家勤奮，怕真的要顆粒無收。

糧價一直保持在一兩銀子四石半，不過楊家村的農戶，沒有去賣糧的。

有時候，銀子再好，也得有命花。

就如阿土家，田地雖然是多，但是人口相對來說也多。十幾畝地，只能讓一家子九口人勉勉強強吃飽，更何況不曉得來年的收成如何，那也得勒緊褲腰帶子，省著吃。

一乾連三年！

糧價一路飆升，大乾國的皇帝就是想開倉放糧，也有心無力，糧倉早就空了，朝堂上一片混亂。

一兩銀子一石半糧，楊家村騷動了！

錢氏的妯娌柯氏，也是田慧的前婆婆，盤算著家裡的糧食，硬是拖去賣了十兩銀子回來。

不用說柯氏，就是錢氏都坐不住了，若說村子裡誰家的糧多些，明面上除了里正家，旁人不知底細的，大概就數錢氏家裡頭還藏著糧了。

田慧這日等太陽落了山，才來尋錢氏說話。「嬸子若是您信我，差不多就該賣糧了。我過幾日就去鎮上賣糧，想讓知通兄弟幾個跟我一道兒去。」

錢氏坐立不安。「不過這糧價應該還會再漲啊——」錢老爹也已經賣糧了，在糧價是一兩銀子二石糧的時候。

錢氏只是看著田慧沒動靜，咬咬牙也就不急著這一時，想看看田慧如何。

田慧搖搖頭。「咱小戶人家，存著再多的糧，終究是個禍害，這糧價已經很高了，若是不知足，怕是會惹禍上身。」

第二日，楊知通陪著楊全中一道去了鎮上，隨後就來了五、六輛的馬車。

隨後，里正家也開始賣糧。

楊家村裡的人熱火朝天地賣糧，大多數農戶裡，都已經沒有存糧，只是將自家的口糧摳出一些來賣。

過了三日，誰也沒有注意到，從秦氏的小院子裡拉出了一輛牛車，載著糧食往鎮上去。楊家村的，或許是瞧見了，可是誰也沒有在意，誰家不想著趁這個機會多賣點兒糧，反正靠山吃山。

田慧鎮上宅子裡的糧食雖說是陳糧，但是田慧每年都有去住上幾日，曬曬糧食，倒也保存得不錯。

錢氏從沒有見過那麼多的銀子，見到田慧幾人從鎮上回來了，這人都抑制不住地顫抖。「這可如何是好，這麼多的銀子放在家裡頭如何是好？」

說不緊張，那是假的，田慧也從沒見過那麼多的銀子，若不是早就託人給陳府打過招呼，田慧只怕被人坑了。田慧和楊全中的糧，都是賣給了陳府的糧鋪。

兩家人商議了一番，就開始過著低調的日子。

楊全中一家完全就暴露在楊家村的視野裡，不過楊家村的大多都是自己族人，就是有些歪心思，也沒處兒使，楊家有三個兒子，兩個閨女又都是嫁到了鎮子上的。羨慕嫉妒恨！

也幸虧楊全中大張旗鼓地賣了糧，人人都道楊三叔家現在也沒有糧了，要不然這兩個嬌滴滴的媳婦怎麼會每日都上山摘野菜。

入了夏，阿土家現在的日子也是緊著過，就是阿土的姊姊原本定好的親事也被拖後了兩年，畢竟誰都不願意在這個時候再多養個閒人。

楊家村已經兩年沒辦過什麼喜事了。

白事，那是沒辦法，都簡著辦，家裡停個一、兩日就抬上山去了。

入了夏，天氣漸暖。

「慧娘，那綠豆腐妳還做不做啊？」阿土娘最近瘦了不少，田慧之前並不是沒跟她說過賣糧的事兒，只是她做不得主兒，最近來秦氏小院兒的時間也少了不少。

「我就不做了，家裡老的老、小的小，若是妳要做，我就把方子交給妳吧，也能賺點兒私房。不過鎮上的現在都不大寬裕，每日少做些，先去試著賣賣看。」物價飛漲，田慧也說了說不準能適當地漲點兒價。

就是段娘子的豆腐都漲價了，因為黃豆都不大能收上，不過也沒幾個人買豆腐了。

阿土娘喜極而泣。「慧娘，我這心裡頭煎熬著，我那婆婆就只顧著二房，只說二房挑不起，萬事都要找讓著些、退著些。就是現在都已經吃不上飽飯了，那阿水要吃雞蛋，他娘就給他煮雞蛋，還真過得跟以前一樣呢！」

阿水已經七歲了，跟團子同歲，就是圓子也已經八歲，阿土現在是十歲，動亂的幾年中，都已經長大了。

還有幾個月才能收上點糧食，家家戶戶都是煮著粥吃，大鍋的粥，多半都是水，雖說因為之前賣糧家裡銀子倒是寬裕了些，不過不捨得去買糧。

說到傷心處，阿土娘哭得好不慘烈。田慧也只能在一旁安慰著，等阿土娘哭得盡興，才有些不好意思地衝著田慧笑笑。

「若是被阿土瞧見，準以為我欺負他娘了呢！」阿土現在已經幫著家裡頭幹活了，幹活半日再來跟著圓子學習半日，雷打不動。

「阿土也多虧了妳照應著，就是妳不說，我也知道，他在妳這兒沒少吃雞蛋啊、饅頭的！」田慧喜歡吃麵食，自家的那畝下等田裡便種了一畝的麥子，不過收成不好。

阿土長大了，也懂得不好意思了。阿水仗著家裡疼寵，要雞蛋、要白米飯的，阿土就是抿著嘴不肯開口，若不是圓子偷偷地跟自己說，阿土有一回肚子餓得咕嚕響，田慧也不會注意到這件事兒。

所以田慧下半晌的時候，總會熱點饅頭、雞蛋的，人人都有份兒，阿土也就只能跟著吃了。這些，他都記在心裡。

「都是我看著長大的，妳就等著往後享兒子的福，快收了眼淚吧。」田慧並不多說，她只是覺得阿土這個孩子值得她做這些，並不是因為跟阿土娘的交情。看在阿土的面兒上，田慧願意為了這個孩子，小心地去呵護那份屬於小孩子的尊嚴。

若要說別的，就是這一年，田慧跟陳府的來往越發多了。

陳夫人時常會下帖子請田慧過府說說話兒，不為旁的事兒，只是說說話，有時候一坐就是一個下午。

陳夫人不再是布料子、肉啊地往秦氏的小院兒送，田慧也常是空手去，有時候或是帶罈子酸筍，隨意而為。

第二十四章　爭執

楊家村，早就沒有了往日的熱鬧。

不說旁的，就是那些婦人有空也都往山上去了，不拘筍還是野菜，都被採得乾乾淨淨的，聽說鎮上的鋪子也關了不少。

田慧家裡頭並不是多有存糧，只是這兩年裡省著吃，還是不愁的。阿土娘存了個心眼兒，就是做綠豆腐也都是在秦氏的小院兒。

只第三日，阿土娘就帶來了好消息，自家的綠豆腐被一家酒樓看中了，每塊豆腐五個銅板。這地裡頭就是水稻也種不好了，誰願意花大心思去種黃豆，都種了地瓜，能吃飽，管命！

阿土娘非得分兩個銅板給田慧。「我知道妳現在有點兒銀子了，不過圓子哥兒倆還小，又得念書的，這才分妳兩個銅板，妳就收著吧，若是不收，我也沒臉兒做來賣。」

拒不得，田慧也就大方地收著了。

不過，田慧也沒閒著，每日都幫著阿土娘點「豆腐」，阿土娘的手藝還不是很純熟，吃著沒田慧做的軟Q。

才做了沒幾日，阿水娘就鬧上門。「大嫂，妳這每日就只顧著賺自己的私房，妳就不想想家裡頭？妳家可是有四個人張著嘴吃飯呢！」

阿土娘被說得臉紅一陣白一陣的。

邊上的村民，一聽就知道是啥事兒，不過都走了開去，有這工夫聽八卦，還不如早點上山去多撿點柴，都能挑到鎮上去賣錢。

「算了，讓她在外面嚎吧，就當沒聽見。」田慧看著阿土娘的臉色，生怕她氣瘋了。

「我這就出去把人趕走，免得吵著圓子團子念書！」田慧對阿土盡心盡力，阿土娘不是個沒良心的，凡事也想著以圓子哥兒倆為先，就是自己兒子都要往後靠一靠。

圓子哥兒倆早就出來了，是跟著阿土一道兒出來的。

這大夏天的，過了午時，就有人開始挑水往地裡倒。阿土一個半大的孩子，也跟著挑一早上的水，下半晌才歇著。就是阿土娘也都是先把家裡頭的活兒幹了，才急匆匆地往田慧那兒趕。

誰知道阿土娘一開門出去，阿水娘更是得勁兒地說些難聽的話兒。

阿土娘吸了口氣才道：「阿水他娘，有事兒咱回去再說，讓旁人聽見了，不定怎麼說咱家呢！」

田慧拉著阿土，不讓他出去，免得跟著遭殃。阿土並不是小時候那般不懂事了，若是阿水娘這口水亂噴的，說不準就會罵上阿土。

原本因為一旁無人來圍觀起鬨，阿水娘還有些心虛，不過聽到自家大嫂想要息事寧人，頓時來勁兒了。「這會兒才知道丟人，早幹啥去了？我告訴妳，這事兒咱沒完。一家子吃了一半的糧，輪到做活時就偷懶了，怎就好意思？」阿水娘這是越說越來勁兒，就差破口大罵了。

阿土娘也不搭理她，徑直往自己院子走，阿水娘拉不住，也跟著一路走一路罵。

阿土還是不放心他娘，跟著跑了去。「嬸子，您別擔心，我都跟您學了三年，怎麼都得有點兒長進了。」

「妳們這是做啥，這就一路這樣吵吵嚷嚷走過來的？」阿土奶奶怒喝道，她剛剛想出去，遠遠地就見著人過來了，她也是得了信兒說，自家的兩兒媳婦吵了起來。

阿土娘已經不想多說啥了，自己這一路都沒說話，到了婆婆眼裡就是跟著吵吵嚷嚷的？

「娘，您也別偏袒著大嫂，自家都管不上，就只想著倒騰她那些私房錢，好不害臊！」阿水娘喘著粗氣，理直氣壯地衝著阿土奶告狀。

阿土奶也對大兒媳婦這個做法有些不滿，不過看在她沒落下家裡的活兒，也就不好多說啥，可還是不滿地看了眼阿土娘。「行了，就那麼點兒事，吵吵嚷嚷的，讓人笑話。」這是又打算和稀泥了。

大熱天的，這火上來後就不怎麼容易下去，不光阿土娘是，就是阿水娘也是。

阿水娘看慣了自家婆婆的臉色，自然是不會錯過婆婆不滿地看了眼大嫂，她頓時像是得了尚方寶劍！

「娘，這事兒大嫂不給個說法，我可是不依的！」阿水娘這會兒卻是不敢說大房人多吃得多，畢竟那也是婆婆的親兒子和親孫子。

這些年下來，阿水娘是被磨礪出來了。

「既然如此，阿土他娘，妳就說句話兒，咱都能早點兒上山去。」

阿土娘有些不敢置信地望著眼前的婆婆，三年前可不是這樣說的。「娘，我家裡的活兒是哪樣沒做嗎？我這也是瞅著午歇的時候去幹點兒旁的。」阿土娘顫抖著聲兒問著。

阿土奶奶皺著眉頭，這一向懂得看人眼色的大兒媳婦這是要跟自己唱反調了？「這家裡的活兒哪是一大做得完的？沒瞧見我這一把老骨頭還在做活嗎？」阿土奶奶拔高聲音道。

「不要臉，一家子不要臉，吃得多幹得少，也不瞧瞧自己是不是念書的那塊料，還想考狀元？白日作夢暈了頭。」冷不防地阿水衝出來，衝著阿土娘和阿土吐口水。

糟糕，壞事兒了！阿水娘一巴掌抽了過去。「小兔崽子，你說啥話呢，我叫你說，叫你說！」又對著阿水的屁股抽了好幾下。

「哇，奶奶，救救我，我娘這是要打死我啊，嗚嗚，我又沒說錯！」阿水扯開嗓子哭喊這個救命、那個救命。

阿土娘緊緊地摟著阿土，氣得顫抖。「阿土沒聽見，你就當人是放屁，你田嬸子不是教過你嗎？不想聽的就當做沒聽見。」阿土娘看著阿土不言不語地看著阿水，不說話不生氣，立刻慌了神，也顧不得罵回去，只得摟著阿土拍哄著。

阿土姊姊看見自家弟弟這樣，也慌了神。「阿土、阿土——」她低聲地喚著，直抹眼淚。

阿土奶奶此刻正抱著阿水，給阿水擦眼淚，哄著說回頭就給他煮個雞蛋，待聽到一聲聲「阿土」的時候也慌了神，心裡頭心虛起來，不過想起自家的情形，也硬了心腸，坐在那兒不動。

「娘、姊，我沒事兒，我就是剛剛在想田嬸子說的事兒了。」阿土掙脫開他娘的懷抱，拉拉他姊姊的手。

阿土娘看著坐在上首的婆婆，這是從啥時候開始，婆婆就變成這個樣子了？是自己做錯了啥事兒？

「娘，我是不是您的媳婦？我娘家的日子不好過，我嫁進楊家也是高攀了，這一點我一直心裡知道，所以我拚命地幹活，有啥活兒能做的我都做，就是弟妹嫁進來後，正月裡頭回娘家，我若是帶回去的是六斤豬肉，弟妹的必定是十斤豬肉，還有旁的七七八八的。我呢？這些我都一直不想說，只道爹娘都對我偏愛，若是我有理兒也願意維護我，我心裡頭便感激，這些我不去計較。

「弟妹口口聲聲說我家四口人，吃空了家裡的糧，我只顧著賺私房，不想著家裡？我這是哪一點兒的活落下了沒做？娘，就是弟妹，一天做了啥事兒，您倒是跟我說道說道？

「就說我家阿土，到慧娘那兒去識字念書，是半個銅板也不用家裡頭出的。同樣是孫子，阿土就是挑著水桶冒著日頭在那兒擔水，阿水就是窩在家裡頭吃雞蛋？弟妹要攀扯，那咱就攀扯攀扯清楚，還請娘做個主，若是不給個說法，我今日也是不依的！」

「大嫂，阿水才是多大的人啊，難不成讓阿水去擔水？妳這做大伯娘的這話怎麼就說得出來啊，真的是黑了心腸！」阿水娘只挑對自己有利的說。

若是放在平時，阿土娘定能將人頂回去，只是，這會兒她人都氣瘋了，說話也有些顛倒，只想著出了這口惡氣。「團子也跟阿水一樣大，這還不是跟著一道兒上山撿柴幹活，難不成阿水就命好，能在家裡頭吃雞蛋？」

說起這個，阿土奶奶其實只煮一個雞蛋給阿水吃。可就算煮了兩個，等阿土回來，也沒有了。會哭的孩子有奶吃，這個是錯不了的。

「那能一樣嗎？團子是個沒有爹的，爺爺奶奶也不知道是哪個，那能跟阿水比嗎？也不拿個好點兒的同阿水比，吥！」阿水娘朝著地吐口唾沫，似要將霉氣都吐了去。

阿土娘正要開口，就被阿土拉住了。「奶奶，我也跟團子一樣，是沒有爹，沒有爺爺奶奶的人嗎？」

阿土爺爺本在屋子裡歇著，被吵得睡不好了，才一臉怒氣地起來。這年頭不好，還瞎折騰。可是他剛剛到門口，就聽見阿土問了這句話，若不是扶著牆，阿土爺爺覺得自己會站不穩。

「這話是你娘教你的？天天閒得慌，就只知道教兒子這些話，這是咒我死啊。」阿土奶奶正欲再罵，阿土又開口了。

「為啥弟弟說的話就不是別人教的，到了我這裡就是別人教的？奶奶，我已經十歲了，不是七歲……我能幫著家裡幹活，我有眼睛自己會看，一點一滴，我都看在眼裡！」

被自己親孫子這樣頂，阿土奶奶也慌了神。她就兩孫子，能不疼嗎？只是一隻手也有長短，再說，阿土的性子不大跟人親近，一有空又是往田慧那兒跑，這日子久了，總是沒眼前的阿水來得親了。

「阿土，奶奶能不疼你嗎？你是奶奶的親孫子，阿水是你弟弟，你們就兩兄弟，你合該照顧弟弟、讓著弟弟的。」

阿水看他奶奶給他做主了，衝著阿土吐吐舌頭。「對，往後你就該讓著我！誰讓你不陪著我玩兒，天天跟著那些個沒爹的喪門星後頭，哼！家裡的都是我的，你的雞蛋也是我的！」

「我這樣也是親孫子？奶奶您不是蒙我的吧？」阿土衝著他奶奶笑了笑。

阿土奶奶揚手就想給阿水一巴掌，只是打不下手，悻悻地收了回來。

阿土爺爺看著屋子裡詭異的安靜。「這是做啥呢，吵吵嚷嚷的！」

依舊是誰也不開口說話。

「行了，誰也不將我這老東西看在眼裡，這日子你們想怎麼過就怎麼過去，都幹活去吧！」

阿土娘一手牽著一個，啥話也不說，就朝著外頭走，往田慧小院兒去了。

阿水也乘機從他奶奶的懷裡溜下來，跟著他娘一道兒出去，他爺爺的臉色實在是太嚇人了。

「又去了田慧那裡，這人就是死心眼地要跟我作對！」阿土奶奶憤恨地道。

「我早就跟妳說過了，要一碗水端平，現在鬧了出來，臉上好看了？好不容易有了兩個兒子，搞不好兒子弄成冤家，我看妳怎麼收場！」

阿土奶也心虛。「阿土那小子就跟他娘一樣不學好，整日跟那種人混在一處兒！」

「妳少說幾句，兒子孫子都不跟妳親，就有妳哭的時候了。」這覺睡不成了，阿土爺爺索性去挑水。

阿土奶奶被老頭子訓斥，心裡頭越想越火，卻也無可奈何，這家她還是不想分！

挑了幾個月的水，總算是要等到秋收了。

那水田早就乾涸了，都種下地瓜，地瓜耐旱。一天到晚，村民就只伺候這幾畝地，再多就沒法兼顧到了。就是康河的河岸，靠著楊家村這邊的，早就露出了河床。

前人挖的河岸，在這乾旱的第三年裡，終究沒派上多少用處。附近的幾個里正，一致決定等到秋收忙完，便挖深河床。

這還是一個灰濛濛的早晨，刺耳的尖叫聲從田地那頭傳來，整個楊家村一下子就被驚醒了！

那個聲音太絕望……

不少村民都趕過去，秦氏起得早也過去了。

那是下楊的，總共就種了兩畝的地瓜，這連夜卻被人挖了半畝多。

「唉喲，這真是……造的是啥孽，這楊大力的媳婦竟跟人跑了，家裡頭可是有兩個老的，一個小妹和兩閨女，這讓人家怎麼活哦……」

這楊大力家在下楊算是貧困的。所以，這天還沒亮，楊大力就起來打算去挑水，他家中壯勞力少，楊大力又是個孝順的，趁著天還沒亮，自己多做點兒，可以讓老爹鬆快點兒。

楊家村的女人，大多是不下地幹活的，不過楊大力家，無論妹妹還是閨女，都沒少挑水幹活。

自這日起，楊家村的男人每家都會推出一人睡在田埂上，可總算是再也沒發生過偷糧的事兒。

不過，別的村子就不大如意了，總有偷糧的消息傳來。

這就是楊家村的好處了，都是一個族裡的，牽親帶故，總比旁的村子多了些人情味兒。

田慧如今完全就是靠著錢氏一家子，還有阿土家，甚至是阿花她爹偶爾都會來幫把手。

患難見真情，田慧心裡也都記著這幾家人的情義，只是在這災年裡，她什麼都做不了。

大乾國內憂外患。

康河向東流進東海，靠近海岸邊的那些個村落，遭到倭寇襲擊，海嘉帝下令鎮國大將軍即刻領兵，肅清倭賊。

朝廷中不少官員紛紛上書，鎮國大將軍如此大材，倭寇不過三三兩兩、幾人成群，多是打著游擊戰。總之，派出鎮國大將軍完全不必要。

也有不少官員贊同，上書大誇特誇海嘉帝英明，倭寇多是些落魄武士，先是幾人成群，最後就會集結成大部隊，造成民心動盪，就是歷史上都有不少破州開府的先例。

朝堂上吵了幾日，海嘉帝下令鎮國大將軍即刻出京。

田慧四人，這幾日都在田裡收地瓜。

今年的地瓜小，不過勝在數量不少，田裡有收穫，這人就餓不著，只是地瓜存不了多久。

秋收完了，村子裡的婦人都去山上採山貨了，家裡頭若是有小娃娃的，就會留下個老人看家。

「嬸子，您這是在做啥呢？」田慧幾人跟著阿土娘去了深山的山腳下尋那兩棵栗子樹。一棵樹上已經被人摘了乾淨，可能是帶的簍子或是布袋子不夠，才留下了一棵栗子樹，也幸虧她們去得及時。

山上的野豬也不時地拱了人，不過在這災年裡，這些事兒都不算是事兒，反正就快要餓死了，若是真的不去出入深山，家裡頭早晚都要沒糧。

這是個收穫山貨的季節。

家裡的男子都陪著人上山去，否則過了這個季節，再想去山上覓食，那就別想有收穫了。

就是深山腳下的都已經被人採空，只能往更深的山裡去。

阿土他們家，終於還是分家了。只分得三分之一的糧，可他家的糧早就被賣掉，而那些個銀子卻是不分的。若不是阿土娘的娘家救濟了些，還偷偷地問了錢氏借些糧，怕是日子過不下去。

阿土娘的娘家確實是不大好，家裡只剩下寡母和一個兄弟，還有個出嫁的姊姊。她的兄弟自小就是她帶大的，對阿土娘的話是百依百順，就是這回賣糧的事兒，也都聽著阿土娘的，這一來一回，小賺了一筆。

阿土娘的兄弟也不是個心大的，賺了幾十兩的銀子就夠了，家裡還存了不少糧，聽說自家姊姊分家了，就偷偷地來給姊姊送糧。

相反，阿水娘的娘家日子有些不大好過。

阿水娘的娘家有個雜貨鋪子，家裡頭有著十幾畝地，這地又是租出去的，卻只是勉強夠一家人吃用。阿水娘在娘家也是個受重視的，當初「存糧」的消息帶回去，阿水娘的爹也跟著收了些糧，不過後來形勢不見好，趁著「一兩銀子四石糧」也倒手小賺了一筆。

不過，現在他們卻得買糧吃，因為存糧都被賣了出去。「一兩銀子一石糧」的誘惑實在是不小，鎮上的糧鋪若不是有衙門壓著，一日只賣一個時辰的糧，當然比收進來的價格高多了。

阿水娘的娘家又不是個種田的，就是自己種都吃不上飽飯，那些個租戶一退租，這日子就拮据了，當初賣糧倒手賺的銀子早就開始源源不斷地流了出去。若是這災年再持續個一、兩年，怕是就要開始賣鋪子了。

阿水娘沒敢把自家娘家的情況跟楊家人說，只得自己放在心裡暗暗著急。

就是里正家的婦人，也都上山跟著人一道兒採些山貨補貼家裡，這誰家能有法子啊！

今日太陽也快落山了，田慧等人才剛剛下山來，路過錢氏的院子，田慧就聽到了兩個女娃子銀鈴般的笑聲，她不由望了進去，見到錢氏正在切地瓜。

「這地瓜存不住，我就想著把瓜都切了，就是沒糧，也能頂著過一陣子。」錢氏家裡是有些存糧，不過誰知道這天災何時能結束。

他們楊家村已經算不錯了，聽說外頭不靠著河的鎮子，早就有人餓死了。就是鎮上，也沒少開始賣田賣鋪子的人，所以，他們能待在楊家村，已經是幸運的。

確實如錢氏所想，楊家村是附近幾個村落比較太平的，就是夜間都組織了壯丁在村子裡來回巡邏。聽說附近村子已經發生了不少起搶糧的事情。

南下鎮的都知道，楊家村，是楊氏一族居住的村落，一個村子裡都是姓楊的。而上百戶人家的大村落，可不是那麼好欺負的。

田慧總覺得自己忘記了什麼，想這地瓜乾甜甜的，也挺好，打聲招呼就回去了。

晚飯就是一人一碗稀粥，放了點兒菇子。

原本秦氏也會給圓子團子一人蒸一個不大的饅頭，不過圓子哥兒倆怎麼也不肯自己就吃掉一個，都只拿一個兩人一半分著吃，一連幾日都是如此。

「秦奶奶，我們吃完了就上床睡覺，光是吃粥就夠了，再說我們不餓，睡著就不知道餓了，留著明早吃，您跟娘都要上山去呢！」

田慧原本打算讓圓子哥兒倆去書院的事兒，因為天災就擱了下來。

陳夫人雖然明示暗示過了，說兄弟倆可以去她家的書院，不過都被田慧給拒了。

有多大的能力吃多少的飯，田慧寧願晚幾年再送兒子倆去書院，也要先讓兒子倆擔起責任來。

一直到入睡前，田慧還一直想著自己是忘了啥事兒。

「啊——」田慧猛地清醒了。

圓子和團子現在已經不和田慧睡在一張床了，兄弟倆一道兒睡在另一張床上。說是床，也只是在田慧的床邊上再搭了一塊床板。

一聽到田慧的呼聲。「娘，怎麼了？有老鼠嗎？」團子趕忙坐起來，就往田慧的床上爬。「娘不怕，我來陪您睡！」兩張床是並排的，團子沒少往來爬著，這會兒是輕車熟路地爬過來。

圓子也早就跟著坐起來，不過看到團子正迅捷地爬過去，再看娘似笑非笑地望著團子，就知道並沒啥事兒。「娘可是連老鼠和蟑螂都下得了手，咱這屋子裡除了這兩個還能有旁的？」

在圓子的心裡，自家的娘親肩不能挑，實該是嬌養著才好，不過在見識到娘圍堵老鼠之後，圓子就從容了，明白他娘這是技多不壓身。

之後，田慧一腳踩死一隻蟑螂，這都是眼睛一閉一眨的工夫，算不得啥，就是圓子也佩服自家娘親的「殺伐決斷」。

如此被自己兒子高看，也不知道田慧該是啥想法。不過聽到圓子說的這些，田慧絲毫沒有半點兒不好意思。

能者多勞！

「去，回自己床上睡去，我正想事兒呢！就是你怕了，也抱著你哥哥睡去！黏人，八爪魚！」田慧哼哼幾聲，就躺回去了。

可憐團子雙腿都已經碰著田慧的那張床了，嗚嗚，不願意！「娘，我都好久沒有跟您一道兒睡覺了，我最近可是有好好睡覺，是吧，哥哥？」團子可憐巴巴地尋求圓子的幫助。

圓子點點頭。「我睡著了，也不曉得你夜裡睡得咋樣。」

「娘，我到底是不是您最疼的小兒子？娘，您說啊——」團子也不等田慧答應就滾到田慧的被窩裡，田慧只能抱著團子睡下。

「就你會鬧騰！明晚就自己睡小床，讓圓子跟娘睡，咱當初可是說好了，一人睡一夜的。」田慧一手攬著團子，一隻手拍著背，輕聲哄著。

圓子聽到娘並沒有忘記自己。「娘，我可是長大了，我明晚陪娘睡。」

這兒子倆都長大了，只是這兩年，家裡頭伙食並不好，鎮上殺豬的攤子也只剩下一、兩個，因為連豬都養不起了，很快就怕是連人都養不起了。

團子的身上並無幾兩肉，好不容易養出來的肉都隨著身子抽高而沒了。

家裡有銀子，都得藏著掖著，生怕引來思想不正的人，也只能委屈兩兒子了。

田慧有些無可奈何，不過如今正面對天災，她不想還惹來了人禍。

心裡記掛著事兒，田慧一晚上都沒睡好，匆匆地跟秦氏交代幾句就去找錢氏了。

第二十五章　生機

錢氏剛剛起來，這會兒正在用早飯，楊家的早飯豐盛多了，薄粥、饅頭，這也算得上是村子裡的獨一份兒了。

田慧一大早匆匆趕來，錢氏心被嚇得突突的。「這——這是咋、咋的這麼急？」

「沒事兒，家裡頭好著呢，就是想到怎麼弄那些個地瓜，弄成地瓜乾有些浪費了。」田慧一看錢氏的神色，連筷子都快抖下去，就知道自己著急了。

孔氏正端了一小碗的粥放在一一面前。「慧娘還沒吃早飯吧？坐這兒，一邊吃著一邊說話，這粥我沒喝過的，妳先吃著。」

田慧笑嘻嘻地坐了下來。「那多不好意思啊——」捧起粥碗，就狠狠地喝了一大口。

孔氏絲毫不在意，這兩年，兩家人抱團過活，感情自然比以前好了不少。

楊家人都盯著田慧，田慧手裡捏著軟綿綿白花花的饅頭也不好意思咬下去。「咳，我想著就是把這地瓜弄成地瓜粉，做成粉絲和粉條，不只放得久，吃多了也不燒心。」

楊全中苦笑，要不是現在他家人手足，兩閨女不時地讓下人過來搭把手，就是想吃地瓜吃得燒心都有些難了，這年頭越發難捱。

在田慧前世，小時候她就陪著奶奶回老家住過幾年，有一日晚上，田慧半夜起來噓噓，看到院子裡燈火通明，一下子就來了精神。

田慧回憶了一遍，把做法慢慢地說了。「就跟磨豆漿一樣，將地瓜磨出汁液來。打漿時要邊磨邊加水，磨得越細越好。因著磨的時候怕是不夠精細，皮渣子都會不小心掉了進去，所以最好再用紗布包著過濾。放幾日，等水和地瓜澱粉分層了，把水給舀乾淨，曝曬澱粉。

「之後就是打漿糊，漿糊要充分攪拌均勻，邊攪邊加溫水。手抓起一團粉糊，讓其自然延伸垂落，如不斷，說明狀態恰好，可開始漏絲。讓漿糊經漏勺孔眼下流，便是粉絲。粉絲沈人鍋底糊化後，再浮出水面時，撈出，放入冷水缸降溫，多試幾次，直至粉絲鬆散成條為止，冷透後拿出室外曬絲。」

楊家人個個眼冒金星，田慧就知道自己說得沒錯。

不過，這畢竟是田裡唯一出產的口糧，楊全中還是得慎重。「這事兒做得準不？」

田慧點點頭，正色道：「嗯，我以前有看過，能做出粉絲，放置的時間也久。」

楊家的三個兒子都願意相信田慧，這麼久相處下來，自然知道田慧不是個說大話的。

「反正我家是早晚都要做的，不過少不得需要你們幫著我點兒，三叔，要不試試我家的先？」田慧沒啥好猶豫的，因為她是真真實實地見過，也怪不得楊三叔有些懷疑了，畢竟那是現在最精貴的糧食。

「爹，咱要不先少弄些試試看？」楊知通建議道。

楊三叔也點點頭。「那就這般先定下來，慧娘妳家的地瓜少，哪能用妳家的地瓜試，這不是打三叔的臉嗎？」

他們接著就開始商量磨地瓜粉的事兒。

楊家村裡沒有大的石磨，就是錢氏家，也只有小型的石磨，若是要大量磨地瓜乾，確實不適合。

「咱既然要少弄點兒就先用自家的吧，等行了，就找段娘子家的石磨借用，大不了出點兒銀子，反正她家的豆腐生意已經不做了。」

楊家人依著田慧說的法子，終於做出了地瓜粉絲來。

楊三叔嘗著碗裡的酸筍粉絲，差點兒就激動得留下眼淚，這總算是看到了點兒希望。

「這方子就告訴別人去？」錢氏從段娘子處回來時，順帶地說了段娘子的意向，若不是看在段娘子一個女人操持著一大家子的分上，錢氏也不會開口問這話。

田慧搖搖頭。「咱幾家先把粉條做出來，不然到時磨的人多了，怕是輪不上。這並非不能說，只是我還想跟里正換個條件，到時跟段娘子說了也不妨事，但別傳出去就是。」

聽到田慧都有打算，錢氏也就放心了，能換點兒啥回來都是好的。

果然，在幾家人架滿了粉條的時候，楊家村的人都坐不住了。

說起來，田慧還是厚道的，雖然她不說法子，不過卻是讓人說了，那粉條都是地瓜做出來的。不消一日，楊家村早就傳遍，地瓜再也不用曬地瓜乾了。

田慧提醒得早，所以沒有幾家開始做地瓜乾。

在秦氏的小院裡掛滿了地瓜粉條的時候，楊里正上門了。

他難得對著田慧擺了笑容，就是田慧被逐出楊家時，楊里正也只覺得田慧是極能惹事的。後來的喬五就證實了他當初的想法，不過隨著日子一天天過去，楊里正算是瞧出來，比起田慧，柯氏夫婦倆更加不堪。
楊里正的媳婦鄭氏是一道兒來的，還請了阿花奶做說客。
田慧又是把人往屋子裡請，又是燒水倒水的。
「快別忙活了，我們這難得來一回，還累妳忙成這樣。」鄭氏雖說跟田慧接觸不多，不過倒是經常聽阿花奶提起田慧，那語氣裡是滿滿的滿意。
「我又不做旁的事兒，就是燒點兒水，累不著。」
楊里正是一大早就過來，生怕田慧上山去了。
不得不說，楊家村的古井，不知道是哪代人挖出來的，就是乾旱了，這井水也只是淺了些，並不枯竭。不過里正家院子裡的那口井，早就已經枯竭了。
鄭氏快人快語，三言兩語就說了來意，田慧爽快地答應將方子交給里正，末了，田慧做為難狀。
鄭氏看著田慧欲言又止，爽快地道：「慧娘有話就說吧，妳可是給村子裡造福了，有啥事兒老頭子能做主的，一定給妳應下。」
「我只是想求里正一件事兒。」田慧看著楊里正，直到他點頭才開口。
「我知道我們娘三不算是楊家村的人，不過看在我這回對村子有利的分上，希望里正能把我娘兒三人當成楊家村的來看，往後無論是我還是圓子團子，都盼著您多看顧一些。」
這事不難，楊里正點頭應下了。「等到了夜間，我就召開族會，把這事兒跟村人說說，妳儘管放心。」

得了里正的保證，田慧自然是極放心的。這會兒，總算能在楊家村住得踏實了。

楊家村熱鬧了，村民難得徹夜做活，也能聽到些說笑聲。

只過了幾日，楊里正就請兒媳婦來尋田慧。

「這是四十兩銀子，縣太爺給的獎勵。」楊里正將四個十兩的銀錠子擺在桌上，讓田慧趕緊收起來。

田慧有些不明所以，茫然地望著里正。

「說來這事兒也是我自作主張了，妳那做粉條的方子是瞞不住的，我就覥著老臉，到縣太爺跟前賣了個好，這是縣太爺給的獎勵。」

這事兒田慧也知道，畢竟即便楊里正下令楊家村的不准往外傳也禁止不了。楊家村的男人娶的是都是別村的媳婦，不說別的，就是這些媳婦子也得回娘家去說。

楊家村的里正，在鎮上多多少少能攀上點兒關係，這不尋到了縣太爺跟前，楊里正將這事兒一說，縣太爺大喜，好好地誇讚了楊里正一番，就將人給打發回來了。

這都隔好幾日了，才又派人把楊里正請到鎮上去。

「咳，妳不比旁的無知婦人，這事兒跟妳說也無妨。這四十兩銀子是縣太爺的封口費，縣太爺已經把這事兒連夜寫信往上峰那兒傳信了。」

田慧了然。「不過這銀子卻是不該我獨得。」

楊里正搖搖頭。「趕緊收著吧，別落了別人的眼。這事兒本就妳的功勞，現在縣太爺說了，妳就將這事兒都忘了吧。這銀子是妳該得的，我也託妳的福，得了好處，在縣太爺面前露了臉，還長了臉。這若是放在往年，可是多少銀子都尋不來的好事兒，我得到的好處可不是這四十兩能比的！」

每個人的財富都是不同的。

田慧也不多推脫，收起了銀子，並保證自己不會往外處說的。

這銀子倒是意外的收穫。

楊家村情勢稍定之後，北方邊境小磨擦不斷，海嘉帝在幾日後的早朝時，拍板，御駕親征。大乾國舉國上下都說著這幸事，就是楊家村的村民，都在說著這事兒。

人心振奮，不過糧價還是居高不下。

楊家村自是忙著做粉條，段娘子家的石磨也被村裡人借用，里正規定用一日就得付上十文，這十文的租金對於楊家村的來說真的不算多，畢竟前幾年倒手賣糧小賺了一筆。

阿花家也是跟著田慧一道兒早就將地瓜粉條做了出來，阿花爹現在也閒下來，就上山去打獵了，想著好為過冬存點兒肉食。

「阿花，這隻兔子給妳田嬸子拿過去吧！」阿花奶指著那隻兔子，就是兔子，也沒以前那麼肥了。

阿花趕忙應下，她家做的粉條不少，緊著些，又能熬上一年。

「還是等我把這皮給剝了吧？這血淋淋的，她田嬸子怕是不合適做這些。」阿花爹說完，就去牆角剝皮了。

阿花大伯娘打發阿花去顧著小弟弟。「娘，二弟這是上心了吧？」

「我瞧著也像。」阿花奶也偷著樂。「不過這事兒還得再拖拖，這年頭，怕是不好提，免得被認為是脅迫了。」

「看我，這是著急了，我這也是盼著個人進門，咱家也熱鬧熱鬧。不過，那可是兩個兒子啊，看那位現在寵兒子的模樣，就是現在那麼難，都堅持買紙讓兩兒子練字，這哪供應得起啊？」大伯娘湊近阿花奶悄聲說著。

阿花奶又何嘗不知，所以這事兒就拖了一年又一年的。不過，她看慧娘是百般中意。「誰說不是呢？不過好歹慧娘自己能掙錢。」

「慧娘旁的都是好的，就是這心大了些，若是真的要養兩個讀書人，就衝著這事兒怕是不合適了。」阿花大伯娘偷偷地看了眼自家婆婆，慧娘就是再好，那也有兩個兒子了，這寵兒子又是村子裡獨一份的，就算往後圓子團子能考上秀才，那得花多少銀子啊。

私心裡，阿花大伯娘只想要跟田慧保持著現在這樣的關係，好不容易阿花她娘走了，這家也算是過了幾年清靜的日子，若是能娶個識大體的進門，就是妯娌相見也好相處些。

「這道理我哪能不懂呢？唉，這事兒往後就別提了，等年頭好些，咱就給老二張羅著娶一房媳婦，要娘家人知禮的，錢氏看人準，那媳婦娶得都不錯，回頭我問問去。」阿花奶也下定了決心，這事兒左右阿花爹沒張口說過，阿花奶就決定裝作看不出來。回頭娶了新媳婦進門，這些事兒都過去了。

單說這兩年，就是訂親的也有許多被退了親，不少還都是好人家的姑娘，這一耽擱，十七、八歲的都不在少數，阿花奶想趁著現在多瞧瞧人品，等收成好了，就立刻提親，把這事兒給辦了！

她不能光是為了阿花爹，就拖著老大一家子也跟著受罪。大兒媳婦有點兒小心思她瞧得出來，不過這些年她可是把老二家的事兒、兒女都攬了過來，並無大過錯。

田慧得了隻兔肉，非得留阿花下來一道兒吃飯，阿花自然是不肯的。「嬸子您就給圓子團子多補補身子吧，我看他們倆就是光長個子不長肉。」

阿花在田慧的院子裡幫著把栗子都鋪開曬了，又尋著圓子說了會兒話、認了幾個字，趕在飯點兒前就回去了。

田慧想了想，剁了一半的肉送到了錢氏的院子裡。有了里正的承諾，田慧膽子放大了些，這兔肉她也想著只做一小碗出來，其他的都留著，風乾了，過幾日再給圓子哥兒倆吃，省著些吃，半隻兔子也能吃上許久。

「妳這是做啥！拿回去，圓子團子正念著書，是長身體的時候，怎麼又拿過來了？」錢氏推拒道。

田慧笑嘻嘻的，絲毫不以為意。「我又不是給嬸子您吃的，我是給咱小一一吃的，對吧？小一一，有沒有想吃肉了啊？」

孔氏將一一收拾得很乾淨，不過年頭不好，一一的臉上也並無多少肉。

田慧伸手就捏捏一一的小臉。「一一沒有好好吃飯哦，回頭叫妳奶奶把這肉給妳吃。」

一一聽著「肉」就有點兒流口水，伸手咬著，迷糊地望著田慧。「奶奶，一一，吃肉。」

想肉，妹妹吃……」一一到現在說話都還是兩、三個字地往外蹦。

也不知道是不是一一營養不夠好，所以才說話晚，光看她一頭蠟黃的頭髮，就知道這些年沒啥吃的。

田慧裝作沒見著錢氏的哽咽。「咱一一可真是乖呢，一會兒就讓奶奶給妳了，給一一和一一的妹妹吃肉、喝湯。」

一一這才高興起來，「吧嗒」地親了口田慧，糊得田慧一臉口水，癢癢的、軟軟的。

田慧擦了擦臉上的口水，也學著一一的樣子，抱著一一猛親，逗得一一格格直笑。

看得一旁的二二也伸手非得讓田慧抱，田慧小心地抱起軟趴趴的二二。

「忘記說事了，回頭咱幾家一道兒去山上挖冬筍吧，不過我也認不大出來冬筍的位置，這冬筍是埋在地底下的。」前世時，田慧跟著朋友去了浙江安吉竹鄉，上山挖過冬筍。

「喔，這個季節也能挖到筍？」錢氏一下子來了精神，今年在山上採的山貨比往年都少，就是做了粉條，生活才算是鬆快些，若是真能挖到筍，那這個年還能過得稍稍寬裕些。

田慧攤攤手。「嘿，我又不能保證，只是去試試，總比沒有好吧。」

約好日子，田慧就背著背簍上山去了，這一路上遇到不少村裡人，都熱情地跟田慧打招呼，田慧也都笑著應了。

田慧專挑著人少的地兒，兜兜轉轉地靠近山洞，說來也奇怪，這地兒好似都沒有人來過，說不準這兒真的是神秘的地方，要不然那老道士怎麼會那般慎重。

她輕車熟路地往那條小溪去，好像能聽見水聲了？

不多。

田慧有些不敢相信自己的耳朵，疾步奔跑，等在岸邊站定，果真有水在流，不過，溪水就那麼點水，這溪裡還是沒有魚的，田慧心裡想著事兒，就往村子裡走。

阿土娘夫婦倆早就一道結伴上山去，田慧就跟阿土的姊姊阿木說了兩日後上山的事兒。

阿水娘正巧進了院子。「慧娘，妳這是又來尋大嫂啊，若是有啥甜頭也給點兒讓我家嘗嘗啊，我家阿水可不比阿土差呢，都是一個祖宗的。」

田慧只是對著阿水娘笑笑，不知道這又是鬧得哪一齣。

這樣的年頭，她可真沒啥心思跟人拌嘴，自家院子裡還有好多活兒要做，就是那些山貨都要整理，若是都讓秦氏一個人做，怕是要累得直不起腰來。

秦氏的腰不大好，彎得久了，晚上就睡不好。田慧也想過，等著年頭好了，就好好給秦氏治治。

第二十六章 置辦

海嘉十年的臘月，海嘉帝戰敗，身中數箭，不治身亡。

隨興的康王，是海嘉帝一母同胞的弟弟，聽聞消息後悲痛欲絕，立誓要給皇兄報仇，不報不歸！

朝堂上，海嘉帝原本正值壯年，出征前都不曾立下太子，只讓大皇子監國。海嘉帝有三個皇子，只有大皇子是皇后嫡出，如今三位皇子爭奪皇位，大乾國內憂外患。

南下鎮屬於康王的封地，而康王遠在西北。

鎮國大將軍被調回京師，南下鎮不少商戶打算撤離南下鎮。

陳夫人特意派了陳府的馬車來接田慧，說是有事相商。

田慧帶著新醃的兩罈子酸筍，將東西交給呂婆子。

「陳夫人這是有啥要緊事兒？」年前這些日子，正是陳夫人忙得腳不沾地的時候，田慧一早看到停在自家院子前的馬車，可是嚇了一跳。

「田夫人先坐一會兒，夫人忙完手裡頭的事兒，就會過來的。」小丫鬟給田慧倒了水，又貼心地陪著田慧說會兒話。

田慧每回來，都不一定能立刻見著陳夫人，偌大的一個陳府，府內事兒都等著陳夫人拿主意。

田慧只吃了兩杯茶，陳夫人就來了。「慧娘，讓妳久等了。」說完就狠狠地灌了一杯茶。

陳夫人又粗略地問些楊家村的年景如何，不過南下鎮其實都是如此，陳夫人也只是關心才有這麼一問。

「妳在楊家村或許不曉得，鎮上的大戶人家都打算往康定城搬遷，老爺昨日也說了兩日後就起身前往康定城，不過這裡的宅子鋪面都是不動的，等局勢穩定了，再做打算。」

對於這個田慧是真的不知道，她連村子都極少出，怎麼會知道大戶人家的打算。

「慧娘，要不妳跟著我們一道兒去康定城？住的地方不用擔心，我嫁妝裡就有康定城的宅子，這些妳都不用擔心，我會讓呂嬤嬤打點好的。」

田慧低頭沈吟了半晌，陳夫人也不催促，讓田慧慢慢想。

說不想去康定城，那是騙人的，據說那是大乾國十大府城之一，極其繁榮。只是自己只有八十多兩的銀子，怕是沒等災年過去，這銀子就沒了，總不能老靠著人接濟，就是再好的情分也會被磨光。

這不是她的初衷，在跟陳夫人的來往中，田慧不拘好壞，堅持有來有往，這才讓陳夫人高看了自己一眼。現在並不是逼不得已的時候，想起後山那條小溪，田慧抬起頭看著陳夫人。

陳夫人看著田慧抬頭，就知道田慧這是有主意了，放下茶盞，聽田慧說。

「這康定城我自然是極想去的，不過不是現在，如今只能在楊家村過日子，等哪一日我賺了錢，就去康定城看妳！」

陳夫人心裡嘆氣，雖然知道田慧多半是不會跟自己去康定城的，不過不問一句，就是心裡不放心。陳夫人是真心與田慧相交的，否則就憑田慧這樣的身分，怎能隨意進出陳府。

陳夫人說了眼下的形勢，田慧還是堅持留在楊家村，陳夫人就不多說了。

「說不準咱得幾年見不著面了，這是我特意準備的年禮，妳也別覺得有什麼不合適的。」陳夫人準備的就是些米糧，還有二十斤的豬肉、兩隻野雞。

這要是放在往年，真的一點兒都不算什麼，不過現在最難弄到的就是這些糧食了，陳夫人卻一給就是五十斤的大米、五十斤的麵粉，那可是白麵。

但田慧現在還不知道陳夫人準備的是啥，只把話說在前頭。「別給我銀子就行，我就是再喜歡銀子，這平白無故也不能要妳的銀子。」

田慧想得不錯，除了那些，陳夫人還特意讓呂婆子從自己的私房中找了一張一百兩的銀票，準備等田慧走的時候，讓呂婆子塞給她。

一看呂婆子的神色，田慧就知道自己猜得不錯。「妳若是信我的話，明年的收成就會恢復三至四成。」

田慧比劃了個「三」，陳夫人原本慵懶地靠著椅背，聞言一下子就坐直了。

「此話怎講？」陳府家大業大，糧倉的糧食就是讓全府上下吃上幾年都不成問題。

田慧搖搖頭。「夫人應該知道我之前存糧小賺了一筆，我自是有些把握，不過我從何而知的，就不方便說了。若是信我的話，這也是個機會。」

田慧並沒有接受陳夫人給的一百兩銀票，後來坐在馬車裡的田慧那是心疼得直哆嗦，真真肉疼。

陳夫人一等田慧走了，就去書房見陳老爺，將田慧的猜測說了一通。

「我記得上回有個老道士對那田氏和她的兒子另眼相看？」陳老爺自然早就命人將田慧的底子都查了個透。

陳夫人點點頭。

「妳或許不知道，那老道是丘道長的師叔。」丘道長，海嘉帝登基後，曾多次下旨召邱道長入宮，不過丘道長卻是一回都沒有奉旨入宮。

自海嘉帝去了之後，民間都在偷傳，海嘉帝在位十年，也是大乾國歷史上在位時間較短的君王。丘道長早就窺破了天機，所以不肯奉旨入宮給海嘉帝算卦。

陳夫人從沒聽說過那道士竟是丘道長的師叔。「這事兒可是真的？這麼說來，慧娘是得了上天眷顧的？」

陳老爺點點頭。「這事兒不要往外頭說，後來大皇子的人偷偷來尋過那老道兒，不知什麼原因，只在鎮上尋了一日，就沒了聲響。」

「那咱府上的糧，賣還是不賣？」陳夫人雖然信這些，不過也知道她是沒這個命能請那些老道兒給自己算卦的，也就死了心。她現在關心的就是自己府上的糧食，該賣還是不該賣。

「賣，就衝田氏能得老道兒青睞，這糧就賣得！」陳老爺匆匆下去安排。

年前的糧價又漲了一些，陳府的糧鋪這般大動靜地賣糧，南下鎮的各路商戶都紛紛觀望，只以為陳府這是打算全府上下都搬到康定城，所以才把鎮上的糧食都給賣了。

南下鎮的大戶，在年前都紛紛搬去了康定城。

謠言越傳越烈。

「聽說東邊的倭寇都要打過來了，那咱這兒是不是危險了啊？鎮上的大戶人家都搬離了。」

「不要說是大戶人家了，我那小姨夫的三堂姊家的鄰居的大閨女，就被她家的主家給趕了出來，聽說就是贖身的幾兩銀子都不要了。」

「你別說那些大戶人家，就是稍稍有些家底的，都往康定城搬，要不就往村子裡搬了。」

楊家村近來就住進了不少原在鎮上的人家，田慧以前住的院子，新搬進了一戶人家，是鎮上的一個小商戶，租了柯氏那空著的院子，半年二兩銀子的「天價」。

嘗到了甜頭，柯氏又將楊知雨的屋子空出來，這回柯氏也不急著租出去了，結果租金是整整多了一兩銀子。

村子裡的有樣學樣，楊家村一時間進來了好些原本在鎮上的小商戶。

楊里正就是想阻攔，也阻攔不得族人想賺點兒外快的心，不過他還是很嚴肅地責令外村人遵守楊家村的村規，不准鬧事。

若不是陳夫人及時遞消息來，田慧怕是錯過了。

因為陳府的糧鋪賣糧的事兒，陳夫人推遲了幾日才動身。田慧託陳夫人幫著看看鎮上鋪子的價格，若是合適就派人來知會一聲。

南下鎮的鋪子，這兩年不知道已經關了多少，不過不到萬不得已，都不曾想過要賣鋪子，可現在不同了，就是大戶人家也有不少賣宅子賣鋪子的。

田慧得了准信，就跟秦氏商量。「嬸子，您那兒的銀子是存著呢，還是要買鋪子買地？」

這事兒田慧早就跟秦氏說過，秦氏思量幾日，也有了決定。

「我就不湊這個熱鬧了，若是冬子回不來，十幾畝地都留給繼孫也不錯，再多的田地添置了也都一樣，還不如留著這些銀子給咱圓子團子買紙呢！」

秦氏手裡的抹布停了停。「就是冬子回來了，想當年他自己能跑出去，自己就能掙家業，我是不想再管咯，操夠心了。」

整整十年了，秦氏尋過哭過，這十年來她不知道自己是怎麼過來的。若是冬子回來了，秦氏是一畝地都不願意給他。

秦氏記得田慧對團子說過一句話，有本事任性就要有本事承擔後果。

陳府介紹的是曹經紀，不說田慧是陳府特地招呼過的客人，就衝著人家現在要買鋪子，他也得好好招待著。

「不知道夫人想買哪兒的鋪子？」曹經紀客氣地將人迎了進去，鋪子裡大多都是來登記賣鋪子的。

一聽曹經紀的話，有不少人都回頭看田慧。

田慧一副農婦的打扮，身上的棉衣是好幾年前做的，雖然乾淨，但是一看就知道這是陳年的。不過也是，現在誰家還有心思做新衣。眾人打量了一番，就失落地轉過頭去。

田慧伸手攏了攏木釵，頭髮沒掉下來。

曹經紀熱心地介紹著幾家鋪子。「要不，我帶夫人過去瞧瞧？這幾家鋪子離這兒都近得很，半炷香的時間就能到了。」

「呃，這些價兒都太高了，我就要一些小鋪面。」田慧撓了撓鼻子，不自在地說道，不大習慣跟陌生人打交道，如非必要，她寧願只待在自家院子裡，一步都不出。

走了一天，總算是定了下來，東市的兩家小鋪面，後頭都帶著三間屋子。光是這鋪面，田慧就花了整整五十五兩銀子，餘下的二十五兩又貼了四畝水田。

康王平定西北。

消息傳來，楊家村下了整整三日的大雪，直到大年三十雪才停。

瑞雪兆豐年，楊家村的家家戶戶都張羅著過個好年。

康王登基，改年號為康元，大赦天下。

康元元年，南下鎮縣衙開始發放糧種。

一大早，田慧和秦氏就去了段娘子的豆腐坊。

「段娘子，有啥事兒呢，一大早就叫我們過來。」秦氏笑著打招呼。因為田慧的關係，段娘子的豆腐坊即便在災年，靠著租賃石磨也有了收入，日子不算是艱難。

段娘子坐在後院裡，手裡正拿著一件衣服，一邊的凳子上擺著繡繃子。

那是一件藏青色的冬衣，只一眼，田慧就能看出來這是一個男人的衣服。

段娘子沒想到小姑子領著人就來了後院，猶自鎮定地將藏青色的冬衣搭在繡繃子上。

「是慧娘妳們來了啊，先坐會兒吧，我去倒碗水來。」說完就抱著繡繃子往屋子裡走。

段娘子是個寡婦。

田慧不著痕跡地問著楊家小妹。「妳大嫂這是給誰縫衣服呢，瞧著針腳怪好的。」田慧是不會承認自己八卦了。

楊家小妹正低頭搬凳子，田慧眼尖地看到她的手頓了頓，抓著凳子的手都冒著青筋。

「我也沒注意，可能是我爺爺的冬衣吧，前幾日還聽我爺爺說，那冬衣破了一道大口子。」等抬起頭來，楊家小妹已經恢復如常，熱絡地跟秦氏說著話。

反常即有妖，楊家小妹原本很愛纏著田慧說話的。

不一會兒，段娘子就捧著兩碗熱水出來。「我家老人多，就是冬天了，這水都是熱著的。」

段娘子將茶碗放下，不自覺地攏了攏掉下的碎髮，只想快些將人打發了。

「昨日有個大徐村的來磨地瓜，這不就說到了大徐村年前回來了一個當初去從軍的。」

段娘子話還沒說完，就被秦氏打斷了。「真的？就是咱隔壁大徐村的？」

段娘子點點頭。「嗯，就是隔壁的，聽說也是那年去從軍、去年回來的。」段娘子再說就說不上來了。「我這樣一個身分，也不好追著人家問外男的事兒。」

秦氏了然，深深地呼出一口氣。「是嬸子著急了，這事兒多虧妳幫嬸子留意著，我這就去大徐村瞧瞧。」秦氏是一刻都坐不下了，水也沒喝一口，就站了起來。

田慧忙一把扶住秦氏，秦氏抓緊田慧的手臂，才勉強站穩了。秦氏並不曾發福，所以田慧不費啥力氣就將人給扶穩了。「嬸子，您別著急，咱回頭讓知通送咱去瞧瞧吧。」

秦氏咬著下唇，淚珠子控制不住地往下掉，擦都擦不完，前頭的路都看不清了。

楊家小妹見人走了，便說道：「大嫂，剛剛慧娘問那衣服了……」

段娘子點點頭，卻是啥都不曾說。

「嬸子，我扶您先回自家歇會兒嗎？」田慧扶著半晌一言不發的秦氏。「嬸子別再哭了，您的眼睛受不住。」

「對、對，我還要好好的，看看現在冬子長啥模樣了。」秦氏使勁兒地抹著淚，索性就拿袖子遮著眼睛，由著田慧幫扶著走去。

田慧也靜靜地不說話，數百米的路程，走得有些艱難。

秦氏堅持直接去大徐村。「出了村子，就是大徐村了，有這套牛車的工夫，大徐村早就到了！」

「這事兒嬸子得聽我的，您這樣子一個人連路都走不了，就是不套牛車，也得讓三嬸子跟咱一起去。」田慧這樣子的身分，楊家村熟了倒還習以為常，不大講究這些，不過別的村子就不大歡迎了。來了這裡幾年，田慧也算是清楚了這個身分的侷限性。

「咱就是去打聽消息，那麼多人去做什麼！那是我兒子，妳不著急我著急，妳若是不想去，妳就別去了！」秦氏一說出口就後悔了。

田慧張了張嘴，卻是什麼聲音都沒有發出來。

田慧還是堅持扶著秦氏去了錢氏的院子，秦氏不再反駁，也不再抹眼淚。

一進院子，錢氏就覺得這兩人不對勁兒，田慧只是扯著嘴皮子衝著她笑，不知為啥的，只覺得有些心酸。

錢氏搭了把手，扶著秦氏坐下，相對無言。

秦氏急了，一語打破她們之前的詭異氣氛。「錢妹子，妳陪我去趟大徐村吧，聽說有個從軍的回來了，嗚嗚——我就是想去問冬子在不在。」

「我們陪妳去的，妳放心，我這就讓老大套牛車去！」錢氏剛想站起身，就感到手上一緊。

秦氏手上一用力，錢氏的身子還沒站穩，被帶得一踉蹌，田慧站在一旁，手快地扶了一把，錢氏這才站穩了身子。

「等套好了牛車，咱都已經走出村子了，就是大徐村，就咱隔壁的村子，我記得冬子的一個同袍就是咱隔壁村子的，咱早去早回，保證不耽擱妳的事兒！」

錢氏壓下心裡那一絲不舒服。「那行，我這不是怕妳腿軟走不動嗎？若是妳可以的話，那咱現在就走吧！」

一路上就聽到秦氏在那兒絮絮叨叨地說著。

「大徐村的這個，以前到我家來吃過飯呢，跟冬子的關係最好了，我記得那小子還說我醃的豆醬最好吃了，每回來都能吃下兩大碗飯！」

田慧也不知道自己這是怎麼了，就是沒了說話的興致，也不知道該說啥話才是合適的。

錢氏有些擔心，不時地望向田慧，那空洞的眼神讓她更擔心了。

「這去年就回來了，咱都沒聽到信兒，妳們這是從哪兒得來的消息啊？」這隔壁村子的，沒道理這消息傳不過來啊。

「是一大早就聽段娘子說的，說是昨兒個有大徐村的來磨地瓜粉，無意中說起來的。」再多的田慧也說不出口了。

秦氏一門心思地要去大徐村，哭過了、著急過了，這會兒腳步也不飄虛了，直直地往村外走去，就差小跑著了。

到了村口，就聽見大徐村裡鞭炮聲陣陣！正月初七，宜破土遷墳。

才剛剛走到大徐村的村口，就聽到了噼哩啪啦的鞭炮聲，震耳欲聾。

原來，今日是徐家挑的好日子。

「這不是去從軍嗎？怎麼還帶回個媳婦來，這媳婦一看就是個有見識的，老徐家時來運轉了啊！」

「誰知道這是幹麼去的，若是從軍都那麼好，別人早去了，這當兵的不都是在軍營裡嗎？怎就弄回媳婦了？」

「你們有沒有看到老徐家的兒媳婦，那個貌美天仙，比大戶人家的小姐都要好看幾分，柳腰桃面！」

「呸，柳腰桃面，這話你說得來嗎？一聽就是瞎掰的，唬誰呢，說點兒可信的還差不多呢！」

「誰唬你了，我昨兒個偷偷地跑了趟鎮上，這不正巧遇上了老徐家的兒子站在馬車旁，扶著媳婦下車，這柳腰桃面可是旁邊幾個書生說的。」

巳時正，徐家的小院裡就響起了木魚聲。

老徐特意挑了個吉日，又請個和尚主持，徐家早些年給兒子立了衣冠塚，現在兒子平安歸來，就是犯忌諱了。

是以，雖然兒子年前就歸家，不過老徐家並不宣揚，待得今日撤了衣冠塚之後，才讓兒子正式地在村子裡露面。

秦氏幾人只能隔著門跟老徐的兒子亮子說幾句話，就被擱在一旁了。

「大娘，要不您等明兒個再過來？我那表弟也已經說過了，當初跟您家兒子不分在同一個地方，哪兒能知道那麼多的事兒。」

秦氏也知道自己這樣乾巴巴地坐著，有些礙眼，只是見不著亮子的面，再說上幾句話，她總覺得心裡頭不踏實。

「大姪女，那我到外頭去等會兒？我絕不妨礙到你們辦事兒，等亮子空下來，再說幾句話就成了，就幾句話！」

還是亮子他娘看不過眼。「都是可憐人，妳們就進屋說會兒吧，不過回頭妳們在屋子裡避著，等大師讓亮子出去了，妳們再出來！」

「噯，好的，謝謝妳啊，大妹子！」秦氏又是鞠躬又是道謝，好似看到了希望。

錢氏作為旁觀者，也知道大抵是問不出再多的東西來，只是秦氏這個做娘的，哪會願意放過這個機會，只要得了自己兒子還活著的消息就心滿意足了。

門被拉開一個小縫隙，秦氏攥著錢氏的手，閃身擠進屋子裡去了。

屋子裡遮掩得嚴嚴實實，錢氏半眯著眼，適應了好一會兒才算是看清了屋子裡的擺設。

秦氏的雙眼因著早些年哭多了，剛剛進屋子就覺得兩眼一抹黑，竟是啥都瞧不見，只能窸窸窣窣地聽到些聲音，過了好一會兒，才能勉強看清了人影幢幢。

「大姪子，你還記得我家的立冬嗎？楊立冬，楊家村的。那年跟你一道兒去從軍的……」是生是死，這話秦氏在嘴裡打了個轉兒，還是問不出口。

徐亮點點頭。「我自然記得冬子哥，只是雖說當初是一道兒去了康定城從軍，第二年，我們就不在一個軍營裡了，走的走、散的散，都是些小兵，哪裡還能聯繫到。」

秦氏頓時失魂落魄。當年徐亮他們一干人等異想天開地想著從軍，為國效力，留書一封，收拾幾件衣服就走了。徐亮原本有個弟弟，弟弟在七歲那年，溜到山上玩，就再也沒回來過，家裡頭只剩下老父老母，兩兩對著差點兒哭瞎了眼。

「大娘，您別瞎想了，皇上平定了叛亂，說不準冬子哥也就能回來了——」說這話的時候，徐亮不敢正眼去瞧秦氏的眼睛。

錢氏很清楚自己只是陪著秦氏來的，聽著徐亮說話的時候，也不忘餘光打量著屋子裡的擺設。

屋子裡，其實還有個人坐在那裡，這應該就是帶回來的媳婦吧，安安靜靜地坐在陰影裡，就像是沒有聽到這邊的說話聲，或許應該說是置身事外。

不是新嫁娘嗎？怎麼半點兒喜氣都不曾感受到，孤零零地坐在那兒，一動不動。

徐亮已經說完了話，也笨拙地寬慰了一番，相對無言。

錢氏一直注意著陰影處坐著的女子，一時間忘記收回眼神，徐亮乾咳一聲。

「那是我媳婦，嬌兒，妳過來。」徐亮壓低了嗓音，柔柔的，生怕嚇著自家媳婦。

那個被喚作嬌兒的女子，微微一側頭，呆呆地望向徐亮，徐亮衝著她招招手，嬌兒才扶著椅把手站起，不著痕跡地整了整衣衫，邁著小碎步走到徐亮的右手方，離了一小段距離，站定。

「相公，你喚我？」綿言細語，聽得人身心愉悅。

徐亮伸手扶著嬌兒，將人往自己身邊一帶。「這是隔壁村子的大娘，妳還沒見過。」

嬌兒微微福了福身。「兩位大娘安好。」

「唉喲，這哪兒用得上那麼大的禮，真是折煞我了，我這出來得匆忙，也不曾帶啥東西，回頭記得來楊家村尋我，到我家也吃頓飯！」錢氏心裡歡喜，忙拉住嬌兒，不讓她再行禮。

錢氏不知道該如何形容這樣的女子，她從沒有見過，也不知道該怎麼形容她的美好。甚至，錢氏都不敢大聲說話，只拍著嬌兒的手說：「真是好姑娘，我真恨不得立刻搶回家去藏起來！」

徐亮的眼神暗了又明，明了又暗。「大娘這是誇我媳婦呢！」

嬌兒低頭嬌羞，惹得錢氏更是拿眼盯著不放。

「嬌兒，咱鄉下地方，往後不用行這般大禮，這可是嚇著兩位大娘了，咱隨意些，就是說話也自在。」徐亮扶著嬌兒在椅子上坐了，又招呼秦氏二人落坐。

錢氏是真心覺得嬌兒這女子稀罕，又是在人家的地盤上，給別人造成了麻煩，所以錢氏豁出了老臉誇讚。一邊誇，錢氏還不忘在心裡猛誇自己，以前咋就沒發現自己這般能誇人，還不帶重樣的！

徐亮原本有些陰暗的心情，豁然開朗。那好比是遇到了知音，雖說是一把年紀的「知音」，徐亮也是真真開心，越發顯擺自己。

好不容易待得徐亮再進屋。「大娘，大師念好經了，您們趕緊先出去吧！」

秦氏兩人也知道徐家這會兒沒空招呼自己，匆匆地道聲謝，就走了。

田慧立在大徐村的村口等著人。

正月初七了，這天兒還是冷得很，村口又是風口，沒個東西遮擋，耳朵早就被凍得通紅。

待得巳時三刻，村子裡匆匆跑出來三個婦人，一人手上都抱著一堆的東西。

田慧吸著鼻子，避開了些。

在這大徐村，人生地不熟的，想來誰都不願意在大正月裡招待「寡婦」吧。

她遠遠地看著三個婦人打開幾個布包子，清一色的黑布。朝著西方，正巧是對著田慧的方向，衝著田慧點點頭。

田慧配合地讓開了，離了好些距離才站定，遠遠地看向這邊。

她看到黑色的布包裡，打開來都是些有了年分的舊衣裳、舊鞋子。

田慧頭也不回地走遠了，原來是徐家人來燒東西，也不知道做啥不去山上燒，想來那都是大和尚主持的。

今早出門的時候，田慧穿得並不多，原本以為只是去趟段娘子那兒，那也就是一炷香的時間，哪想得到這會兒竟折騰到隔壁村子來了。北風呼呼，田慧這是被凍得眼冒金星了。

「嬸子，您們總算是出來了，我可是凍死了。」一見到來人，田慧就歡喜地道。

看到田慧可憐巴巴的模樣，這才一會兒工夫就得凍成這個模樣，還不停地吸著鼻涕。錢氏想也不想就鬆開秦氏的手，幾步到了田慧的面前。

「唉喲，怎就弄成這樣子了？這麼一會兒工夫都不會照顧好自己！天兒冷的，妳先回去也成啊。」

田慧感覺自己一鬆開這鼻涕就能流出來，吸了吸鼻子，才道：「那也要有地兒待啊，這大徐村人生地不熟的，就是有一、兩家好心，哪會願意招待我這個寡婦，這不是犯了忌諱。」

秦氏聽田慧說的這話，臉上忽明忽暗，再看田慧這神色不似埋怨，愧上心頭。

到底是陪著自己朝夕相處的人，秦氏也知道本就是自己做過了。「慧娘，是嬸子的不是，嬸子這也是被沖昏了頭，妳別跟嬸子計較，嬸子這裡給妳賠不是了！」

田慧哪會真要人賠不是，笑嘻嘻地打岔說過了。「嬸子說哪兒的話，咱還是趕緊回去吧，我這手都快凍僵了！」

當晚，田慧就發起了高燒，迷迷糊糊的，囈語不斷。

這就辛苦了秦氏，衣不解帶地又是灌藥，又是守著夜。

她也算是嘗到自作自受的苦頭了，幾番折騰下來，秦氏根本就無暇去想自己的兒子如何，只用心地照顧著田慧。

第二日早上，田慧才算是退了燒。

「咋樣了，還燒著不？平日裡還老說自己是個大夫，這會兒自己病倒了，就束手無策。」錢氏一大早就過來了，看著田慧退了燒才放心。

秦氏已經自責一晚上了。「錢妹子，都是我的不是。一心想著尋兒子，我這是被迷了心竅了。我這想起來也是臊得慌，慧娘這幾年一直照顧著我，我、我昨兒個還凶她，我是越活越回去了！」秦氏抹著淚，拉著錢氏的手不放，一直說著自己想岔了。

錢氏恍然。「難怪我就說呢，怎麼慧娘瞧著可憐巴巴的，就跟被人丟掉的野孩子似的。慧娘也不容易，咱做老人的不能幫她，也別在她心裡頭撒鹽啊！」

秦氏畢竟上了年紀，一晚上就打了一會兒盹，又不敢睡熟，眼窩底下一圈的黑。

「我這不是也心裡悔著，聽到慧娘昨兒個晚上又是喊爺爺的，我這在旁邊聽得，都忍不住落淚……」

等田慧醒來，只覺得這世界突然間熱情了許多。

就連最喜歡跟她頂嘴的團子都捧著碗熱水，走得有些晃蕩，這熱水濺了出來滴到團子的手背上，他忍著痛，皺著小臉兒。「娘，喝點兒熱水，我每次發燒完了，嘴巴特別渴！」

田慧雖說燒退了，還是兩眼淚汪汪的，可憐巴巴地吸著鼻子。

「團子——」田慧淚眼婆娑，竟跟兒子撒嬌上了。

別看田慧身無幾兩肉，身子骨卻是結結實實的，這次還是頭一回生病，可不是嚇壞了一屋子的人。

昨夜，團子抱著他娘不肯撒手，骨碌碌地爬到田慧的裡邊，拉著田慧的手，哭哇哇地喊著「娘，您快醒醒……」。圓子噙著淚，一想起自己是當家的，狠狠地抹了一把淚，就往村頭的楊大夫院子跑去。

「我娘發燒了，楊大夫給我開一副退燒的藥吧！」圓子剛剛跑出來的那會兒還不覺得冷，等跑到了楊大夫的院了外，大半夜的北風嗖嗖地往他衣服裡鑽，咬著牙才不讓自己哆嗦。

圓子喚的動靜有些大，楊大夫的媳婦也起來了。楊大夫自從掛牌開了醫館後，偶爾也會被病患的家屬給半夜叫起來。

鄭氏平日裡沒看見田慧一家三口也就當做村子裡沒這幾個人，現在田慧的兒子跑到自家來叫開方子，鄭氏只覺得心口有一口悶氣出不來。

「你娘不是大夫嗎？怎麼連退燒藥都不會開了啊？」一出口，語氣不善。

過了年，圓子已經九歲了。

「開了藥方子，我自然會付銀子！」圓子握著拳頭，沈聲道，只是出口就童聲，少了些威懾力。

鄭氏沒想自己竟被一個娃子嗆聲，這是明晃晃地不把她給放在眼裡，半大的孩子居然敢跟她叫板子！

鄭氏喘著粗氣。「你這是求人的態度嗎？我看你是想你娘一病不起吧！」

「別欺我年歲小不懂事！」圓子抬頭瞥了眼楊大夫，悠悠地再次開口。「我該知道的事兒，我娘從來不瞞著我，若是攀扯出以前的事，怕是傷了咱同村的情分。」

楊大夫一直低著頭，由著鄭氏對圓子冷言冷語，待聽得這話，楊大夫猛地抬頭，望向圓子。

那孩子的眼神睥睨不屑！

「行了，妳這是在做什麼！」楊大夫出聲制止。「你等著，我這就給你抓藥去！」也不招呼圓子到屋子裡坐會兒。

北風呼嘯，圓子的腦子被凍得格外清醒，眼神竟是冰冷地望著鄭氏，無聲地挑釁。

鄭氏真給氣著了，心裡大罵，小兔崽子！不過到底不敢罵出聲兒來，田慧家可不比以前了，如今里正都是護著的。

「你娘畢竟是女子，你可別只學了你娘的嘴皮子功夫，有些事兒可不是有銀子就能辦成的。」鄭氏還欲再說些什麼，不過圓子卻是不耐煩了。

「別的事兒我不曉得，不過到妳家抓副藥的銀子還是有的，只要楊大夫別獅子大開口，漫天要價！」

鄭氏氣得直哆嗦，一陣冷風吹過，大大地打了個噴嚏，手都來不及遮掩。

「夫人這是典型的手口不協調！」

鄭氏攏了攏外頭套著的冬襖，竟是不知道該如何反駁。

這人都挑釁到了自家門前，這口氣難不成還得咽下去？「我還真弄不明白了，小兔崽子都沒爹了，你到我家來耍什麼橫！大半夜的，我看你是覺得自己活得夠久了吧！」

圓子感覺到自己肩上重了一重，轉頭就見楊知故正給自己披棉大衣，有些肥大的棉大衣，把圓子有些清瘦的身子都裹了進去。

「老虔婆，妳要不要臉，欺負一個小孩子，妳還是不是人！小心下回我讓人逮著妳兒子，一頓胖揍！」楊知故最討厭這種看人下碟的！

楊大夫早就聽到院門口吵吵嚷嚷的，只得快速地包好藥材。「好了，這是你的藥，三碗水煎成一碗。」楊大夫將藥包遞給圓子，半道兒就被楊知故截了過去。

付了五十個銅板，圓子匆匆地跟著楊知故一道兒回來了。

錢氏拉著圓子的手，不放心地上下檢查了一番。「你這孩子，有啥事兒你就過來說一聲啊，怎麼大半夜一聲不吭地跑出去，磕著摔著可如何是好。要是你娘醒來了，我們怎麼交代得過。」

「三婆婆，我沒事兒，就是外頭凍人得很，這藥趕緊給煎了吧，我娘發了汗就好了。」圓子這一聲不吭地跑出去，可是嚇壞了秦氏，讓團子看著他娘，自己就往錢氏家跑去，跑得急，還摔了一跤，幸虧外頭的棉褲穿得厚。

楊家小院裡的人都被鬧騰起來了，還是楊知故說：「圓子沒來咱家，定是去找楊大夫抓藥了！」

圓子紅了雙頰，他只想著救娘，其他的都想不起來。娘怎麼都叫不醒，耳邊只有團子的哭聲，那一刻，他只覺得天塌下來了。

到楊大夫家的路並不遠，只是路上漆黑，圓子心急，不知道摔了幾回。

田慧在床上賴了兩日，享受著兒子倆的伺候。「娘，您咋就起來了呢？怎麼不多休息幾日？」

「我都已經好全了，再躺下去就得發霉了。」享受了幾日兒子福，田慧就不忍心了，半大的孩子把她照顧得非常周到，她只是發燒，而且早就退燒了。

田慧精神抖擻。「等賣小雞的來，咱家再抓幾隻小雞崽子，養雞吃蛋。」

團子笑嘻嘻地應好。

對於兩個兒子，田慧也跟一般人的思想一樣，對圓子要求頗多，認為長子就該如此。團子因此不如圓子穩重，一直是個跳脫的性子。不過田慧平日裡也有意無意地磋磨團子，只盼著有一日團子若是離了她、離了圓子，自己也能頂起一片天。

做娘的，都是這般思量的吧？

第二十七章　喜脈

出了年，雨水就多了起來，可以預見，今年是個好年頭。

大乾國百廢待興，新皇登基，免稅三年，舉國歡慶。

據說，康元帝抄了些貪官的家，填滿了半個國庫。

南下鎮也熱鬧了，聽說好多大戶人家都搬遷回來了，就像是去度了個假。

而楊全中家偷偷摸摸地置辦了好幾十畝地，如今估摸著大約有六十多畝！

楊家村的震驚了。

還遠遠不只這些，就連剛剛分家出去的阿土家，也置辦了七、八畝的田地，加上分家得到的，都有十餘畝了。

說起阿土家突然多的那些買地銀子，還是有些來頭的。阿土娘的娘家本不大好，不過因為阿土娘將買糧賣糧的訊息告訴了自己的娘家後，愣是狠狠地賺了一回。說起來阿土娘的娘家人，也都是極好的，明知道那時候糧食能換銀子，可還會巴巴地抬過來給自家姊妹。就是這樣，阿土娘的弟妹也沒半點兒不高興，還讓他們幾人乾脆住到娘家來得了。

田慧置辦了鋪子後，回頭就將曹經紀介紹給了這幾家，阿土娘也趕忙回娘家說買地的事兒。

阿土娘的兄弟和大姊，兩家一合計，各自拿了十五兩銀子出來，給阿土娘他們家置辦了田地。還說，這是補當年的嫁妝，這些年虧了阿土娘。

這幾家人也沒想著隱瞞，大模大樣地打算採買稻種。

錢氏自家也不打算種那麼多的田，把新置辦的那幾十畝田都給租了出去，連著田慧家的幾畝。至於田慧背著人、將大半的銀子拿去買了鋪子的事，可沒少被錢氏念叨，這年頭到底還是田地來得穩妥。

等田裡的水稻種下了，村裡人總算是鬆了一口氣。

幾年沒有操辦喜事，這幾日在楊家村，就光見著媒婆的翩翩身影了。

錢氏小院兒的門檻都要被踏平了，楊知故今年才十五歲，比起這些年耽擱下來的，這年歲已經算小了。而且錢氏持家有方，又是典型的好婆婆，兩妯娌也從來不紅臉兒，這可是搶破頭的好婆家！

有些膽子大的小姑娘，便會在楊知故必經之路上等著，以期來一個才子遇佳人，天雷勾動地火，一發不可收拾。

可楊知故就是被人叫住，也只是揚著人畜無害的笑，不過說出來的話就有些欠扁了。當然，這絲毫不影響楊知故的行情。

阿土的姊姊，阿木，因著這幾年的耽誤，訂親的那家人早早地就尋了過來，還帶了厚禮。親事不變，等收了糧，再挑個好日子就把親事給辦了。

阿土家如今分家，外家又是靠得住的，阿土護姊姊的事兒不用怎麼打聽，他們早就有所耳聞，若真是論起來，自家根本就比不上。就是明眼人一看就知道，阿土家的日子正是蒸蒸日上。

事事如意，阿土娘的臉上都能笑出花來。

阿木也早改了以前的性子，活脫脫一個翻版的阿土娘，還帶著些田慧的影子。阿土娘很是欣喜阿木的改變，覺得女子就該是這樣子的。

至於身為村子裡相當搶手的男人之一，阿花爹也是桃花運不斷，雖說娶的是繼室，不過奈何人家如今家底子厚，就是在楊家村，都已經是數得上號的。

「娘，我現在不想娶親，這樣的日子挺好的，如果又娶個鬧騰的來，這日子還要不要過了！」阿花爹明顯地抗拒，發了一通的火把媒婆趕走後，不顧他娘鐵青的臉，直接撂下話。

阿花奶知道阿花爹會抗拒，不過沒想到會這麼直接，簡直就是換了一個人！

「好？哪裡好了？我這個做娘的都不知道這已經分家的兩家人又合為一家過，這倒是哪裡好了？」阿花奶出身不錯，又是個識得幾個字的，這些年，自從跟娘家人走動了以後，以前丟到角落裡的鋒芒又露了出來，儼然就是一個當家的老夫人。

阿花爹從不知道他娘發飆的模樣居然這般地悍。

「娘，我這不是為了阿花姊弟好嗎？若是娶回來個潑婦也就罷了，若是個當面一套、背後一套的，那兩孩子可是受苦了。」阿花爹早就想好了說辭，只是在他娘的那種眼神下，越說越心虛。

阿花奶奶心裡嘆了口氣，她也不想這樣的，只是，逼不得已。這般想著，她語氣也就軟了不少。「你也別怪娘逼你，娘這都是為了你好。你看看你大嫂，明明是跟阿土娘她們一般年歲的，看上去卻生生老了七、八歲。娘的年紀也越來越大了，你總不能讓娘一直幫你掌著家吧？自從你爹走了後，我就一日不得閒，年歲比我小的錢氏早就不知道享了多少年的兒媳婦福了。」

阿花爹被堵了回去，試探地問了一句。「娘，要不咱就找個知根知底的，也不怕欺著阿花姊弟倆，就是跟娘和大嫂也能說上話。」

「這人都會變，若是身世清白、家裡頭沒有拖累的，那自然好說。不過咱楊家村的怕是都不行了，同族不得通婚，族裡規定著呢，你可別動啥歪心思！」

阿花奶煞有介事地說著。

仔細想來，田慧確實是不錯，不過不適合做莊戶人家的媳婦！這麼些年接觸下來，若不是有錢氏幾人在旁看著，田慧說不準能將自己的日子過成一團糟。

所以，當家，田慧不成！

阿花奶苦口婆心地勸著，若不是知道自己兒子的性子吃軟不吃硬，多半就要硬著來了。

「娘，您知道我的心思吧……」阿花爹道。

阿花奶也是頭回看到兒子失魂落魄的樣子，狠了狠心，點點頭。

「你是我兒子，這世上哪有娘不懂兒子心思的。娘若是閉眼去了，唯一放不下的就是你了，你不能只為你自己想，還有阿花姊弟倆。若是她只有個閨女，或是兩個閨女，娘這都不會有半點兒不高興，只是那兩個念書的兒子……阿花她弟弟，都不曾去念書，這往後可如何處得好！」

阿花爹張了張嘴，有心想說點兒什麼，卻是什麼都說不出來。

「娘也太高看我了，說不準人家根本就沒拿正眼瞧過我。」

母子兩人雙雙不說話。

「娘，再讓我想想吧，也不急在這一時。」阿花爹懇求道，語氣中有些落寞。

「唉，娘不逼你就是了。」阿花奶知道這次是不可能定下來的，也就不再逼迫。

田慧對於此事半點兒都不曉得，就連阿土娘都沒聽到風聲。

田慧最終還是將鋪子租了出去，每月的租金七百文，整年付的。

這價兒據說還是比往年低了，因為田慧買的兩家鋪子都是在東市的正大街上，又是帶著院子，雖說鋪面小了些，但是勝在位置還算過得去。

為此，若說陳夫人暗中沒貼銀子，田慧都不願意相信。因為光是兩間鋪子的租金就收了將近十七兩銀子，所以田慧開始張羅著給圓子和團子上書院的事兒。

「鋪子租出去了？」錢氏明知故問。

「嗯，銀子也收進來了，有十六兩多。」田慧絲毫不掩飾自己的得色，最近實在是被錢氏訓得有些多次，便有意在錢氏面前賣弄賣弄。

「嬸子，我還有件事兒跟您說，知故我能教的，都教了，他就是到鎮上去尋個帳房當當也沒問題。」田慧早就想說這事兒了。

這下子，錢氏真的是驚嚇了，她從沒問過楊知故跟著圓子他們一道兒在弄些啥。

「妳、妳沒、沒說笑吧？」錢氏嚇得結巴，怎麼才幾年，這世道好似就不一樣了？

「知故那小子就從來沒回來說過？」田慧也有些弄不明白，楊知故斷斷續續地跟著一道兒學了三、四年，做個小帳房自然是綽綽有餘的，只是缺少經驗。

錢氏茫然地搖頭，還是孔氏看不下去了，插嘴道：「三弟從來沒說過這事兒，只瞧見他每日都笑嘻嘻的，還跟個孩子似的。」

孔氏說的也是實話，楊知故是么子，家裡頭自然會多寵著些。而且楊知故那小子嘴巴還甜，把家裡頭上上下下哄得身心愉悅。就是兩嫂子，也是真心地疼這個小叔子。

不過楊知故確實讓人沒有話說，對兩小姪女那是千依百順，就是換尿布啥的，也做得比她們爹還多。所以這兩嫂子最放心的就是讓楊知故看孩子，收拾得乾乾淨淨不說，還能玩到一處兒去，天生就有孩子緣。

「呃，知故那小子頭腦靈活，比妳們看到的還要有責任心，我也不曉得該如何說……」田慧撓了撓頭。

「別看他一向沒心沒肺的，但是老三跟我一樣，最是護短，只要他認為是家裡人，都給護得死死的。家裡人就是寵著他，該下地的時候他還是要下地，從十歲起就跟著一道兒下地幹活了。」錢氏突然有種「吾家有兒已長成」的感慨。

知事媳婦突然說道：「娘前些日子還追著打三弟，沒想現在已經能做帳房了呢！」

「好了。等那小子回來，我就問問他的意思，是不是要去鎮上做帳房。」錢氏想好了，若是楊知故自己想做帳房，就先去兩閨女家的鋪子裡，多看看、多學學，長點兒經驗。

「慧嫂子、慧嫂子，妳在這兒嗎？」

錢氏這會兒正巴不得有人來打斷。「慧娘，好像外頭有人尋妳，事兒媳婦妳去瞧瞧？」

知事媳婦沒半點懷疑就出去了，這事兒她也是做慣的。

錢氏偷偷地呼了一口氣，抬頭就見田慧似笑非笑地看著自己，禁不住老臉一紅。

「看啥看，還不是妳，啥事兒都不說！」錢氏瞪了眼田慧。

田慧乖乖地收了笑。

「慧姊，段娘子的小妹找妳呢，說是段娘子病了，還吐了。」知事媳婦不做他想，一進屋子就道。

「那慧娘趕緊去啊，別讓人等著了。」錢氏趕緊說道，還不等段娘子的小妹開口說什麼，就催促著田慧趕緊跟人去。

田慧早就站起身。「走吧，趕緊去瞧瞧。」

楊家小妹並不知道屋子裡有這麼多人，一時間著急，也幸虧知事媳婦嘴快說了出來。

田慧匆匆地隨著楊家小妹去了。

「妳嫂子吃壞肚子了？好好的怎麼會吐了呢？」

楊家小妹，名兒就是小妹，從小便這般「小妹、小妹」地叫到現在。楊小妹搖搖頭。

「我也不曉得，嫂子吃的都跟咱一樣，只是嫂子最近老說腰痠。」

「哦——」田慧等著楊小妹繼續說。

「我嫂子這是以前累得狠了，日日天不亮地就起來磨豆腐，後來，嫂子說服了娘家人，把做豆腐的方子也告訴我們，我二哥和我總算是幫得上忙。都是我沒用，做出來的豆腐怎麼都沒有大嫂做出來的好吃。經常買我家豆腐的，一吃就能吃出不同來。大嫂可是一日都沒享到福，就為了家裡頭生意能好些，日子能過好些。那幾年災年，雖說過得艱苦，但是我嫂子可是能睡好了。唔——慧嫂子，我是背著我嫂子來找妳的，嫂子要是有個三長兩短，我家就都完了！」

楊小妹低頭，也不擦眼淚，就讓眼眶裡的淚珠子一滴滴地落在黃土裡。

「妳嫂子身子不是一向挺好嗎？說不準就是著涼了，別怕。妳爺爺、妳爹他們都不曉得嗎？」

「我爺爺讓我來尋妳的，爺爺說妳是好人，可靠。」

田慧被誇得心慌慌的，她早就看過段娘子在縫一件男衣，若是有了身子，是妊娠反應，她也不知道如何開口了。

「這話是妳爺爺說的？」田慧疑惑地看著楊小妹。

楊小妹點點頭，有些緊張地說道：「慧嫂子，咱就快點兒吧，我嫂子不知道現在有沒有好點兒了。」

田慧挑眉。

兩人一前一後地到了楊家院前，楊老太爺已經在院子裡坐著，手裡拿著一枒杖。

待得看到楊小妹先進院子，他怒斥。「小妹，妳這規矩越學越回去了，讓妳去請慧娘，妳就自己一個人走在前頭？」

「爺爺——」楊小妹弱弱地喊了一聲，顯然怕極了這個爺爺。

來了那麼多回，田慧還是頭一次看見楊老太爺，七旬的老頭兒，不苟言笑，精神頭看著卻是極好。

「楊爺爺，我就是慧娘。」田慧打岔道。

楊小妹感激地衝著田慧笑了笑，有些不好意思。

「我知道妳就是慧娘，就是小妹這丫頭越來越無禮了，都是被他們給慣的。快進來坐，小妹將妳嫂子叫出來，有病就得治，這拖下去哪是事！」

田慧驚訝地望著楊老太爺，難怪能活到七旬啊，這人長壽還真不是沒理由的。

楊老太爺領著田慧去了堂屋，重新坐下，田慧才跟著坐下。

隔壁的屋子裡傳來「哐啷」的聲音，楊老太爺挑眉。

不多會兒，段娘子穿了布鞋，隨著楊小妹一道兒出屋，一腳才邁進堂屋，段娘子就揚起笑。「慧娘，還勞妳等我了，我這身子不舒服，在屋裡頭歇著呢。」

挑了個靠近楊老太爺的位子坐下，段娘子才衝著楊老太爺語帶撒嬌地說道：「爺爺，我自己的身子我自己曉得，可能是夜裡頭著涼了，何必這樣勞師動眾的，還讓慧娘特意跑這一趟。」

等段娘子說完了，慧娘也不接話，只是一直掛著笑臉，一如既往。其實她心裡好忐忑，就怕知道了不該知道的事兒，那可如何得了，會不會被毀屍滅跡？

楊老太爺對著段娘子，臉上的表情柔和了不少，看來是真的喜歡這個孫媳婦，否則也不會緊張地讓人去請大夫。

「慧娘又不是旁人，不是聽說妳們最近走得挺近乎，讓慧娘給妳瞧瞧，看了方子抓了藥，這身子也會好起來。妳看看爺爺活到七十了，妳若是也想活到七老八十的，聽爺爺的準沒錯，這可都是經驗。」

段娘子也知道這事兒是成定局了。

「慧娘，那就麻煩妳了。」

田慧起身。「不麻煩，就幾步路的事兒，看看也讓楊爺爺心安。」

「小妹，把椅子端到向陽處，讓妳嫂子坐下，我好瞧瞧。」

這幾年，陳夫人往田慧這兒送了不少書，醫書、字帖都有。這幾年，田慧也並不閒著，她不知道除了做大夫，自己還有哪條出路，不過就她那水準，還是要多學習。前頭幾年災年，田慧就捧著那幾本醫書，翻來覆去地琢磨。她的字倒是沒有半點兒進展，字帖都給兩小的練了。

「楊老太爺，我有幾個問題要問段娘子。段娘子，妳看哪間屋子方便？」

楊老太爺點點頭。「小妹，妳跟著一道兒去，也能照顧照顧。」

段娘子領著田慧去了她的屋子。「慧娘，有啥不對嗎？要避著我爺爺？」

田慧沈吟了片刻。「妳這是喜脈！」

「啥！」楊小妹驚呼！段娘子的呼聲就顯得小了很多，楊小妹完勝。

「妳、妳不會是弄錯了吧？」段娘子結結巴巴，身子也抑制不住地抖著。

楊小妹眼疾手快地扶著段娘子。「嫂子，定是慧嫂子弄錯了，妳別怕，有我在呢！」

「已有月餘了。」田慧算是看明白了，這楊小妹不添亂已經是幸事了。

段娘子一個重心不穩，摔在了椅子上，伸手抱頭。

楊小妹在一旁護著段娘子。「嫂子，妳小心些，慧嫂子都說妳有身子了。」

這，真的沒關係嗎？聽聽楊小妹這話說的，不是應該想想孩子爹是誰嗎？段娘子可是個寡婦啊……

段娘子猛地抬頭，雙目赤紅。「不對、不對！我這個月的癸水來了，今日是第四日，定是妳弄錯了！」

「這就是我要問妳的。妳的癸水怎麼樣？」田慧不好當著楊老太爺的面兒問。

「不大多……」段娘子還是有些回不過神來。

「暗紅？」

段娘子點頭。

「癸水量少，色暗紅，腰痠，舌淡紅，苔薄白，脈細滑。妳怕是已經自流過幾回了吧？」

段娘子抱頭不說話，整個人縮在椅子裡瑟瑟發抖。

「慧嫂子，妳就別再逼問我嫂子了！」楊小妹攔著不讓問。

田慧皺著眉頭。「妳若是不信的話，就去找別的大夫瞧瞧，已經月餘了，是個大夫應該都能把出來。」

「慧娘，妳知道我不是這個意思。我、我就是不能、不能接受！怎麼就有了、怎麼就有了……」段娘子不斷地重複這話，顯然對於她來說打擊不小。

可惜田慧只是個大夫。

「我是大夫，不該說的，我出了院子就不會跟旁人說起，這點妳放心，大夫也是有職業操守的。不過，我必須提醒妳，妳這胎可以確定是先兆流產，若是不養好的話，往後習慣性流產，真的想懷穩都難了。」

田慧有時候雖然有些八卦，但是段娘子這事兒可不是小事，不是能拿來八卦的，弄不好就會出人命，田慧可不想自己身上背條人命，她是很膽小的。

段娘子小心用手撫上肚子，低頭噙著淚。

唉……

「老爺子還在外頭等著，這事兒可以說不？」

楊小妹也拿不定主意，求救地望著段娘子。段娘子一心摸著肚子，好似並沒有聽到田慧說的話。

「慧娘，妳是不是看不起我？」段娘子突然冒出一句話，抬頭直直地看著田慧。

田慧搖頭，這是哪兒跟哪兒？

「嫁到楊家村來，是我心甘情願的。這麼些年，我日日睜眼就只知道做豆腐，笑著賣豆腐，迎來送往，連個說說心裡話的人都沒有，幸虧小妹長大了……」

段娘子似乎想到什麼，戛然而止。

「走吧，出去吧！」

段娘子一進屋子，就直挺挺地跪下了。「爺爺，我對不起楊家！」

楊老太爺急了，連枴杖都忘記拿，上前就來扶段娘子。「胡說！誰敢這樣子說，我就是豁出了這把老骨頭也要跟他拚命！趕緊起來，妳身子不好，都是為楊家給累著的，是我們楊家欠了妳啊！」

幸虧，楊老太爺還不糊塗，就是糊塗了也還好，知道護著段娘子，這事兒就不會做得太絕了。

田慧替段娘子慶幸，這些年的付出，也算是值得了。

若是讓村子裡的知道段娘子有了身子！段娘子怕是連活路都沒有吧？

段娘子也隨著楊老太爺起來，在原來的位子上坐了，低頭不語。

田慧不知道自己這會兒是不是應該走了，只是氣氛怪詭異的，她也不知道如何開口。

「要不，我先走了？」田慧詢問地望向楊小妹，楊小妹茫然無措。

「我孫媳婦咋樣了？要不要開個方子？不開方子就沒事兒了？」

一個人都不說！

「沒事兒，就是有了身孕。」田慧故意裝作「多大點兒事」的語氣，果然，輕輕鬆鬆說了出來，整個人都清泉石上流了，清清爽爽的。

呃……

楊老太爺一頓，段娘子大呼。「小妹，趕緊去拿熱水來！」

段娘子慌了神，顧不上自己該如何，衝著跑出去的小妹大喊道：「水在鍋裡，再加把火！」

又是掐人中又是灌水的，楊老太爺總算是動了動。

段娘子趴在楊老太爺的膝蓋上，悶聲道：「爺爺，我不會害楊家丟臉的，您放心，這孩子我不要！」

楊老太爺抬手，摸了摸段娘子的頭頂。「慧娘，妳把我孫媳婦的情況跟我說說。」

聽完，無語。

田慧識趣地告辭。「若是要留，最好還是吃我的方子，這胎挺危險的……」想了想還是說道：「這事兒照理也輪不上我說啥，我就只是個大夫，我還是那句話，若是這胎不養好，段娘子往後是不大可能再有孩兒了，就是有，也懷不住。至於我這張嘴，你們也放心，我不會往外頭去說的，就是三嬸子他們我都不會提一個字，我就說是吃壞了東西，其他的，再多我也做不了，畢竟我只是個大夫……」

楊老太爺像是一下子老了好幾歲。「小妹，去送送慧娘吧。」蒼老無力。

過了幾日，一直沒有消息傳出來。

段娘子的婆家人也沒有上門來尋田慧來開方子。

第二十八章 書院

阿土娘來挑水，遇上了正在滿村子閒逛的田慧。

「慧娘，中叔家嬸子剛剛找妳呢，說是楊柳村的那個學堂已經說好了，咱明日就送他們三個去學堂，不過聽說先生要考校。」

「真的嗎？早先不是說不再招生了嗎？」田慧聞言，就跟著挑水的阿土娘往回走。

「嬸子剛剛在尋妳呢，還以為妳在我家。妳這幾日是咋了，咋每日在水井旁溜達？這日子是越來越好了，妳家的幾畝地夠幾個小的吃了，鋪子的租金也夠你們過活，可比村子裡的好些人都要過得好呢！」

呃，這是怕她想不開？

「想啥，我好著呢，還不捨得死！就是要死，也不會污了這口井。」田慧咬牙切齒道，要不是看在阿土娘挑著兩桶滿滿的水的分上，田慧一準過去「大刑伺候」。

到了錢氏的小院兒，錢氏也正在等著田慧，劈頭蓋臉就是一頓訓，訓了一頓才說起了楊柳村的學堂。

楊柳村裡學堂的先生是個秀才，已過不惑之年。據說，這個老秀才打算參加今年的秋闈，若是他考中成為舉人了，那就不會在這小小的楊柳村給小娃子當啟蒙先生。於是老秀才適時地放出話來，說是不再收了。得到消息的田慧幾人也無可奈何。

錢氏聽到，「啪」地拍了桌子，信誓旦旦地說，這事兒包在她身上。想她以前在娘家，可是要風得風的「女子」，這才嫁出去幾十年，村子裡就不買帳了？

第二日，錢氏就匆匆地帶著三個小子，連同田慧去了楊柳村，楊知通趕的牛車。

「老大，你先去你姥爺家看看，有啥活兒能幫忙做做的，也不知道你姥爺的菜園子有沒有翻好了？」楊知故已經好幾日都沒有回去了，一直在楊柳村幫著做活兒，錢氏估摸著，這菜應該種下了。

「嘿，姥爺又不會讓我動他的菜園。」雖這樣說，楊知通還是趕牛車去姥爺家了。

楊柳村的學堂就離村口不遠。

大隱書院。

大隱隱於市，小隱隱於野。口氣不小，田慧自然對這個先生有了更大的期望，不管口氣小不小，只要有本事就成。

楊柳村的這個學堂，占了挺大的一塊地盤。據說，先生吃住都是在這個院子裡的，前院是學堂，後院就是先生的住處。

錢氏一大早就拖了人來，阿土娘因著娘家有事兒，就將阿土託付給了田慧。

他們來得早，先生還沒有開始講課，書院裡稀稀落落的幾個學生，坐在桌子上在看書，嘴裡念叨著什麼。

圓子三人都興致勃勃的，不過小臉上仍透出緊張，生怕自己不過關，先生不願意收。

「別緊張啊，你們那麼棒，先生沒道理不收的，平常心、平常心面對！」田慧在一旁加油打氣。
錢氏因為曾經來過，便輕車熟路地帶著人往裡走。
「龐秀才，這就是我上回說的三個孩子，我今兒個帶來了。」
田慧總覺得納悶，這話聽著好像多熟，可其實他們就來過那麼一回，那得多自來熟啊！
龐秀才點點頭，指了指他面前的那塊地，示意讓圓子三人站好。
「可念過書了？自己的名字會寫嗎？」
龐秀才一副標準的讀書人打扮，頭上的髮髻用方巾包裹，身上穿著一襲青色長衫，腰間束帶，唯一和想像不同的就是年紀一大把了，有些發福。
龐秀才，胖秀才。
「回先生的話，已經學完《三字經》，臨摹過字帖。」圓子中規中矩地答著。
龐秀才挑眉，就不再搭理圓子。「學完了《三字經》？這學完了可不只是你說的能讀能背的意思，這做學問就要精益求精，話可不能說滿了。你們兩個呢，也都是這般學過了《三字經》？」
「回先生的話，是的！」團子和阿土異口同聲。
團子眨巴著眼睛，側頭望著龐秀才。「先生，我們都跟著我娘學了三、四年的《三字經》，不光會背，還能譯文呢！」
龐秀才指了指案桌上放著的書，是本《三字經》，不知道已經翻看多少年了，有些破舊。「愣著做什麼，拿著念給我聽，我說停就停，三人傳著念！」

龐秀才好似根本就沒有聽見團子說的話，依舊要求圓子三人一個個地輪著念《三字經》。

圓子順從地拿起那本殘舊不堪的《三字經》，心裡腹議著——我這是怕一不小心弄壞了你的書。

不過，圓子這小心的模樣，到了龐秀才的眼裡，卻成了心虛！這吹牛吹大發了，總有漏氣兒的時候。

原本，龐秀才是從來不考校學生的，不過錢氏非得讓他收下這幾個學生，還誇下海口說，這幾個學生家裡頭都已經教著認得幾個字，龐秀才壓根兒就不願意信，婦人教的能識得幾個字？會數數就已經不錯了。

這不，龐秀才因此有了考校這個心思，目的就是讓這幾人掂清自己的分量！

《三字經》三個人傳著念完了，龐秀才眉頭緊鎖。

「很好！不過往後你們要更加勤勉。你們這是誰教導的，的確是下了一番工夫的。」龐秀才摸著一綹小鬍子，誠心誇讚道。

團子一聽先生也誇讚他娘，立刻覺得這先生是個好人，是個有眼光的好人。他決定原諒先生沒把他的話聽進去。

「回先牛的話，是我娘教的！」團子脆生生地答道。

龐先生看都不看田慧一眼，繼而問道：「這位就是你娘？」

「是的，我娘認得很多字，不過她字寫得不好！」團子一不留神就把田慧的底洩了。

龐先生一副「我就知道」的神情。

錢氏在一旁忍得牙癢癢，這人就在面前，做啥非得問個小的，這不是多此一舉嗎？讀書人就是彆扭！

「既然都是已經學過的，那就一人說幾句喜歡的詩句。」

龐先生這是有些為難人，明明聽圓子幾人只說學了《三字經》，這會卻讓人背詩句。

圓子清了清嗓子，搖頭晃腦道：「桃之夭夭，灼灼其華。之子於歸，宜其室家。」吟完了，還衝著阿土使了個眼色。

三人一向是混在一起的，圓子只一個眼神，阿土就接受到了。

「桃之夭夭，有蕡其實。之子於歸，宜其家室。」

團子了然，笑嘻嘻地接嘴道：「桃之夭夭，其葉蓁蓁。之子於歸，宜其家人。」

龐先生臉紅一陣、青一陣的。

「你們三人《詩經》也學了？知道這是啥意思不？」

「回先生的話，《詩經》只是偶爾聽孀子吟過。」阿土甚少說話，不過也知道圓子這是故意的。

田慧雖教過《詩經》，不過並不能完整地譯出文來。

「先生，這幾句說的是女子美好，宜家宜室！」

「小小年紀就知道女子美好，宜家宜室了？」龐先生有些難以苟同。

圓子點頭。「我娘就是這般，宜家宜室！」

「對啊，我娘懂的可多了！我娘還是個大夫，若是先生哪裡不舒服，也不用找別人。我們三人在這兒念書了，先生若是不舒服，就請我娘來給您瞧瞧，我娘可不是誰人都給瞧的！」團子還是一如既往地給田慧招徠生意。

龐先生一臉糾結，不欲再與小兒糾纏下去。「束脩？」話落，半晌沒人回話，這是想賴了不成？「就沒有個男的可以來說話？子曰：『唯女子與小人難養也。』」龐秀才有意掉起了書袋子。

田慧一大早趕過來就看了個老秀才種種的不靠譜，要不是因為這幾個小的，她真想甩臉走了。

不與君子論！

錢氏早就憋不住了，這明知道慧娘沒個男人，還要讓她找個男人來跟他說話，這不是想讓人「紅杏出牆」？好陰險的用心啊！

錢氏已經怒氣沖天，心裡不知道往哪裡想去了。

「我是棄婦，男人死了，就被趕了出來！」畢竟不算自己的事，田慧說起來一點兒負擔都沒有。

龐先生訕訕的，不知道該如何接話。

「你們三人就先到學堂裡後面一排，尋個位子坐。」這也算是收下來了。

龐先生用自己的實際行動來表達誠意，不過錢氏沒接收到。

而田慧則根本就不在意，從好的來想，這龐先生至少不是色狼吧！

錢氏冷哼一聲。

「不是楊柳村的學生，這個束脩是一個月二百文。」龐先生低頭道。

「龐臨泉！」錢氏一步邁到龐先生的面前。

「我要去教學了。」龐先生想躲，就是田慧也看出來了。

「龐臨泉！」

「玉兒，別胡鬧了，還有人看著呢！」龐先生總算是抬頭盯著錢氏，出聲求饒。

田慧就是再遲鈍，也看出來這兩人是老相識了。

龐先生作為一個如此迂腐的讀書人，叫錢氏居然是「玉兒」，錢氏的閨名就是田慧都沒有聽說過的，這得是多久之前的老相識了！她是不是該避避嫌？

田慧儘量縮在角落裡，她真的只是想看看八卦啦！光聽不過癮。

錢氏看了眼已經儘量縮在角落裡的田慧，喘了口氣，指指田慧，點點外頭。「慧娘，到外頭等我會兒，我新仇舊恨一道兒算了！」

被人驅趕了！

田慧剛剛掩上門，就聽見錢氏壓低聲音怒吼。「你這麼瞧不起女人，當初為何還向我爹提親！」

雷得外焦裡嫩！

田慧發誓，她真的不是故意偷聽的，只是離開的動作有些慢了，不經意間聽到了不該聽到的東西！田慧只能腦補錢氏的過去，那個屬於「玉兒」的過去。

聽說龐先生隻身一人住在這學堂裡，生活起居都是村裡負責的。難不成龐秀才一直沒有娶親，心心念念著錢氏？這就是愛情啊！

田慧決定大度地不跟龐秀才計較了，實在是太難得的「情種」了。

田慧正在歪頭想著種種可能時，錢氏開門出來了，劈頭蓋臉就是一頓訓。「誰讓妳關門了！我在氣頭上，倒忘記了妳也是個能折騰的，還不趕緊把束脩給了，傻愣著做啥呢！」錢氏拍了拍走神的田慧。「趕緊去，就會瞎磨蹭！腦袋不大，想的東西倒是挺歪歪繞繞的，嘖，難為妳了！」

田慧頂著「謙虛」的臉，將束脩給付了。

龐秀才一改「陋習」，「盡心盡責」地將人送到門，還表達了內心壓抑已久的強烈歡喜。「有空下回再來啊──」

當然，這都是田慧自己根據龐秀才的一舉一動給總結出來的。

等出了學堂，田慧才意識到還有好些問題沒有問，譬如，書啊紙啊……都怪自己太八卦了些，不，應該是好奇心重了些。

田慧內心正在不斷地反省，不想，錢氏開口了。

「妳也別擔心，這龐秀才雖說看著有些不靠譜，但是把圓子三人交給他，還是可行的，他定會好好教導，就是這人有些迂腐。」

田慧能說啥咧，自然是點點頭。

「走吧，都來這兒了，看看我爹去，妳不是對我爹好奇得緊嗎？」

田慧猛不丁地直點頭，錢老爹可是傳說中的人物，她馬上就要見到「傳說」了？田慧見到錢老爹，就是在這個充滿了「詩情畫意」的季節裡。

錢老爹褲腳一邊高一邊低，這就算了，田慧只會當錢老爹是個有性格的老爹。褲腳上沾滿了泥，不拘小節。臉上也沾了泥，不娘！

錢老爹身子骨還是很硬朗的，看著錢氏這個小閨女露出了歡喜的笑容。

「真是沒良心，枉我最疼妳了，誰知妳把知故那小子扔在我這裡就不管不顧的。」錢老爹一臉指控，就差撲上來抱著錢氏抹眼淚，聲聲哀怨。

錢氏讓出身子，讓身後的田慧露了出來。

錢老爹立刻恢復老神在在的模樣，好像剛剛那個老頭兒都是田慧一廂情願給臆想出來的，變化之快，令人咋舌！

「閨女，這是誰啊？」錢老爹理了理春衫，低頭見著褲腳一高一低，錢老爹想都不想地就要蹲下身子。

「爹啊，您這老胳膊老腿老腰的，做啥還蹲下，回頭不是還得幹活嗎？再說了，慧娘不是外人。」錢氏蹲下身子，給錢老爹把褲腳放下來，又輕輕地撣了撣衣裳，將臉上的泥給擦了，因為錢氏控制著手下的力氣，泥土還是沾在錢老爹的臉上、春衫上。

不過錢老爹卻是認為已經擦乾淨了，神色自若地打量著田慧，一邊看一邊點頭。「這丫頭不錯啊——」

田慧畢恭畢敬地站著，任人打量。

錢氏一向最喜歡誇讚田慧的人了，更何況還是自己的老爹。

「爹，我可是您的親閨女，我的眼光能有錯嗎？」

田慧任由他們父女倆誇讚著，轉頭打量起了菜園子。說是菜園子都有些小瞧了這個菜園子，約莫著占地兩畝左右，也不知道這地是從哪兒給分出來的，這麼一大塊，明顯已經翻過土了，一壟壟的菜畦還一塊塊地劃分起來。

「怎麼樣，我的菜園子夠大吧，下回想吃就來我這兒摘，隨便摘！」錢老爹大氣地一揮手，允諾下了。

錢氏疑惑地望了下她爹，這是看著人家田慧「賞心悅目」的，所以格外豪爽？

「爹，慧娘有兩兒子呢！」

啪！啪！對著腦門子就是兩巴掌。

錢氏吃痛地揉著腦袋，努著嘴。「爹！您下回要下手，先提前跟我說聲。」

「哈，妳當我跟妳一樣傻！」錢老爹揮揮手，讓錢氏扶著自己。「咱去那石凳上坐著說話，我這是老咯，打了妳兩巴掌，這人啊就覺得不對勁兒，使不上力了……」錢老爹捶著腿，又捶捶胳膊。

錢氏最終還是不忍心，伸手扶著錢老爹，看著腳下的泥地，生怕他摔著了。錢氏邊走，還不忘碎碎唸。「我就是心太軟，所以才老是被您拿捏著。換個人試試，我非拿著掃帚給揍得牙齒都掉光。」

錢老爹張了張嘴，想想自己剩下的幾顆牙。他還是謹言慎行吧！禁不起揍。

田慧看著轉身前還衝著自己眨眨眼睛的錢老爹，樂了。驀然，田慧想到一句話，父親是女兒的守護神。

已經四月底了，石凳上還是擺著薄薄的墊子，可見錢家人對於錢老爹還是上心的。

「我不大喜歡喝熱茶，現在天兒也不熱，這茶水放在這兒，一放就是一天，喏，還有點心。」錢老爹指了指石桌上的東西。

「這是大哥拿來的？」錢氏給老爹倒了碗水，又給慧娘倒上了。

錢老爹咕嚕咕嚕地喝，一碗空了，才點點頭。

「上回來還沒見著呢，這是大嫂自己做的？」錢氏捏了塊點心，湊近聞了聞又放了回去。

原來，錢老爹三個兒子，現在家中都有幾十畝的田地了，即使不做活，坐著吃，也不會餓上。就是不聽話的老大家，現在也有三十來畝的地。而他們日子好了，就想著孝敬老爹，盼著老爹能帶著他們「更上一層樓」。

「大嫂也就那點兒出息，大哥這幾年越發不像樣了，老想著做族長，家裡的銀子都不夠他揮霍的！」

「妳大哥沒這本事，妳二哥三哥他們也不願意做這族長，這族長啊，還是要從別家選。妳大哥的小算盤怕是要落空了，可若回頭讓他知道妳說他不能做族長，他非找妳拚命。」

錢老爹是錢氏一族的族長，若是兒子得力，一般都會由兒子繼承。大兒子倒是有心當這個族長，現在還沒當上，就經常拿銀子補貼族裡，人人都當他是冤大頭。老二老三夠機靈，卻不想攙和這些事兒，只想著過好自己的小日子。錢老爹自然不勉強，因為他自己都不大願意做這個族長。

這父女倆說自家人的壞話，也不避著自己一些，田慧很尷尬，不過還是抿著碗裡的水，默默地聽了！

「慧娘，妳到那邊看看知故那小子去，我跟我爹說會兒話！」

終於，被打發了。

看著田慧小心翼翼地行走在菜地裡，生怕踩著菜種子菜秧子，一直低著頭，看著路。

「爹，慧娘咋樣？」錢氏湊近錢老爹。

錢老爹只是點點頭。「不錯，心腸挺軟的，也是個可憐人，我看她父母緣薄。妳若是誠心待她，就對她好些，對妳只有好處。」

「看您說的，我可是一直誠心待慧娘，也沒想過要從慧娘身上得啥好處。我又不是那種人，再說，慧娘能給我啥好處咧，我兩兒子都已經娶親了。」錢氏白了眼錢老爹。

「不是還有知故那小子嗎？」錢老爹伸伸腿。

錢氏被她老爹嚇到了，一時半會兒都回不過神來。「知故才十五！」

「慧娘大概也就二十左右吧？要是不說，能看出來？」錢老爹再接再厲。

田慧頂著一張娃娃臉，若是伙食好點，當然指的是「肉」多些，吃得圓潤潤的，又好生養，又減齡！

「可是，這年歲也差得太多了些吧？就是女大三抱金磚，都有兩塊金磚了。」錢氏腦筋還是有些轉不過彎來。

錢老爹瞥了眼錢氏，在錢氏看來，那眼神充滿了挑釁。錢氏不搭理他，低頭用手在石桌上隨便畫著圈圈，一圈又一圈。

錢老爹也不心急，自己伸手又倒了碗水。

「若是慧娘看得上我家知故，我自然就要娶！慧娘能進我家門，這是我家的福運。不說別的，慧娘這性子也好，跟我家裡人處得都跟一家人似的，仔細想想還真沒啥可挑的。除了慧娘有兩兒子，其他的可比別的小姑娘好多了！圓子哥兒倆，一瞧就是有出息的，沒準兒還能帶來大福運。」錢氏抬頭說道，顯然是經過了一番思量，這越說越覺得田慧真心好。

錢老爹咧嘴一笑。「行了，我就隨便那麼一說的，慧娘對故兒，怕是就跟對自己兒子似的沒啥想法。我只是逗逗妳，妳這心裡頭若是想一直對她好，就要一直這樣，別為了有的沒的事兒來傷人心。若是這樣，還不如一開始就別對她這樣好。」

錢氏點頭受教。

田慧好不容易，千辛萬苦地走到了楊知故的身邊。「嘿，小子，在澆水呢？」

「妳咋也跟過來了呢？」楊知故抬頭看了眼田慧，還是繼續舀水澆菜。

「圓子他們三人來楊柳村的學堂跟著龐秀才念書，我隨你娘過來瞧瞧，順便看看你這菜種得咋樣了！」

楊知故並不少來楊柳村，自然也知道這個龐秀才。

「喔，那個迂腐的老頭兒！小心別把圓子他們給教呆了，變得一板一眼的，嘿，別說，還真有這可能啊，三個小老頭兒！」楊知故說著，自己倒是忍不住先樂了起來。

田慧雖然也覺得有這可能，但是這會兒怎麼可能附和。「小心讓孀子聽到了，拿著掃帚揍你，那你可是丟臉丟到楊柳村來了。」

「嘿，那不是正好，下回就不用來了。」楊知故長吁短嘆。

最後楊知故還是留在楊柳村，只能揮揮手送別家人，好不哀怨。

「你是不想跟在姥爺身邊？」錢老爹就差吹鬍子瞪眼了，不過說出來的話，卻似是楊知故瞧不上他這糟老頭。

對於錢老爹，就是楊知故的親娘，剽悍如此的錢氏都拿他沒轍，楊知故頓時就蔫了。

「姥爺，我就巴不得日日跟您住在一起……」

還不等楊知故表完忠心，錢老爹就開口了。「那行，今年你就陪著我這糟老頭吧，我最喜歡你娘，自然就最喜歡你這個小外孫了！人生不寂寞啊，不寂寞……」

錢老爹拄著枴杖又回了菜地，楊知故垂頭喪氣地跟上了，到底不忍心駁了姥爺的意思。

真是個心善的娃兒……

過了午時，田慧她們就接了圓子三人上了牛車，回楊家村。

一上牛車，錢氏就急著開口問。「先生都教什麼了？」

「三婆婆，先生教的我們都跟娘學過了，先生還在教《三字經》。」團子搶答道，好不自豪。

錢氏抱著團子，捧場地誇讚道。

「先生是有學問的，這才一日，以後有不懂的就多問問先生。」田慧插嘴說道。才剛剛下了牛車，孔氏對田慧說著。「段娘子的小姑子剛剛才來過，這一早上已經來好幾回了，怕是找妳有事兒。」

田慧想也不想地拔腿就走，還沒走到，就碰上了匆匆來尋田慧的楊小妹。

楊小妹一看是田慧，欣喜若狂，跑來拉著田慧的手，就往自家院子裡帶。「可算是回來了，我都已經找妳好幾回了。聽說圓子和團子去書堂念書了?可算是個有出息的!」

田慧急著想知道，這楊家人的想法。

路上遇上了楊小妹家的堂嬸兒，一個四十來歲的老婆子，不過一雙眼睛骨碌碌地轉著，一看就是不好對付的。

「小妹啊，聽說妳嫂子病了啊，可是有好些日子沒瞧見了，這是得了啥病呢？明兒個我跟人一道兒來看看妳家嫂子吧？」

楊小妹有些侷促不安。「堂嬸，嫂子也沒啥毛病，就是爺爺心疼嫂子，非得讓我去請了慧娘來瞧瞧。」

「唉喲，這就是慧娘啊，我真是有眼不識泰山，我家就住在下楊，可不就是碰面的機會少得很，剛剛竟是才頭回認得。若是得了空，就去我家坐坐啊⋯⋯」

她是真的不知道面前的人就是慧娘，這楊小妹應該是請慧娘給段娘子看病的。不過看慧娘這一身的打扮，柳綠色的上衣、油綠的下裙，楊柳腰上繫了條檀色的束腰。這哪是一個大夫的打扮，若是不知道，還以為是來走親戚的。轉念一想，段娘子的病都到了請大夫的時候了，還推脫是小病！這人都不老實。

田慧有些受不住楊小妹堂嬸突如其來的熱情，只能點點頭，其實，田慧就連她家在哪兒都不知道。

「這都請大夫了，正巧被我碰上，還能不去瞧瞧？」楊小妹的堂嬸如此堅持。

田慧看楊小妹實在招架不住，才開口解圍道：「段娘子的病，就是要將養著，若是一不小心加重了，可真的是回天乏術了。」

原本田慧還想弄個「傳染病」啥的，這年頭若真一不小心傳染開來，怕是滅了整個村都有可能。

堂嬸唏噓。「那等段娘子好了，咱再去瞧瞧。」她可不想背上害死人的罪。

一進院子，這回屋子裡多了個人，楊小妹的二哥。

楊小妹她爹依舊不在。

楊老太爺坐在上首，楊小妹的二哥站在一旁，段娘子坐在椅子上，田慧隨著楊小妹一腳踏進屋子，紛紛被投以注視。

「慧娘，妳來了啊……」楊老太爺起身招呼田慧，好不熱情。

看來是已經消化了這個「好消息」？田慧訕訕地笑著，楊二哥站在那兒紋絲不動。

「慧娘又要麻煩妳了，就是上回的診金都忘記給妳了。」段娘子也跟著站起來不好意思地笑道，招呼著田慧坐在她身邊。

楊二哥動了。他兩個跨步，就伸手扶住段娘子。「嫂子妳坐著，別折騰了！」

田慧進也不是，退也不是，幸虧她是個隨意的，絲毫不在意。這啥，「秀恩愛死得快」，她就不想多說了，難為人家好不容易在一道兒，還是別太計較了。

「這是楊二哥吧，你讓讓，我給你嫂子把把脈。」田慧果斷地分開楊二哥扶著段娘子的手！她，還是很小心眼的。

哼！看著段娘子的臉上泛起了紅暈，田慧這才罷了。

「怎麼樣呢？」楊二哥不知道該如何稱呼田慧，若是叫「慧娘」不妥，叫「大夫」，又覺得叫不出口，頗為尷尬。

楊老太爺拍了楊二哥一個腦瓜子。「瞎嚷嚷啥咧，還嫌不夠丟臉嗎？」

楊二哥噤聲，若不是爺爺罩著，他這是連兒子都保不住了，萬萬不能得罪爺爺，楊二哥早就想得透透的。

田慧自然聽到了這個「瓜熟」的聲兒，好重，那該下了多大的力氣……

「安胎飲，加上旱蓮草、地榆。注意流血的情況，血減少轉淡了，就來跟我說聲，我看過了，再換藥方子。可有紙？」田慧原本想開個酒方，不過段娘子的情況已經拖不得了。

段娘子不好意思地搖搖頭。

「小妹跟著我一道兒回去吧，我寫了方子再去抓藥。不過，最好去鎮上抓，若是楊大夫瞧出點兒啥東西來，怕是說不清了。」田慧還是多嘴地說了幾句。

「還是慧娘考慮得周到，要是你們都有慧娘這般伶俐，我才能安心啊！」楊老太爺嘆了口氣。

楊二哥吶吶不說話。

等楊老太爺感慨完了，才問道：「慧娘，這個，診金是多少？上回的也沒給。」

實在是難以啟口。

楊老太爺早就聽說了，慧娘給鎮上的人瞧病，這光是出診一次就是幾兩銀子，自家可真的無法比了。別的不說，就衝著田慧為自家這事兒守口如瓶的，這診金真的不好少給了。

「隨便給啊，我也不曉得該收多少，大抵比著楊大夫來就是了。」都是相熟的，田慧也真的不知道自己該要多少合適。

「這怎麼可以！」楊老太爺也糾結了，多了給不起，少了看不起人。

「要不一回給個二十文？會不會太多了些？」田慧打著商量。

「不多不多！二十五文吧，這還是慧娘照顧我家了！」楊老太爺覺得田慧實在是太實心眼兒了，面兒太薄了。若是她遇上個不識好歹的，就給個幾文錢，那還不哭瞎了。

其實，田慧不知道的是，一大早，段娘子已經去鎮上看過了，只搭了搭脈，開口就說，準備五兩銀子，沒有銀子就回去吧，就是孩子留不留得住，都不曉得。

趁著掌櫃的不在，那個大夫偷偷地開口說了，還是回去吧，別浪費銀子了。

楊小妹去數了五十個銅板，用紅線串起來，遞給了田慧。

回去的路上，田慧忍不住問道：「妳爹呢，怎麼兩回都沒見著人啊？」

「我爹、我爹去田裡做活了……」楊小妹支支吾吾道。

「妳爹這是不知道的？這麼大的事兒，就是瞞著也瞞不過啊。」田慧不解，也不知道楊家人是如何想的。

楊小妹搖搖頭，看了看周圍並沒有人走過，才低聲道：「慧嫂子，告訴妳也無妨，反正妳是知情的。這麼大的事兒，就是想瞞著也瞞不住啊，再說，我娘生過三個小孩，我奶奶去得早，我爹也是幫著照顧過來的，一看我嫂子那副模樣，我爹早就起疑心了。我二哥那日跪著跟我爹說了，我爹舉起扁擔，就對著我二哥的背砸下去，幾個扁擔，就把二哥給打趴下，到現在都是烏青烏青的。我二哥硬是一句都沒討饒，後來我嫂子也跪下了，攔著不讓打，我爺爺才出面，把每個人都罵了一頓，這事兒才算是完了。不過，我爹還是不同意這事兒，為了這事兒頭一回跟我爺爺紅了臉，還說這事兒不可能成，我家丟不起這個臉！」

田慧了然，她早就聽說了，楊小妹她爹的性子有些古板，家裡發生了這種事，他定是難以接受。

「那等妳嫂子顯懷了，這事兒可是遮不住的，這要是村裡人知道了……」田慧不清楚，楊家村有沒有「浸豬籠」這種說法。

「我嫂子不讓我說。」楊小妹搖搖頭。

段娘子是個聰明的女子，看來這是有法子了，田慧也就不再多問了。

待得歸家，田慧還是用炭條寫了方子，檢查無誤了，才遞給楊小妹。「趕緊去抓藥吧，先抓個四副，免得每日都要來回跑。」

送了楊小妹出去，秦氏就問道：「這段娘子的病還沒好？之前不是已經看過了嗎？」

「那是又嚴重了些，就換了個方子。」田慧顧左右而言他。「圓子幾個呢，可回來了？」

「跑山上去了，說是先生教的他們都已經學過了。先生布置的背書，也早就會背了，就跑去山上，說是撿些柴火去。」

秦氏提到這兩小子，眉眼彎彎，臉上的摺子都擠到了一處兒。「我前些天才剛剛撿了柴火，灶房裡還堆著呢！」

秦氏一看田慧一臉的欣慰，就知道她這是在想啥了，不過圓子團子也確實是乖巧的。畢竟，沒個爹的孩子，再不乖巧，那不是逼著做娘的去死嗎？

圓子哥兒三人，只上了一月有餘的課，就被請家長了。

「娘，在學堂裡，我們啥也沒做啊，先生佈置的作業，就是我們幾個完成得最好了。娘，您相信我啊，您別揍我啊……」團子鬼哭狼嚎著，證明自己的清白。其實，他很冤的好不好，在先生查了昨日留下來的「背書任務」後，突然就開口讓他們明日請了家人來。突然來那麼一下，好驚悚的。

「還不進來，拖拖拉拉的，先生定是覺得你不夠勤快！還愣著做啥呢，趕緊進來！看一會兒你爹回來了不揍你……」阿土娘罵道。

阿土有些憋屈。「娘，我跟您說多少回了，我好著呢！」

母子倆爭執著來到田慧屋子旁那間待客的，一腳邁進屋子，就看著田慧母子三人怪異的表情。

「圓子團子，你們跟我娘說說，我這是沒法子跟她說清楚了，在學堂裡我啥事兒都沒做，乖得不得了！」

阿土可能過去劣跡斑斑，以致阿土娘怎麼都不願意相信，非得逮著他來田慧這兒，聽聽圓子哥兒倆咋說的。

「嬸子，您可是冤枉阿土哥了，阿土哥念書比我認真多了。」團子話落，就收到了田慧的眼刀子。

團子拉著田慧的袖子。「娘，您別往心裡去啊，我這是幫阿土哥說話呢，否則嬸子非得揍阿土哥一頓。我其實也是認真念書的，娘您應該知道吧，您可是我親娘。」

田慧真不曉得這小子這張嘴是跟誰學的。

阿土娘一聽樂了。

「娘，我們很慘的，在學堂裡被人欺負，回家還得被妳們揍，這人小，說話也沒人願意聽，既然先生讓妳們去，妳們就去唄！」團子快哭了。

「怎麼還有人欺負你們？你們不是三個人嗎？」阿土娘有些不敢相信自己的耳朵，她家兒子一向霸道，這出了村子，難道就只有被人家欺負的分兒了？

「強龍壓不過地頭蛇，懂不懂！」阿土白了眼他娘。

「說人話！」阿土娘暴喝。

「學生大多數都是楊柳村的，我們三個是楊家村的，雖還有幾個外村的，那些卻早就被楊柳村的收拾得服服貼貼了。再說，我們可是去念書的，又不是去挑釁楊柳村的人！」阿土在強權之下，還是選擇說出事實。

「這是為啥要欺負你們？」田慧追問道，引來了阿土娘的附和。

團子一臉不以為然。「還不是先生總是誇我們學得好、學得快，讓其他人跟我們學習，這時間久了，那些人自然心裡不服了。都是些小心眼的，那麼點兒東西，背了好幾天都還沒背出來，好意思來找茬！」

田慧瞪了眼團子，這小子一向喜歡誇張，她望向不曾開口的圓子，圓子可是比團子靠譜多了。

「娘，要不咱現在就去找先生好了，先生一天都是在學堂裡的。」圓子提議道。

阿土娘立刻點頭。「這主意好。咱在這裡猜來猜去，還不如找先生問問。到底是啥事兒，弄個明白心裡頭也踏實些。」

阿土娘出去了，讓錢氏陪著一道兒走一趟。

田慧拉著圓子的小手，圓子有些拘謹。「我是你娘，我牽牽你的手都不行啊，難不成還嫌棄上你娘了啊？」

「娘，您別胡思亂想，我長大了，不好老是讓娘拉著手走路。」

田慧這才想起自己好久沒跟這小傢伙親熱親熱了，聽聽這話說的，就是個小老頭兒，一點兒都不可愛。

「我是你娘，你聽我的準沒錯，你這是孝順。」說完，她還緊緊地拉著圓子的手不放。

圓子歪頭一想，也對，娘想怎麼樣就怎麼樣。

「跟娘說說，那些人可有傷著你們了？」

自從兩兒子跟她說要分床睡後，洗澡啥的也都堅決要求自己洗。田慧還道是兩兒子長大了些，害羞了，便讓圓子哥兒倆自己洗，就是洗頭，田慧才會幫著洗洗。

圓子搖搖頭。「沒有，他們也就只會在嘴上討些好處，半點兒用處都沒！」話語充滿了蔑視。

這兄弟兩人，難得用同一個語氣來說別人。若只是團子也就罷了，連圓子都這樣說了，怕真的是不可取。

「人沒事就好，下回吃了虧，也別忍著，咱不比人家差，也不比旁人少什麼。娘偷偷地告訴你，咱家的兩間鋪子，一年就有將近二十兩的銀子可以進帳，這可是比村子裡的一般人家都要好呢。你看，娘偶爾看一、兩個病人，給你們買點兒肉吃吃，那盡夠了。小小年紀，別操那麼多心，這不是都有娘嗎？還是你覺得娘不行？」

田慧知道圓子這小子一向想得多，又不願意多說，田慧只能主動講些家裡頭的事兒，多疏通疏通。至於對待團子，暴力解決就好。

「真的嗎？咱家有這麼多的銀子？」圓子賊兮兮地小聲說道，還不忘看看門外頭。呼，幸虧沒人。

「嗯，自然是真的，等晚上的時候，娘拿出來給你看看，今年的租子都已經收上來了。」

田慧看著圓子的雙眼裡迸出來的亮光，果真是她的兒子啊！

「慧娘，在做啥呢，還不快點兒出來！」阿土娘在院子外頭招呼著。

「噓，咱趕緊走吧，回來再說，財不露白！」田慧牽著圓子的手，出去了。

圓子很是贊同。「娘，我不想在先生那兒念書了，還不如在家裡。先生教的我們都已經會了，先生只會讓我們先背，背順了，才解釋。不如娘先譯文了，再讓我們背，這樣容易些。」圓子人著膽子道，說完了有些緊張地望著田慧。

田慧也從沒想過，一定要讓圓子哥兒倆念書中舉做官，只是她不知道除了念書，還能讓圓子哥兒倆做什麼，也幸虧圓子哥兒倆都是願意念書的，否則真的傷腦筋了。

大隱書院靜靜的，學生早就下了學歸家去了。

「先生，您在嗎？」團子衝著院子裡喊道。

錢氏已經被田慧提早通知過今日不許多說話。錢氏雖頗不以為然，但還是照辦了。

龐先生從屋子裡走了出來，請人到學堂坐，因為他的後院並沒有那麼多的椅子，可以讓人坐下。

龐先生喝了一杯水，乾咳了一聲，才張嘴說道：「咳……今日請妳們來，是讓妳們把人給領回去的！」

「先生，我娘非得揍死我不可，我天天都有得到您的誇獎啊！」團子驚呼，小心地摸了摸自己的屁股。

龐先生摸了摸團子的頭。「你是個機靈的，往後啊，尋個好先生，才會有出息。」

「妳們應該也知道，我這裡根本就教不了他們三個，若是不管不顧地拖下去，我這心裡頭也過意不去，好苗子可就要壞在我的手裡了，還是給他們在鎮上尋個好先生吧！」龐先生實在是不捨得讓圓子三人離開，自己可是他們的啟蒙先生，若是以後有了出息，自己臉上也有光，不過，怕是要耽誤他們不少年吧……

「這是你們這個月的束脩……」龐先生早就準備好了，放在桌子上。「別耽誤了，還是趕緊找個好點兒的先生。說來，也是我慚愧，過不得幾個月就要秋闈了，我早上教書，午時過後就要看書，實在是再也抽不出空來了。」

既然龐先生都已經如此說了，田慧幾人也只好拿回束脩，回來了。

圓子三人忍不住都有些失落，好不容易找了個學堂，可才念了幾日，就又沒得念了。

團子快哭了……

田慧摟著團子，安慰道：「你們龐先生都誇你們了，讓娘給你們找個好點兒的先生。圓子前頭不是還跟娘說了，要在家裡念書嗎？那咱就在家裡念幾日，娘教你們，等找到了好的先生，咱再去書院，這回找鎮上的書院，是吧，嫂子？」

阿土娘本來就是圖楊柳村的書院束脩低，一年大概也就二兩。若是在鎮上的，怕是得要四、五兩，筆紙這些還不算。不過她看著阿土也有些低落，正殷殷期盼地望著自己，咬咬牙道：「對，這幾日就好好打聽打聽。」

團子趴在田慧的懷裡不肯起來，「嗚嗚」地哭得好不傷心。「但是好丟人啊，才學了幾日就被趕回來了，要被小胖子、阿水他們笑死的，嗚嗚——娘，好丟人。」

田慧汗顏，她也不曉得這小子怎就這樣子想，龐先生不是明明將他們一通好誇嗎？什麼天資聰穎，前途不可限量，還千叮嚀萬囑咐要好好培養。

等團子哭停了，田慧也想不出來，怎麼解決他這個難題。「要不就待在家裡頭，不出門了？」

團子聞言，差點兒又哭了……

圓子三人，這一待就是半個月。

鎮上的書院都已經開課好些日子了，都不願意再收人。

圓子幾人就是再懂事，畢竟還是小孩子，在家裡待了幾日，就待不住了。他們也不管丟人不丟人，就跑到村子裡去了。

對於找學堂的事兒，實在無法的話，就只能等到來年了。

第二十九章　歸家

段娘子服了兩劑藥，流血就減少了，到五劑血止。田慧將原來的方子去了旱蓮草和地榆，只用安胎飲，待服上月餘再看宮高。

至於圓子三人念書的事，田慧實在是有心無力，畢竟她對古文的瞭解實在是太少了。所以趁著這幾日有空，她就想去鎮上淘幾本譯文，自己琢磨琢磨，然後教三個小的，好歹把今年給過了。

不過可能是這身子前半輩子實在是太悲摧了，就連老天都看不過去，現在補償來了。不知是何緣故，陳府也搬回了南下鎮，圓子三人更是借著陳夫人的情面，進了陳府的族學，說是族學，其實只有幾個學生，不過先生卻是位舉人。

現在三個小的回來，可真的就沒工夫滿山亂跑了，因為學生少，先生都是逐個教授，所以每個人的進度都不一樣，留下的功課可不能含糊地過了。

李先生每日布置下來的任務，不光有練字，還有背書。幾日下來，圓子好不容易養肥的臉，被磨礪得臉都瘦了一圈，這小子向來心思重。

學堂裡另外四個同窗都是和善的，只一開始好奇地問了一句，後來並沒有說旁的東西，偶爾還會帶些自家做的糕點給他們吃，聽著是好相處的，田慧也就放了心，丟開不管了。

每日一早都是阿土爹趕著牛車送三人去鎮上的書院裡，這一日，田慧因為惦記著要買紙，也一道兒去了鎮上。

待得田慧回來，將東西搬進門，就看見院子裡站了個身影挺拔的男人，她不由問道：「你找誰？」

一聽就像是搭訕的。田慧閉嘴不說話了，就等著人回頭。

「妳又是誰？來做啥？」

男子聲音啞啞的，一回頭，輪廓分明，明明長得也就一般啊，不過是看著有些眼熟。

「我說，你這是來找誰？我就住在這兒，你說我來做啥！」田慧將東西放在院子裡擺著的桌子上，這是田慧出門前就搬出來的，為的就是曬曬這些紙。

「妳住在這兒？」男人的聲音終於有了起伏，似是有些難以接受。

楊立冬仔細地打量了田慧，難不成是他娘給自己找的媳婦？楊立冬覺得腦子不夠用了，不過，這人長得倒是不賴，雖然比不上大戶人家的小姐，卻也有小家碧玉的味道。

「娘，他是誰啊？」團子也抱著紙進了院子，眼尖地看到院子裡難得多出了個人，還是個男人。當然，他也是男人，不過娘說他還是小男人。

圓子就跟在團子的後頭進來，自然看見了院子裡的男人。

「娘，您去搬書吧，我把紙鋪開曬曬。我累了，搬不動了。」圓子推著田慧趕緊出去。

田慧扶額，這小子表現得也太明顯了吧。饒是個男人，看到她有兩兒子之後，早就不會有啥想法了吧？

自從田慧有了些家底後，行情見漲。不過，來說的幾家都是日子困頓，又有幾個娃子的農戶。做填房，田慧不樂意，還不如現在這樣子悠悠哉哉地自己過活。再者，就是給那種不大不小的富戶做妾的，遇上這類，田慧都乾脆直接趕了出去。

所以，對著突然冒出來的男人，圓子決定保護田慧，將人支了出去。

「這到底是怎麼回事？」男人有些不耐煩，自然看得出來這兩個小的居然防狼似地盯著自己，讓他好不煩躁。

「你是來找秦嬸的？」說了那麼久的話，都不見秦氏出來，怕是不在屋子裡了。

「是。」楊立冬點點頭，然後挑釁地對著圓子，隨手指了指屋子。「這是我家！」楊立冬總算是說了一句人話。

「你是秦嬸那個去從軍的兒子，還一走十幾年的那個？」田慧有些難以相信，怎麼就突然冒出來了？

楊立冬總覺得這話聽著哪兒不舒服，不過確實是這麼一個情況。

「嗯，我娘說是去買點兒東西。」

然後，就沒有然後了。對面的男人一看就是不好惹的，才說了幾句話就開始不耐煩了。人在屋簷下，不得不低頭啊！

「我跟我兒子住在東廂，那個你原來的屋子，秦嬸給收拾出來給圓子團子，喔，就是我兩兒子當書房了。不過你放心，裡面的東西都還是好的，就是用了書桌……」田慧越說越亂，有話沒話扯著說，怎麼秦嬸還不回來啊？

「慧娘，我把紙都搬來了，要給妳放在哪兒？還有一些知通給妳搬過來。這是？」

阿土爹把牛車拉回錢氏家的院子後，就把紙都給搬過來，阿土現在都是跟圓子他們一道兒練字背書的。

而阿土娘是個要強的，並不想著占便宜，每回買來的紙，都要付三分之一的銀子，以供三個小的用。

「這是秦嬸的兒子……」

楊立冬的表情總算是柔和了不少，看見同村人就是不一樣啊。

「你是冬子哥？我是平子，就是那個……」阿土爹急得撓頭，不知道該如何說。「我家就是出了名的世代單傳，就我爹有本事，生了我和我弟弟。」田慧愕然，阿土爹倒是不避諱，誇起自己的親爹來了。

楊立冬恍了恍神，指著邊上站著的阿土。「喔，我記得，這是你兒子？兒子肖父，果然像你啊。」

阿土爹聽著人誇兒子像自己，覺得這是他聽過最好聽的話了。「沒有，還是像他娘多些，我一個粗人。」阿土爹極度謙虛。

兩人又說了會兒話，田慧就傻愣愣地站在那兒，也算是聽了個明白。

楊立冬這些年一直在軍中，自然連媳婦也沒娶上，如今四方太平，楊立冬求了恩典，就回來了。

這是打算不走了！不走了！

「慧娘你們回來了啊，還不認識吧，冬子回來了呢！我剛剛去阿花奶奶家換了點兒肉來。都站在院子裡做啥，趕緊進屋啊，阿土他爹，你飯也在這兒吃，陪陪冬子啊。」

田慧從沒有見過這樣的秦氏，整個人就像是活了過來。

阿土爹也被秦氏的熱情招呼給驚嚇到了。「嬸子，不用，你們一家團聚，回頭再來吃……」阿土爹急匆匆地走了。

秦氏又替這幾人互相介紹了一番。「這些年啊，也多虧了慧娘母子三人，若不然在前幾年的災年裡頭，就活不下去了。」

「娘，是我對不住您，當年是我太任性了。」楊立冬一臉羞愧，悔不當初。

「都過去了、過去了，只要你回來了就好，咱往後好好過日子，你娶個媳婦，給娘生個大胖孫子！」秦氏樂呵呵地道，越說越是那麼一回事兒。

今日一早，楊立冬循著那條走了十幾年的老路進了楊家村，只是近鄉情怯。

楊立冬不知道自己為何就這樣一路走過來，想不起能坐馬車，抑或是騎馬。

楊立冬這才知道，自己原來會怕。十幾年的戎馬生活，他以為自己早就已經不會怕了，只是當他走在楊家村裡，看著一張張不熟悉的面孔，才覺得十年是那麼的久。

久到村子都已經變了模樣……

記憶中的楊家村早就已經模糊了，他只記得他娘身上的醬香味兒。

有多少回，他都後悔了，只是他不能做逃兵。後來，聽說當初一同去的幾人中，就有做了逃兵的。

他，做不到，只能一條道上走到黑。

他以為這輩子，就只能對不起他娘了，沒想到還有回來的一天。

越走越慢，可再遠的路都有盡頭。

一路走來，陌生得可怕。

楊立冬站定在自家門前，看著這個小院兒大門緊鎖。他圍著院子，走了一圈，還是跟離家前一樣。

那，是不是，娘也不在了？

楊立冬就這樣，靜靜地站在院外，連門都不敢敲。

他怕，人已經不在了。只剩下空空的院落……

那他，該何去何從？

他終於體會到了，當年自己留了封信就走，意氣風發，可是留在家裡的寡母，該是如何的度日如年。

他，只是站在門口一會兒，就已經備受煎熬。

他娘，這些年，是怎麼過來的？在，還是不在？

「你找誰？」聽到聲音，楊立冬驀地一僵，顫抖著身子，緩緩回頭。

「娘，我是冬子——」

秦氏剛巧去了錢氏那兒，去逗三三玩，這小丫頭正是好玩的時候，問啥說啥，等她一回來，就見著院門口站著一個人。

「冬子，你是冬子？楊立冬？我的兒子哇……」秦氏抱著楊立冬，老淚縱橫。

好不容易被楊立冬勸進了院子，秦氏又是一番哭。

等哭夠了，秦氏才問起楊立冬這些年是怎麼過的，楊立冬只是幾語帶過，生怕又惹了他娘擔心。

「還沒吃飯吧？前幾年咱村子鬧災荒，今年眼看著收成能好些，不過肉啊啥的都貴，我這就去阿花奶奶家換點兒肉來！」秦氏說著就急匆匆地出去了。

後來，便是這樣了，田慧剛巧回來，遇上了站在院子裡的楊立冬。

「我從鎮上帶了些肉回來，我這就先去做著，你們娘兒倆都十幾年沒見了，肯定有好多話說！」田慧接過秦氏手裡的半隻雞，已經風乾了。

秦氏有些猶豫，她自然有好多話要說，只是，自己閒著讓田慧做飯，實在也說不過去。

「嬸子還不放心我的手藝？放心吧，我定是好好發揮，包您滿意！」田慧將秦氏推著走，秦氏也就順從地應了。

楊立冬一直在一旁看著，啥時候，他娘也變得這般好說話了？如果當初真的能好好說的話，他或許也不會偷偷留信出走。

田慧只買了兩斤肉，還是挑瘦肉買，能便宜好幾文吶！乾脆就做個水煮肉片，少放些辣子，兩個小的也喜歡吃。

而這雞肉都已經風乾了，索性燉個雞湯，也算是給那楊立冬補補身子。

田慧想了想，又去找了三個雞蛋出來，菌子炒雞蛋，鮮。

田慧將菜端了上來，就招呼人吃飯，秦氏也幫著一道兒拿碗送筷。「圓子團子，愣著做啥，趕緊上來吃飯啊。」

圓子搖搖頭，又站遠了些。「叔還沒吃飯，我們等晚飯時再吃，我們先去練會字。」

楊立冬難得撇頭看著圓子，大概八、九歲的年紀，有些消瘦，只是一看就知道是個主意正的娃子。

他已經聽娘說了，這田慧也是可憐人，不過沒想到的是，她還是個有本事的！不說別的，能將兒子教成這樣子，也算是本事了。

楊立冬端過飯，就吃了起來，他真的餓了！

只嘗了一口，他就愣住了，抬頭看了眼正笑嘻嘻地跟他娘說話的那個人，然後想也不想地繼續大口扒飯。

家裡突然多了個人，還是個男人，田慧覺得各種不方便。

比如，現在，她的癸水如期而至。

這七日來，這小院兒熱鬧非常，好似要將十幾年來所缺的熱鬧都補了回來。

那可是忙壞了田慧，這天兒開始熱了，她整日就鑽在灶房裡，油膩膩不說，還滿身的汗臭。雖說家裡本沒多少油，不過秦氏是拿出了老本在招待來的客人，於是就連田慧也都貼了不少出來。

「冬子啊，原先家裡還有好些地，娘以為你回不來了，就把地都交給了族裡，盼著我老了後能給你找個繼子。這不，你現在回來了，我就給你張羅娶媳婦的事兒，兒子你媳婦會生，這繼子就用不上了，那這麼多的田地……」

楊立冬回來了，如今也是二十好幾的人了，秦氏這些年做慣了甩手掌櫃，這乍一上手，還頗為不適應，凡事都想著問問兒子的意思。

楊立冬想也沒想就拒絕了。「這些年，我不在家，族裡也沒虧待了您，這地就算了吧。以後，兒子會賺錢孝順娘，娘就等著享福吧！」

秦氏笑得眉眼彎彎，楊立冬不願意多看，十幾年了，娘竟衰老如斯，心疼。

秦氏又不自覺地誇道：「娘這是養了個好兒子！」竟是忘記了兒子曾離家十幾年，此時只剩下了歡喜。

「娘，那個田慧住在咱家怕是不大方便吧，我一個大男人的，若是有啥誤會就不好了。」這話楊立冬早就想說了，不過看秦氏是真心待這一家子的，他才想著挑合適的機會再說。

秦氏一把甩開兒子的手。「兒啊，這人啊，不能忘恩負義！這些年，要不是慧娘母子三人，說不準你回來的時候，就只能在娘的墳頭哭了！

「唉，遠的不說，就說那幾年災年，這餓死的不在少數，可是娘呢，吃得好。村子裡還有不少老人，那幾年受罪了，到了現在，日子瞧著鬆泛些就癱倒在床上，因此去了的也不少……」

楊立冬也沒少受苦，軍中糧草短缺，頓頓吃的就是一碗水加上幾粒米，他一個大男人哪兒禁得住餓。後來康王登基，作為他的直隸軍隊，熬過來的都有功勞。

「娘，我不是這個意思！要不咱到鎮上去住，把這個小院兒讓給他們娘兒三人吧？上頭賞下來一座人宅子，我過些日子也有事兒要做，這來回不方便。」

楊立冬沒想到他娘反應這麼大，只能換了個方式勸道。自他爹去了後，他娘的脾氣大得緊，等閒不容他人置喙。只是他沒想到的是，自打回來了，他娘就是一副好說話的模樣，這是人老了？

秦氏直搖頭。「那可不行，當初慧娘就說要搬到鎮上去住，娘想著要是我兒回來了，看見空落落的院子，見不著人，那得多難過。我一想起這，就不願意去。慧娘便陪著我這老婆子一道兒住在村子裡，這一住就是好幾年。即使圓子哥兒倆現在在鎮上念書，也都是來回的，苦了孩子倆了。」

楊立冬靜默了，他娘半句不離那母子三人的，讓自己這個親兒子都有些吃味兒。

「那娘您想咋辦？」

秦氏攤攤手。「就這樣住著挺好的，慧娘就跟我親閨女一樣，我看著高興！」

就衝著秦氏這句「我高興」，楊立冬立刻就蔫了。

楊立冬的地位下降如此之快，在秦氏適應了兒子回來後，也不讓圓子哥兒倆搬書房了，只是讓田慧跟她一道兒，把西首的兩間屋子給收拾出來。

秦氏的院子，是一排五間的正房，又設了東廂。西邊，就是養養雞的。

秦氏說了。「這正房向陽，讀書人的眼睛可得護好了，那東廂到底沒有正房好，左右你現在也大了，不念書了。」

田慧歪歪地躺在床上，這小日子來了，她只覺得渾身不得勁兒，最重要的是忐忑，怕弄髒了床鋪，怕弄髒了褲子。

勞心勞力。

「大娘，聽說冬子回來了，我特意過來看看。」

不一會兒，院子裡就傳來了秦氏招呼的聲音。「冬子，快出來，隔壁村子，大徐村的亮子，帶著他媳婦一道兒過來了……」

秦氏接過徐亮媳婦提著的那條豬肉，趕緊將人往屋子裡請。

不一會兒，就聽見秦氏敲門的聲兒。「慧娘，可有好點兒？」秦氏端著碗紅糖水推門進屋。

這紅糖，是秦氏讓人從鎮上帶回來的，因為秦氏看見田慧每回來了癸水，就像是去了半條命一樣。

「趕緊起來，把這紅糖水喝了，趁熱喝了才好……」秦氏非得盯著田慧把那碗滾燙的熱水給喝下去了，才作罷。

田慧喝得冒汗了，將碗遞回給秦氏。「我就是犯懶不想動彈，又沒啥毛病。嬸子，我剛剛聽見外頭有聲音，是家裡頭來客了？」

秦氏點頭。「就是隔壁村子的那個亮子，咱還上他家去過……唉喲，看我這記性，我都忘記來幹麼的，鍋裡還燒著水呢，我就是想問問妳，上回陳府給的茶葉上哪兒去了，我這個不管事的，都不知道收在哪兒！妳這一躺下來，我就只能手忙腳亂了。」

秦氏長吁短嘆，末了讓田慧再休息一會，自己就去田慧說的那地兒找茶葉了。

兩人寒暄了許久，徐亮才開口問道：「你是跟著當今聖上的吧？」

楊立冬點頭算是認了，這本就不是啥不能說的事，如今康王登基，天下太平。

徐亮也不深問。「當初我回來的時候，我家都已經給我立了衣冠塚，在我不知道的時候，都已經吃了十幾年的香火！大娘上回上我家的時候，我也不知道你到底在哪，怕要是說你還活著，苦等不到你，只會讓大娘傷心。幸虧，你回來了！」

徐亮前幾日就聽說了，楊家村去從軍的楊立冬回來了！他知道，楊立冬應該是立功了，暗自慶幸，當初對秦氏還算是熱情，並不曾將人趕了出去，這會兒才有臉上門來。

「我聽說，你家可是住著個神醫呢！嬌兒，妳找大娘說會兒話吧，看看有啥能搭把手的。」

嬌兒柔柔地應是。

楊立冬挑眉，神醫？怎麼還有他不知道的事！

「冬子哥，不知道你回來後，可有啥打算不，要不咱合夥開個鋪子啥的？」徐亮試探地道。

嬌兒是秦氏給領進田慧屋子裡的。

「嬌兒快進來，慧娘，妳們年輕人說說話。慧娘，妳別起來啊，躺著吧，嬌兒可不會講究這些，是吧，嬌兒？」秦氏知道田慧並沒啥毛病，真的只是不想動彈，所以也放心將人往田慧的屋子裡帶。

「我只是偷偷懶，哪有啥毛病，不過就是小日子來了罷了。」田慧起身招呼嬌兒坐下。

嬌兒落坐，也好奇田慧怎會如此大膽，直接說出小日子啥的，半點兒不害臊，轉念一想，聽說神醫都是性子怪癖的，便不奇怪了。

嬌兒今日穿著一身鵝黃色的襦裙，裙襬上繡了翩翩彩蝶，隨著人的走動，彩蝶也翩翩起舞，襯得人越發嬌嫩了。

「妳住在村子裡，可還適應？」田慧這搭訕的本事看漲。

嬌兒有些好奇，她在村子裡的時候，就聽說了田慧的本事，對於村子裡傳言的「女神醫」頗為好奇。

「妳真的是神醫？」等問出了聲兒，才知道自己魯莽了。

「哈！妳聽誰說的啊？我就是個大夫，妳看，找我看病的人都沒有，哪裡來的神醫？弄錯咯！」村裡人大多見識有限，遇上個能醫病的，又恰好醫好了幾例疑難雜症，這就算神醫了。

其實，運氣也占了大多數。

嬌兒歪著頭，看著田慧，似是在想田慧話裡的可信度。

田慧被人打量著也不惱，這嬌兒頂多也就十六、七歲的模樣，不過想法倒是有些簡單。

「我在村子挺好的，婆婆也不讓我做重活兒，我平日裡就做點兒繡活，拿到鎮上去賣，能換好些錢，我已經賣好幾回了。」嬌兒說起親手賺回來的銀子，異常高興。

田慧自然是極度捧場，多半都是真心捧場的，因為她的手藝實在是不行！

聊了一會兒，田慧就喜歡上了嬌兒。

其實嬌兒並不嬌，雖然田慧不知道這個嬌兒的來歷，不過也聽錢氏說過，怕是大戶人家的小姐，也不知道為何會跟了徐亮來大徐村，還做了人家的媳婦。但看著徐亮的人品，那是比楊老三好了不少。

末了，秦氏還去打了酒來，讓田慧幫著整治了一桌吃的。嬌兒也不閒著，幫著田慧打下手，直呼要跟著田慧好好學學。

嬌兒在灶房的時候，就沒少偷吃，秦氏也只是笑笑看著，心想，要給她家的冬子也娶個這樣的媳婦。

二貨媳婦歡樂多？

其實，田慧能拿出手的，就那麼幾個菜……

第三十章　穿幫

田慧的小日子一走，就恢復了精神，滿血復活。

自覺自己好些天沒有關心兒子倆，田慧抄著手踱步去了哥兒倆的「書房」，打算好好巡視巡視。

不過，注定了要樂極生悲。

田慧的到來，受到極大的歡迎，大大地滿足了田慧的虛榮心。

「娘，您身子好了哇。」團子眼神閃亮亮地望著田慧，就等著田慧回答。

田慧點點頭，不作他想。「好了，精神頭倍兒爽——」

團子拉著田慧找了把凳子坐下。「娘，您咋經常身子不好呢，是不是得去看大夫了？娘您不就是大夫嗎？」田慧被團子話裡這一圈的「大夫」給繞暈了。

圓子也放下書，張嘴吐字。「醫者難自醫。」

田慧恨不得咆哮，這屁大的孩子居然還管起她的小日子了。

不過，看在他們孝順的分兒上，田慧還是咬牙說道：「你們還小不懂，等大點兒就知道了！」

至於大了是不是一定知道，就不是她能管的事兒了。

不等團子再開口，田慧暴喝！「娘的話是不管用了？」

唉，這小日子都走了，還非得弄得如此情緒化，田慧覺得自己都不美好了。

團子是欣喜的，看見田慧能好精神地陪著他跟哥哥說說話兒，不時地打量著田慧，看著田慧臉色忽明忽暗。

「娘，您說秦奶奶的兒子，冬子叔是不是不大喜歡咱啊？娘，咱是不是要搬出去了？」團子不知道從哪兒聽來這事兒，可是擔心了好幾日。

田慧愣了，她還從沒想過這個，已經習慣了在楊家村的日子，啥都不用擔心，偶爾弄點兒肉錢，換換口味兒。

「不會的，你們冬子叔也只是面兒冷，往後啊，日子處久了，就能發現他其實跟秦奶奶是一樣的。你冬子叔可是秦奶奶的親兒子，能差到哪兒去呢！就像你們像極了我一樣，是吧？」田慧總不能說，自己還沒有考慮過這事兒吧，好丟臉……不過，是應該要考慮考慮了，畢竟，生活上確實有些不方便。

「娘、娘，您在想啥呢？」團子伸著小手，在田慧面前晃了晃，歪著腦袋，看著田慧。

「娘，您說，冬子叔是不是好厲害？那天我看見他騎著馬，聽人說，冬子叔可是英勇為國，才會一走就十幾年，這是捨小家為大家！」團子繼續說道，滿滿的羨慕，讓田慧驚出了一身的冷汗。

不行，他們得趕緊搬家！田慧想著該如何說，才能讓他們打消這種念頭。

「我聽你們秦奶奶說了，冬子叔以前這腦子不大好，這書啊就念不好，這書念不好啊就自暴自棄了，秦奶奶得多苦才供上你們那冬子叔念書啊。」田慧歎了口氣，關鍵是瞅瞅外頭可有人……

圓子原本只是一直乖乖聽著，聽到田慧這樣說，插嘴道：「我知道娘養我跟弟弟，還供我們倆念書，很辛苦！」

「對吧，你們都是好孩子，娘知道你們孝順。要說，這冬子叔也是想念好書的，他以前啊，也是個孝順的娃兒，只是啊，這書念不進去，被人這麼一哄、那麼一騙，就跟著人去從軍了。你們也看到秦奶奶經常抹眼淚的，若是你們往後啊都跟冬子叔一樣，能不能回來是另外一回事兒，娘若是受了欺負，那可是連個幫架的都沒有了啊。你們看看別人家，一吵架可都是些大嗓門的，你們娘，就是我，肩不能挑手不能提的，被人隨便拍一下就摔地上去了！再者，要報效為國，也能走念書做官一路，為啥非得離家出走。」田慧只那麼一會兒工夫，倒是顛三倒四地威逼兼利誘了。

圓子算是被唬住了。

「娘，我從來沒想過離開您！先生說我腦子好使，不會像冬子叔那樣被人哄騙的，真是可憐……」圓子立刻衝著田慧表忠誠，一臉兒信誓旦旦。

田慧滿意地點點頭，斜眼看著團子。「團子，你咋想呢？」

團子小臉兒皺成一團，挺是糾結。

「娘，我就是覺得冬子叔挺厲害的，我沒想著去從軍，真的，我想待在娘和哥哥身邊！」說完，心虛地低頭。

得了保證，田慧也就放心了，不過田慧仍是心虛得緊。

楊立冬啊，對不住了，為了我兒子，只能犧牲你了！總算是有點兒用處了！

田慧又好好勉勵了圓了和團子一番，才轉身出去。這一出門，就看見楊立冬正站在院子裡。

田慧匆匆走了，那個心虛啊，該不會被聽見了吧？

當日，田慧很是主動地包攬了做飯的活兒，也特意做份水煮肉片，放了許多的辣子，其實只是比平時多了些。田慧默念——楊立冬啊，咱可真沒啥對不住你的，就是借了你的名號，做了反面教材。

楊立冬喜歡吃這水煮肉片，偶爾還喝點兒小酒，田慧投其所好地多放了些辣子。

楊立冬看著那一大盆的水煮肉片，果然臉色緩了緩。

「冬子叔，您最喜歡的水煮肉片，您多吃些。」團子一坐下就招呼楊立冬多吃些，田慧這心都提到嗓子眼了，只能等著隨機應變。

楊立冬這麼大的年紀了，看著團子小小的，笑得甜甜的，心下一軟。「嗯，團子也多吃些——」

「團子你少吃些，冬子叔過得不容易。」圓子小聲地提醒團子。

雖說聲音是挺小的，不過就那麼幾個人，能不聽見？田慧這心裡都想哭了。

秦氏聽完，直誇這兩孩子懂事，還示威地看了眼楊立冬，她沒說錯吧，這兩孩子都是好的！

可惜，楊立冬真的不是故意的，那麼一不小心就聽見了，田慧對他的大聲討伐！那田慧嘴裡的楊立冬就是蠢，蠢哭了！到了後頭，他這個本人，都覺得聽不下去了，才去了院子裡冷靜冷靜，免得自己會做出驚悚的事情來。

楊立冬一臉的便祕樣兒，都是想堵也堵不住。

田慧饒是再不會看臉色，也知道楊立冬這是聽了牆腳。「那啥，團子就是好心，他就特喜歡他冬子叔，覺得他特能打！」

秦氏給團子挾了一筷子的肉片，讓團子多吃些。「今兒個的肉片有些辣，小心辣到，多喝點兒湯！」

楊立冬這頭正憤恨地大嚼肉片，秦氏的話剛剛落，楊立冬就悶聲咳嗽起來。秦氏才剛剛舀了一碗湯，本是準備遞給團子的，一看楊立冬悶聲咳了起來，就把湯碗先遞給了楊立冬。「多大的人了，就是再喜歡吃，也得慢著些，可是比團子都不如！」

楊立冬咳嗽止了，端著碗，喝著湯。湯雖味美，只是他一抬頭就看見圓子同情的眼神，那裡面都快要溢出水來了。若是他再喝湯嗆著，那就是應了田慧那句，蠢死的！

好不容易熬完了一餐飯，楊立冬黑著一張臉，出去散步了。

田慧幫著一道兒收拾了碗筷後，就拉著兩兒子回屋去了。

「娘跟你們說啊，就是再心疼你們冬子叔，覺得你們冬子叔可憐巴巴的，也不能表現太過了。這不是傷自尊的事兒嗎？你們冬子叔現在是大人了，往後啊，是要娶媳婦的，咱今天的話可不能往外說啊……」

吃飽了，肚子裡有貨，腦子也好使了，田慧才發覺自己今天的話若是說出去，指不定楊立冬就說不上媳婦了。

田慧心慌了，怕秦氏拿著菜刀，把自己給劈了，一半兒一半兒的。

這些日子了，她可是就看著秦氏在張羅給楊立冬說媳婦的事兒。

「冬子，娘相看好一個姑娘家，是你錢嬸娘家那個村子的里正家的姑娘，娘偷偷看過了，好看著呢。」秦氏提起那家姑娘，那是滿意得不得了。

楊立冬聽著他娘誇個不停。「娘，是不是您看誰家的姑娘都挺好的啊？」

秦氏愣了，轉而笑道：「是哇，只要你娶個姑娘回來給我做兒媳婦，我都是滿意得不得了。」

「那這事兒就這麼定下來了，咱明兒個一早就去看看，約在你錢嬸的二哥家，幸虧這些日子娘給你做了不少衣衫，總算是能見人了。」

楊立冬看著他娘熱情地張羅著，拒絕的話便說不出口。也罷，早晚都得娶媳婦的，有啥差別？見就見吧。

秦氏得了准信兒，就去尋錢氏商討商討了。

第二日，一行人興沖沖地去了楊柳村，直到太陽快落山了才回來。

秦氏擺著張臉，楊立冬跟在秦氏的身後，卻是看不出來啥事兒。

「嬸子，咋樣了？」田慧早就將晚飯都準備好了，吃的是涼麵。

秦氏這一路回來憋得難受極了，好不容易待得田慧主動問起，就噼哩啪啦地說出來。

「妳說說他，還當自己是十六、七歲的好少年呢，人家可是白花花的大姑娘家，就是說要住到鎮上，這也是人之常情啊，誰想著一輩子都住在村子裡的！

「就是冬子自己，上回還跟我說，要搬到鎮上去！得，人家姑娘家的人提起來了，這死心眼的非得說自己離家十幾年了，要將這十幾年的時間好好地補回來，住在村子裡挺好的，其實楊家村比別人想的還好！慧娘，妳聽聽這個人說的話，他是去相親的，可不是去傳揚楊家村的好！這活兒咱里正會做，他都給人做了，讓里正做啥去！」

田慧樂了，沒想到楊立冬平日裡瞧著悶聲不響的模樣，多說半句話都覺得浪費時間，沒想到去相親還能發揮得如此「超常」！

「那楊柳村的里正怎麼說呢？」原本田慧只是看秦氏臉色不大好順口問問，只是，這一問就問出興趣來了。

秦氏絲毫不覺得田慧有啥不對，不過敏銳如楊立冬，自然看出田慧臉上掩飾不住的八卦神情，看來自己今日是注定要供人取樂了。

「還能怎麼說，自然就問，是不是對他這個楊柳村的里正有啥意見？還讓他有話就直說，楊柳村雖然村子小，可該有的都有！那是連聲的質問，是不是看不上楊柳村，末了，好不容易打回了圓場，里正提了還是盼著閨女能住到鎮上去，到時候一家子和樂，不是挺好的！

「這事兒我也覺得挺好啊，本來就是這個傢伙跟我說要去鎮上住的，還說有大宅子，我這不自然也跟人說了，誰想到啊，這傢伙居然拆臺，他說他在鎮上根本就沒有宅子，他說的那宅子都是哄我高興的，唉喲，我這說起來就心口疼。慧娘妳說說，我咋對得起妳三嬸，妳三嬸的臉兒都快被這不孝子給丟盡了！」
秦氏捣著胸口，「唉喲唉喲」地直喊疼。
楊立冬聽著他娘說起來沒個完，終於決定還是開口了。「娘，我這不覺得人家閨女不大好，才臨時想出來的主意嗎？若是等你們說定了，到訂親啊挑日子的時候再反悔，那可是真的罪孽了啊！」
秦氏心口一堵，可別說，就是她這個親娘也不知道自己這個兒子居然這般有能耐了，真話謊話信口拈來，她還分不出真假。
「你那宅子到底是有還是沒有，你給我準話兒！你不用哄我高興，若是沒宅子，咱就踏實點兒，找個一般的人家。」
楊立冬也隨著秦氏正色道：「我這騙誰也不能騙您吶，您可是我的親娘！我就是覺得那家人貪圖虛榮，眼高手低。娘您想想，我這才剛剛回來，就是有座宅子，難不成宅子能當飯吃啊？我就是天天在鎮上做苦力，賺回來的哪夠吃，這不是傻嗎？」
秦氏一肚子壓著火氣。這回來就是跟她作對的！離家十幾年就算了，好不容易她過了幾年的順心日子，兒子回來了，回來就回來吧，這自然是大喜事，但才安生沒幾日，就開始鬧騰了？這還讓不讓她安度晚年了？
「好，算我貪慕虛榮行了吧！我就是想找個好點兒的兒媳婦，生個好點兒的孫子，若是再像了你這副德行，我還要不要活下去了？」秦氏真的快被楊立冬給逼急了，非得讓楊立冬實話實說，他到底是哪兒不滿意了。

「娘，實話告訴您吧，那家人沒給我倒水。」楊立冬換了個坐姿，讓自己顯得更加誠心點，不過他也不指望他娘信他說的話。

「你再編，使勁兒地編！我看你還能說出啥話來，你倒是讓我開開眼界啊！」

楊立冬攤攤手。「我說了，娘不信，我也無法啊。不過，話說起來，那家姑娘哪點兒好看來著？」楊立冬不解地望著秦氏。

秦氏也不好接話，這親事不成了，難不成還在背後對人家姑娘家指指點點？

楊立冬看他娘總算是閉了嘴，鬆了口氣。「娘，那我就先回屋了，若是以後要相看，您再跟我說。」

「站住！你倒是跟我說說，你要咋樣的，我也好找，免得你不喜歡，又胡言亂語地亂說一氣兒，我這老臉都快被你給丟盡了，回頭給你錢嬸賠罪去！」

「娘，這人都沒見過，我哪說得上來中意咋樣的，再說了又不是在集市挑東西，哪有那麼隨便，回頭等我想明白了再跟您說。」

楊立冬也說不上來為何，他就是突然不想相親了，所以才會攪局。不過，這攪局還真是爽快，大熱天的，涼快了不少。

這楊柳村的里正一家子冷冰冰的臉色，真能將人給凍住了。

不過，到底秦氏也沒捨得將這個「失而復得」的兒子給咋樣了。

甚至於，好長一段日子裡，秦氏也不敢盲目地給楊立冬說親，更別提相看相看，秦氏生怕楊立冬把人都給得罪光了。

之後錢氏來了，田慧才聽錢氏說，那天的楊立冬如同團子附身，發揮得人神共憤！

楊立冬的名聲傳了出去，說不上多好，但是竟也不賴。

秦氏原本擔心會無人幫著說親，但恰恰相反，有不少趕著上來幫著說親的。

秦氏表示，最近她真的挺忙的，攢了十幾年的勁兒，甩都甩不完。

「慧娘，妳跟我說說，這幾個姑娘哪個好哇？我這都挑花了眼，恨不得一個個相看過去。」秦氏最近戰鬥力爆升，一旁坐著的楊立冬卻有些精神不濟。

楊立冬已經被逼著相看了好幾回，大多都是附近幾個村子的里正家、或是家裡日子頂好的人家的閨女，雖說全部不了了之。

田慧唯恐天下不亂，努力地給秦氏拿主意。「嬸子，這些姑娘家都不錯，反正冬子哥最近無事，有嬸子幫他張羅著，冬子哥只要往那兒一坐就行了，最是方便。」

楊立冬是看都懶得看了，不用看就知道田慧正狗腿地朝著他娘笑，笑得歡快。

「娘，您說是不是太像您了，所以才這麼有人要看看我？」楊立冬想不明白，自己也算是陪著他娘相看了幾回，這回回都沒成，那些人家不是應該避著自己嗎？畢竟沒被瞧上，女方不是很掉價兒？難不成十幾年了，這南下鎮的民風已經變了？

「說啥傻話，這娶媳婦的事兒就包在我身上吧！」秦氏最近心情極好，兒子也如此捧自己的場。

「娘，您到哪兒弄來那麼多家的姑娘？又是讓錢嬸給弄來的？」楊立冬最近很是明白

「物以類聚」的意思。

田慧只是給秦氏參謀參謀，慫恿她讓楊立冬多多去相看，而這錢氏不知從哪兒弄來大把的姑娘家，隔個幾日就有幾個。而且，用秦氏的話說，那些個姑娘家都是不錯的，家裡頭條件也不賴，家裡家外都是好把手。楊立冬甚至懷疑，錢氏是將為她小兒子留的那些姑娘家都給拿了出來。

「嗯，你錢嬸手裡頭的差不多都拿來了，阿花她奶奶今兒個也弄了不少過來，那都是好人家的姑娘，我可跟你說好了，別再嚇著人家姑娘了！」

秦氏這話並不是沒有緣故的，楊立冬現在基本都是本色出演。若是碰上不願意說的，果真就是一句話都不願意甩給別人，一副「我看人不爽很久了，識趣的話就走遠些」的樣子；若是有膽子大的，楊立冬就會好好地「勸服」人家，咱不是一路人。前幾日他們相的都是十五、六歲的小姑娘家，哪禁得住嚇，沒當場哭出來就已經很不錯了，那還是南下鎮的姑娘剽悍慣了！

「慧姊，在家嗎？」

「好像楊小妹的聲音?嬸子，我去看看。」田慧起身往外走，準備去迎迎楊小妹。

楊小妹因為段娘子的緣故，沒少往田慧這兒跑。

「怎麼了，妳嫂子有啥事兒？」

「給妳報喜來著，我家過幾日就要擺酒了。就是嫂子跟二哥的喜事，這點兒雞蛋，是爺爺讓我拿來給妳的。」楊小妹說完，遞上了一籃子的雞蛋。「哎呀，看我，忘記說了，只有上頭幾個是紅雞蛋，下頭都是生的。嫂子說一下子也吃不完那許多熟的，天太熱，壞了就可惜了。」

田慧卻不關心這個。「這事兒咋就成了？還擺酒呢！妳莫怪我說話直接，我也是替妳嫂子高興。」

楊小妹自然不會怪田慧。「是爺爺出面的，讓里正幫著主持，爹無法，那些個親戚也就無法了。」

楊小妹並不多說，不過，田慧也知道這事兒可不像楊小妹說的那麼簡單。

「讓妳嫂子可別累著，最好還是多休息休息，反正現在也沒有豆腐可以做。」田慧不忘囑咐道，就送了楊小妹出去。

田慧提著一籃子的雞蛋進屋。

「咋給妳送雞蛋來了？」秦氏知道田慧給段娘子看病，以為這是病好了才送蛋來，不過看著上面的紅雞蛋，又覺得不像那麼回事兒。

田慧突然間覺得有些難以啟齒，這事兒該如何說？

「就是段娘子有喜事了。」田慧支支吾吾。

就連楊立冬也好奇詢問這個段娘子是誰，秦氏抓著機會又給楊立冬說了下段娘子的生平事蹟。

說完，秦氏也不管楊立冬了。「這咋就有喜事了，之前咋就沒聽說過？是哪戶人家的？」

「就是她小叔子，楊小妹的二哥。」

靜寂無聲。

「哦，那也挺不錯的。」秦氏總算是回過神來，這下子輪到田慧震驚了。

秦氏也不拿喬。「對楊小妹她家來說是挺好的一件事兒，她二哥新娶的媳婦也不一定好，又要添丁進口，還不如現在這樣最好了。段娘子若是嫁去了別家，那這家人的日子怕真的是難了！我早就說過楊小妹的爺爺是真的有本事的，人可是半點兒都不糊塗。」可不就是這個理兒。

「喏，冬子哥，多吃點兒紅雞蛋，沾沾喜氣，這喜事兒還不是手到擒來。」田慧遞了一個紅雞蛋給楊立冬，讓他趕緊吃了。

秦氏一聽，趕緊又抓了一把的紅雞蛋，塞給楊立冬，催促他趕緊吃。「還是慧娘想得周到，冬子，你多吃些。還愣著做啥，算了，我給你剝！」秦氏敲雞蛋、剝蛋殼，一氣兒呵成。

楊立冬還沒反應過來，這事兒，和自己何干！

「快吃啊，愣著做啥，現在就這雞蛋都是精貴東西，咱家的雞還只有一隻會下蛋呢！」

秦氏將雞蛋遞到楊立冬的嘴邊，楊立冬順從地咬了一大口，三兩口就沒了。對於楊立冬的配合，秦氏很滿意。

「我先把這些雞蛋放著，這天兒可容易壞。」秦氏提著籃子就去了灶房。

田慧現在對這個楊立冬可是半點兒都不怕了，被抓包這麼多回，也沒見楊立冬把她怎麼樣，這膽兒可是一天天「膘肥體壯」。

「冬子哥，雞蛋好吃嗎？」田慧覥著臉問道，時刻注意著楊立冬的神色，打算一有不對就跑路。

楊立冬正在喝水，只瞥了眼田慧，就不再搭理她了。

田慧認為那眼神是讓她繼續說的。「嬸子說了，這雞蛋是精貴東西，所以呢，可不能白吃了。」

楊立冬盯著田慧灌了口水。

「那就麻煩冬子哥抽空的時候，給弄個山雞啥的，啥東西都無所謂，可不能不給人回個禮兒，冬子哥沒說話我就當你是應了啊！」

楊立冬又倒了一碗水，咕嚕咕嚕地往下灌，朝著胸口捶了幾下，才舒服地呻吟了一聲。楊立冬沒說話那是被噎到了！

他懷疑田慧就是知道自己被噎到了，才特意開口，裝作看不出來自己被噎到了，這是乘機敲詐勒索。

這些日子，楊立冬的作用漸漸發揮出來了。

那日，楊立冬實在是忍無可忍，上山去弄了隻野雞回來後，他的聲名大噪。

楊立冬不乏相親者，其中也有這個緣由。

會打獵啊，放在誰家都是個搶手貨，那可是移動的肉鋪子。因為這個原因看上楊立冬的，都是些實惠的姑娘，多實在啊，可惜楊立冬都瞧不上。

大暑，楊家村的小道上揚起了塵土，那是一輛馬車跑過捲起的塵土。最終，這輛馬車在秦氏家的小院兒門口停了下來。

楊家村的村民大多已經習慣了，若是村子裡有馬車過來，多半都是來尋田慧的，他們早已經見怪不怪了。

「田夫人，好些日子不見了。」一進門，田慧就看到陳夫人身邊的呂婆子。

呂婆子還帶了個人過來。

呂婆子私底下都是稱呼田慧「慧娘」的，這回帶了外人來，為了不讓人看低了田慧，遂稱呼田慧為「田夫人」。

「可是好久不見呂嬸了，我就是怕熱，不想動彈。」田慧絲毫不在意旁人怎麼看，依舊稱呼呂婆子為「呂嬸」。

呂婆子心裡熨貼，其實憑著她家夫人與田慧的交情，只需派個丫鬟過來請，田慧還是會過府的。不過，陳府敬重田慧，自然也不想別人看輕了她，所以陳夫人特意讓自己身邊最信任的呂婆子跑一趟。

「田夫人往年就是如此，這位是康定城的衛大人府上的溫嬤嬤。」呂婆子為田慧介紹道。

溫嬤嬤給田慧行了個標準的禮。「奴婢是衛大少奶奶跟前的溫嬤嬤，大少奶奶讓奴婢代她向您問聲好。」

田慧突然間有一種進入了另一個世界的感覺。陳府雖然府大，不過主子少，下人也並不多，畢竟只是商戶。呂婆子也不大開口閉口地自稱「奴婢」，田慧一時間有些緩不過來。

田慧那是被嚇到了，光是這一句話，她就打定主意往後不往大戶人家跟前湊。「那啥，溫嬤嬤，能好好說話不？」田慧憋了一會兒，才憋出了這話。光是聽溫嬤嬤說話，田慧頓時就覺得後背的汗流得更猛了些。

楊立冬忍得好些辛苦，才沒讓自己笑出聲來。

溫嬤嬤有些為難地望著呂婆子，呂婆子衝著溫嬤嬤點點頭。

溫嬤嬤狠狠地吸了口氣，想起了在車裡的時候，自己問呂婆子田慧有啥忌諱。

呂婆子忠忖了半日才道：「田夫人的性格有些怪異，受不得繁文縟節，所以每回夫人接待田夫人的時候，都只讓一個人在旁伺候著。還有就是田夫人怕熱，極度怕熱，越是大熱的天兒，越不喜動彈，連話都不肯多說。若不是逼不得已，夫人從不去打擾田夫人。」

溫嬤嬤也算是見多識廣了，她倒是聽說過動物冬眠的，只是沒想到，這人大夏天的能跟「冬眠」似的。這有本事的，都是有點兒古怪的？

「我家夫人聽說田夫人醫術了得，想請田夫人去一趟陳府。」溫嬤嬤言簡意賅。

田慧點點頭，看了眼呂婆子。「呂嬸，我不想動彈。」田慧光是想到要在馬車裡悶著，跌跌散散地跑個一路，那人可不是像從水裡撈出來的一樣？夠濕夠水。

溫嬤嬤急了，只能拚命地給呂婆子使眼色，此時，她也顧不得此舉合不合適了。

呂婆子也甚是為難，來之前，她家夫人就說了，不一定請得來。她跟田慧的交情，那還是田慧敬重她這個老婆子，願意給她這個下人臉面。

「那可如何是好？」呂婆子雖然不想為難田慧，只是這衛府卻不是陳府一介商賈能得罪的，呂婆子可不想因為自己，給陳府惹來了麻煩。於是她也是真著急了。

「要不，我給田夫人打扇？田夫人，我還特意帶了扇子來的。」呂婆子卻是準備了把扇子。

「呂嬸，我哪是那種矯情的人！」田慧坐姿不雅地癱在椅子上，招待了那麼久，可是把一天的話都快說完了。聽溫嬤嬤和呂婆子在一旁出主意，吵得她腦門疼、心口疼，全身都感覺不好了。

「明日，等太陽下山了。」

呂婆子大喜。「好咧！那就不擾著田夫人了。」說完，又謝過屋子裡的幾人，才拉著溫嬤嬤趕緊走。

楊立冬算是見識了，田慧這人真有那麼大的本事？不過，脾氣應該更大！

等溫嬤嬤坐上了馬車，仍有些忐忑。「呂大姊，妳我是不是讓田夫人不喜了？不知道明日田夫人會不會去陳府？」

「田夫人雖說有些性格，不過田夫人說的話，一般都不會有變。」認識好些年了，呂婆子早就知道了田慧這個脾氣，一年之中，就這個季節，田慧是最難說話的。

待得兩人回了陳府，陳夫人聽完，也表示無法，安慰了衛大奶奶一番，旁的就做不了了。

「田夫人怕熱？若是明日車廂裡頭放些冰塊，會不會好些？」衛大奶奶提議道。

陳夫人娘家是商戶，陳府也是如此，這冰只見過一回，還是在娘家的時候，跟著她娘去給大戶人家的老夫人祝壽，正巧是在大夏天，屋子裡有一股涼氣兒，這人一下子就來了精神。衛大奶奶，娘家姓溫，也是官宦人家，見識自然不是陳夫人這種商戶女子能比擬的。

「溫姊姊，說句不怕妳笑的，我家府裡頭並沒有冰，這可是真真精貴的。」陳夫人實話實說，也不覺得丟人，本來就是沒法比的。若不是衛大奶奶聽娘家的嫂子說了自己的病症，又是求助無門，才不會「紆尊降貴」地找上自己。

「溫嬤嬤，拿著我的帖子，遞給縣太爺府上。」衛大奶奶也知道此事若是交給陳夫人來辦，也真是為難陳府了。

衛大奶奶吩咐完了，就順手拉起陳夫人的手。「妹妹，這事兒就勞煩妳了。要不是妳府上出面，我怕是還請不動田夫人了。」

陳夫人定了定神。「我與那田夫人是認識了好些年，但最多也就是混上個臉熟，田夫人夏日裡就不喜動彈。我記得那時候，我吃的藥，田夫人早在夏日前就已經換好了藥方子，那可是整整一個夏天都沒能見上一面兒。還是待得天氣兒轉涼了，田夫人才露了一面。」

「那可真真就是妙人兒！」衛大奶奶越聽越歡喜。這田慧越是有性格，越是難伺候，她就越覺得靠譜兒，說不準真能看出病症來，若是真能請來，對田慧開出的方子，她怕是要好好驗證驗證了。

陳夫人怕田慧被衛大奶奶給怪罪上了，絞盡腦汁想著田慧的怪人怪事兒。

這田慧的怪事兒還真的不少，她本來就是半路的古人，行為處事總是有些不一樣的，若是平時也不大會注意到，可現在陳夫人是費神地想著。

這一說，就是一個時辰。

「夫人，縣太爺夫人的車駕已經停在府外了。」呂婆子得了小丫鬟的信兒，不得不上前來通報。

陳夫人趕忙起來。「溫姊姊，我這就去迎迎縣太爺夫人。」

衛大奶奶點點頭。「我這就不去了，妳將人領來這兒吧。」衛大奶奶也知道陳夫人肯定得去迎迎的，也不勉強。

楊家村。

「娘，我剛剛看到康河裡有人在捕魚，我就買了兩條魚來，晚飯給做了吧。」楊立冬原本想著去康河裡游幾圈的，一見著有人捕魚，就忘記初衷了。

秦氏頭也不抬地道：「放桶裡養著吧，我做魚是腥氣著呢，還是等慧娘緩過勁兒來，再收拾這魚吧。」

自打天氣熱了，這伙食是越來越差，日日都是白粥，或是米飯，隨意地就配著點兒酸菜、乾肉條的，嘴裡沒味兒。

楊立冬已經不期盼田慧能緩過來了，聽團子說，他娘大概等過了夏天才會好些，平日裡不可招惹她。

唉，還是哪日去鎮上買點兒滷肉啥的吧。

苦夏，苦得人都變成人乾似的，還是一屋子的人陪著田慧一道兒苦夏。

第二日傍晚，陳府派了輛更豪華、更寬敞的馬車來了楊家村。

但是楊家村的小路太窄了些，馬車只能停在村口。

「田夫人，馬車停在村口了，進不來。」呂婆子萬分羞愧，這真真是弄巧成拙了。

不過，這馬車是知縣夫人給派來的，因著昨日與衛大奶奶相談甚歡，恨不得當場就結為金蘭。就連陳夫人以往不過是偶爾在知縣夫人面前露個小臉，這會兒卻是得了知縣夫人的允諾。「往後無事，就多來陪我說說話，我在這南下鎮也是人生地不熟的。」就這麼簡單地向陳夫人拋了橄欖枝。

陳夫人撇開與田慧的交情，自然就盼著田慧能藥到病除。

知縣夫人也是頭回聽說，南下鎮居然出了個「神醫」，就連康定城的衛大人家的家眷也慕名而來。她一回去，就將田慧的生平查了個透，不過知道的並不算多。因為田慧真的挺懶的，無事便不出門。就是在村子裡，除了夏天這個特殊的季節之外，十天半月不見她的人影，也是常事兒。

田慧已經無力吐槽了。「走吧。」幸虧太陽就要下山了，只是餘熱還是讓人受不了，就是光走那麼一段路，身上遮得嚴嚴實實的，密不透風啊。

溫嬤嬤乾脆識趣地半句話都不多說，只由呂婆子開口。

這是衛大奶奶一早就吩咐的，大奶奶怕自己衝撞了田夫人，特意囑咐了自己好多回。

唉，誰讓自己會的這些規矩禮儀，到田夫人這兒全都碰了壁。

「田夫人，熱不？」呂婆子盡心地問道，想著要不要給她打扇？

田慧光是想著自己若是真的這般耀武揚威，由兩個婆子給自己打著扇，一路從村子裡走出去，保準兒在村子裡便混不下去了，唾沫都能淹死自己。

真的熱，但是也不能作！

「我哪是那種矯情的人！」這話回答得漂亮。

呂婆子撩開簾子，撲面而來的涼氣，讓田慧舒服地呻吟了一聲。

其實溫嬤嬤也算是發現了，田慧並不難伺候，只是有些小孩子脾氣，還時常鬧脾氣。溫嬤嬤想明白了，她就把田慧當成小少爺一樣，軟言軟語地哄著，啥事兒多半都能成的。

「田夫人，這車上放著冰呢，咱還是趕緊上車吧，車上涼快。」溫嬤嬤笑著道，也沒有了昨日那般重的規矩。

「噯，好咧！」田慧眉眼彎彎，絲毫不掩飾自己的好心情。

呂婆子總算是鬆了一口氣，這心裡有所求，就開始患得患失了。

到了陳府後，田慧才落坐沒多久，陳夫人寒暄幾句，就找了藉口出去了，只留下衛大奶奶主僕倆，並著田慧。

重要的是，屋子裡也放著冰盆。

「不瞞田夫人，後日我就要帶著小兒回康定城了。家中長輩並不知曉我是帶著小兒來尋醫的，只道我來探親。」衛大奶奶才見著田慧，就直奔主題。

衛大奶奶今日收到康定城來的信，讓他們明日就回去，老夫人想曾孫了，茶飯不思的。田慧這才回過神來。「不是來探親嗎？算上明日才三日吧？」田慧並不覺得自己這問得有啥不對的，不是在寒暄嗎？

田慧一直以為，衛大奶奶這是在跟她寒暄，那自然得有問有答的。

衛大奶奶苦笑。

衛大奶奶身上的穿著一看就知是名貴的料子，不過田慧認不得，只覺得應該挺輕盈、挺涼快的。只是，她的臉色蠟黃，就是厚重的胭脂都描不出紅潤。

思慮過重！唉，看來大戶人家的女人還真不容易做啊。

「夫人，是您有啥不好的？」切入正題。田慧到現在都沒弄明白這是來給誰看病的。

溫嬤嬤笑著搖頭。「是我家小少爺，已經讓人去抱來了，田夫人稍等片刻。」

相對無言。

田慧看不慣別人一臉的苦大仇深，又不算是啥大不了的事兒。反正她閒著也是閒著，遂勸道：「夫人，吉人自有天相。」

衛大奶奶笑靨如花，只是臉色不大好看，想來年輕的時候，也是個頂漂亮的。「田夫人還真是心軟吶。」

「夫人笑起來，還真是好看，不過，您的身子也得好好調養調養。」

溫嬤嬤早就說過這話了，只是小姐不聽，一心就撲在小少爺身上。「夫人，您聽聽田夫人說的，田夫人是個大夫，您多聽聽沒錯的。說不得身子調養好了，您還能給小少爺添個妹妹。」

「娘，我要有妹妹了？」奶聲奶氣的話語從門口傳來，一下子將田慧萌化了。

「寶兒，溫嬷嬷在說笑呢，趕緊過來娘身邊。」

寶兒聽話地對他娘行了禮才到他娘身邊倚著。

「娘，這個漂亮姨姨是誰啊？」寶兒這才注意到田慧，好奇地打量著田慧。

「這是你慧姨，快見過慧姨吧。」衛大奶奶推了推寶兒，寶兒聽話地見過田慧。

田慧哪會要這半大的孩子這麼辛苦地給她見禮。

對，就是辛苦，看著很辛苦！

「寶兒告訴慧姨，你今年多大了啊？寶兒怎麼那麼能幹，會好多事兒。」田慧抱著寶兒，讓他坐在自己的身上，一隻手搭在脈搏處。

「寶兒今年有五歲了，慧姨真的覺得寶兒好能幹嗎？爹爹總說我不努力念書，比平姨娘的語兒還沒用。」寶兒說著說著就忍不住沮喪。

衛大奶奶忍不住拿了帕子擦眼淚，緊咬著下唇，不讓自己哭出聲兒來。

田慧的心都跟著一抽一抽的。

寶兒身形消瘦，頭髮枯黃稀疏，面色無華，瞧著精神尚可，只是不知他是不是強撐著。這半大的娃兒，都會強撐著精神和人應對了。

「寶兒可是慧姨見過最聰明的孩子了。」說完，田慧還低頭親了親寶兒的臉蛋兒，更是覺得他身無半兩肉！

寶兒害羞地任憑田慧親親。「娘說，親親寶兒，就是愛寶兒的意思，慧姨也是愛寶兒的，是嗎？」目光灼灼地望著田慧。

田慧狠狠地點了點頭。「那是自然，寶兒如此聰明，又可愛，慧姨自然是最喜歡寶兒了。」

「娘，又多了一個慧姨喜歡寶兒呢！」寶兒得了好消息就想跟他娘分享。

寶兒一轉頭，卻看見他娘在抹眼淚，掙扎著想從田慧的懷裡下去。「慧姨，我等下讓您抱，我娘又哭了，我得安慰安慰我娘，我娘眼睛不好。」

田慧小心地將寶兒放在地上。

寶兒不敢爬上衛大奶奶的膝蓋，怕壓壞了他娘，便掏出自己的小帕子。「娘，姥姥、太姥姥都讓您別再哭了，哭壞了眼睛可是看不見寶兒了！羞羞臉，不過，寶兒不笑娘。」

「夫人，您還是多聽聽寶兒的吧，別讓寶兒為您擔心了。」田慧實在是看不下去了，她瞧著寶兒揪著小臉兒，好似隨時都會體力不支，這心就跟被揪著似的。

「娘不哭，寶兒不要告訴姥姥和太姥姥成不成？娘以後都不哭了。」衛大奶奶止了淚，笑著道，只是笑起來卻比哭著還難看，臉上的胭脂都花了。

溫嬤嬤命小丫鬟打了水來，伺候著衛大奶奶洗臉。「就這樣吧，清湯寡水也好，我這多少年沒試過了。」

「娘，真漂亮！慧姨也一樣漂亮。」寶兒甜甜地誇道。

田慧哄著寶兒伸出舌頭，舌質淡紅，舌苔白。

「慧姨，您是不是娘說的那個大夫？娘說您會治好我的病，那我的病好了，娘以後是不是就不會流眼淚了？是不是爹也不會罵寶兒沒有用了？我是不是也能跟祖奶奶一道兒用膳了？」寶兒好像發現了什麼，一連串地問道。

他還有好多好多要做的事兒，他一直沒有告訴他娘，他早就聽平姨娘的語兒說過，他活不久了。活不久就是快要死了嗎？那他娘是不是也要哭瞎了？

娘帶著他偷偷看了好些大夫，外祖父也找了好多大夫，只是，那些大夫都治不好自己……他不知道死了的話，自己會不會哭。

田慧點點頭。「寶兒可真聰明，往後寶兒想做啥就能做啥了。」脈平！「慧姨看寶兒好像累了，寶兒要不去休息一會兒，等下回寶兒身子好了，寶兒去慧姨家玩兒，慧姨家有兩個小哥哥，帶著寶兒去摸螺貝、捕魚抓鳥，好不好？」

寶兒雖然有些不捨，但還是乖乖地點點頭，半點兒都不鬧騰地跟著奶娘下去，去了隔壁屋子歇著。

「這有好幾年了吧？怎就拖了那麼久？」田慧這人最是心軟，看著寶兒這副模樣心裡就難受，爺爺就經常說她這樣情緒化，不是一個合格的大夫。

田慧心裡不滿，話語中就不自覺流露了些許。

衛大奶奶苦笑，並不辯解，這些都是壓在她身上的石頭，壓得她喘不過氣來！

溫嬤嬤開口道：「田夫人有所不知，這兩年來，溫府和夫人也算是尋了好些名醫，就是在其他的府城裡，也不惜重金請了來，不過俱是藥石無效。」

「好好的一個寶兒，不吃肉食，只吃素的，這半大的娃兒哪兒受得住。偏偏老夫人還說，寶兒是得了佛緣，往後說不準就跟那濟公活佛一個樣兒！田夫人，我這心裡怨啊，我好好的一個兒，跟那濟公活佛一樣作什麼，出家人清苦，難不成衛家還想將我兒送到寺廟裡去？」一旦開口了，衛大奶奶的怨恨頓時洩了閘。

田慧只知道大乾國信佛通道者都是有的，可還從沒有聽說大戶人家竟崇尚將孫兒送去寺廟。不管如何，對於一個母親來說，都太殘忍了些。

衛大奶奶大口呼著氣兒，好似要將這些年受的委屈、所有的擔心受怕都給呼出來。

田慧，就是她這根救命稻草。

跟所有的大戶人家一樣，衛大奶奶初進門的時候，娘家得勢，她在衛府也能站得住腳跟。不過，近兩年，衛府爬得很快，而溫府停步不前，且衛大奶奶是溫府的長房長女，兄弟姊妹都比她小，一時間也沒法幫襯。

再說，寶兒突然間只食素，還常被老夫人要求在佛堂念經，念書的時間居然沒有念經的時間多，衛大爺卻看不到這個，只道是寶兒不思進取，不如庶子聰慧。

衛府想繁榮昌盛沒錯，但是他們千不該萬不該將主意打到一個五歲的娃子身上，將寶兒送到京城的護國寺，日日替衛府誦經。

「田夫人，我家寶兒那麼乖巧懂事，夜間多汗，床褥都濕了，那定是病了的。我從沒聽說過，誰家的小娃兒能流那麼多的汗。田夫人，我家寶兒是病了吧？這是得病了吧？」

「寶兒是病了，妳跟我說說，這為何就只吃素食了？還有妳說的這兩年到底如何，妳倒是跟我說說。」田慧換了個姿勢，打算聽衛大奶奶好好地說說。

「夫人，還是我來說吧。」溫嬤嬤搶道，畢竟對於她家小姐來說，說這些無異於在傷口上撒鹽。

衛大奶奶似是因為已經發洩過怨氣，所以平靜些了，她攏了攏掉落的碎髮，道：「嬤嬤，還是我來說吧，寶兒這幾年是我親手帶著的，我這個做娘的最是清楚了。

「寶兒在兩歲的時候並不跟著我，是跟著夫人的。寶兒是我們這一房的嫡孫，母親對寶兒也是寵溺有加。我記得寶兒在兩、三歲的時候，素來是最喜肉食了，無肉不歡，有時候一頓飯就能吃下兩碗肥肉，都是不成問題的。溫嬤嬤跟我說，寶兒才兩歲，並不能多吃肉食，我也都委婉地跟母親說了，只是母親卻是不愛聽，說是衛府還怕養不起個孫子？

「後來不知怎的，寶兒突然就不愛吃肉食了，而是專吃素食。母親一開始也都是藏著掖著，不肯告訴我，等我知道的時候，已是半年後了。不過到底是心裡沒底，且寶兒是大爺的嫡子，不管怎的，那會兒還是上心的，也請了好些個大夫，只是絲毫不見效果。有大夫還說，府上啥樣精貴的東西沒見過，小少爺怕是想換換口味兒。

「我硬是要請大夫，衛府也拿我無法，一直到了後來，不知怎的，府裡開始有傳言，老人長壽剋著子孫的福報，那簡直是荒謬，不過老夫人就是信了，勒令我不許再找大夫，若是再疑神疑鬼的，寶兒就讓她帶。

「只是寶兒一日比一日消瘦，我都是趁著回娘家的時候，娘家幫著偷偷尋了不少大夫，卻一直都沒找到病根。他們已經商量著想把寶兒送到寺廟去，也幸虧我管了幾年的家，早早得了消息。這才出來三日，他們就生怕我把人給藏起來，急巴巴地想讓我回去！」一氣兒說了這許多，衛大奶奶握著拳頭，不知道看向何處。

田慧並不催促。衛大奶奶歇了歇，端起茶盞，潤了潤唇。

這時衛大奶奶好似在回憶很可怕的事兒，身體抑制不住地抖動，直到連喝了幾盞的熱茶，才算是鎮定下來，繼續說道。

「寶兒若只是吃素，我倒不會這般急著尋大夫，畢竟連老太太這種上了年紀的，日日食素，也能過得精神，寶兒最多也只是挑食。但寶兒如今飯量越來越少，以前喜歡用開水泡著飯吃，最近半年來，寶兒反常極了，要在飯裡拌著米醋、醬油才能勉強吃下一小碗飯。若不是我逼著他吃飯，寶兒是一整日都不想吃東西，寶兒總說他不餓。衛府的主子若是知道了寶兒如此行徑，怕是會當怪物一樣，早早地就把寶兒丟在別院，我每日擔心受怕的，生怕被人看到，更不敢讓別人知道。」

好半晌，衛大奶奶都覺得田慧也是沒轍了……

「寶兒大抵得的就是厭食症，我開個方子試一試，若是有效的話，說明脾胃之氣有轉樞之機。」聽了衛大奶奶的話，田慧認為寶兒得的就是厭食症。

衛大奶奶喜極。「真的嗎？能治好，寶兒真的有得救了？」

「若是五日後，寶兒食慾有所增加，這個方子就是對寶兒有效的。只是，五日後，還能複診？」衛大奶奶出行不便，怕是七日後更加不方便了。

「不知，田夫人能否看在寶兒這可憐孩子的分兒上，幫著想個完全之策吧？也算是全了我這個做娘的這份心，我和寶兒永遠都會記得田夫人的恩情！」衛大奶奶乞求道，她暗中尋訪了兩年，田慧可以說是唯一說方子可能有效的，哪怕只是可能，她也不願意放棄這個機會，她看得出來，田慧是真心可憐寶兒的。

「我先開方子吧，若是方子有效，大抵幾日就能有效。若是有了起色，就七日後帶信給陳夫人吧，我會回信寫個方子，再定好下回來信的時間。再有，寶兒的飲食習慣若是漸漸改變了，不用再在飯食加醋加醬油，但是不能一次性地大量進食，以免脾胃受損。」

黃芪二錢、炒白朮二錢、黃柏二錢、地骨皮二錢……田慧伸手接過方子，吹了吹，這是衛大奶奶親手寫的，一溜兒的小楷，田慧看著也只有羨慕的分兒。

「夫人的字，寫得可真好呢！」

衛大奶奶心裡有了盼頭，也是極歡喜的。「我這字練了十幾年，不過我祖母總說我的字太過剛硬，沒有女孩兒的柔軟，往後容易吃虧，這不，就被說準了。不過，為母則剛，我若是不強硬些，我的寶兒怕是都活不到今日能等到田夫人！」

衛大奶奶話裡的堅定，就是田慧也聽得動容。

「去抓藥吧，先抓個五劑。一日五次，一日一劑，一次半小杯子，就差不多了。」田慧不放心，還是讓人拿了酒杯子，估摸著八十毫升的量。

等田慧交代完後，又跟寶兒道了別。

「記住三日一封信，寶兒有啥情況，都細細交代了。若是五日後無效，也帶封信，我親自跑一趟康定城。不過，若是不出意外，寶兒只消月餘，就能跟別的孩子一樣了。」

第三十一章　行情

等天氣轉涼，田慧便開始「出洞」了。

團子坐在床上，揉著眼睛，軟語問著田慧。「娘，您說，我最近是不是好些笨了？」

田慧有些懵懂，眼屎迷了眼，睜不開眼。

「我咋不知道呢？你哪兒笨了？我前日還聽你說，你像我這個做娘的，咱倆一樣的聰慧，難不成都是糊弄我的啊！」田慧仔細地回想著團子近來的表現，除了好像學業壓力挺大的，所以飯吃得有些少之外，其他的都挺正常。

「先生最近總說我不夠努力，背書老是磕磕碰碰的，不大順暢，可是明明我比以前還努力。哥哥，你說是吧？」團子摸著頭，好些無奈，好些受傷。末了，還尋求聲援。

「團子是比以前努力了。」圓子已經開始穿衣了。

田慧也想不出原因，雖是心疼團子一臉糾結，只猜想團子許是中了暑氣。「要不我給你看看，看看是不是病了？」她好不容易睜開了眼睛。

團子一聽田慧如此說，明白這又將是吃藥的節奏，趕緊穿衣，一溜兒小跑著出去了。

田慧就是叫都叫不住，看來是喝怕田慧配的那黃連水了。

圓子緊隨其後，還特意貼心地將門給帶上，笑咪咪地望著田慧。

這時傳來推門的聲音。

「娘，我想吃魚。聽書院裡的同窗說，他娘說吃魚能補腦，我最近腦子不好使兒。」團子一開口就對田慧如此說道，因為時間晚了些，不夠他彎彎繞繞地說了。

田慧還躲在被窩裡，被團子的一套「吃魚論」給驚著了，原來這腦子好使與否跟吃魚多少是有關係的。

圓子湊出個腦袋來。「娘，燒魚湯吧，還有那酸菜魚片、魚丸子都挺好吃的。雖然我最中意的還是那酸菜魚，但是，我也想喝點兒魚湯——」圓子更是乾脆，還點起菜來。圓子難得說這許多話，不過對於吃的，他一向沒少說。

田慧躺著，正在考慮自己應該去買點兒魚呢，還是去抓點兒？聽說，現在魚也不便宜啊，不過現在咱怎說也是個小富婆了。

衛大奶奶捎來好幾回的信兒，提到寶兒如今早已經能吃下肉食了。

聽說一開始煎藥的時候，老夫人發了一大通的火兒，非得讓衛大奶奶把藥方子交出來。說是衛大奶奶見不得老夫人長壽，而且當初「老人長壽剋著子孫福壽」的這種傳言，就是衛大奶奶給傳了出來的，恨不得她這把老骨頭死了算了。

她還說寶兒一個好好的曾孫子，為老人祈福，為生他養他的衛府出分綿薄之力，這是他一個衛府子孫該做的！可是如今呢，好好的一個身子，非得吃藥，就為了吃肉，這不是要跟整個衛家作對嗎？

衛大奶奶輕描淡寫地幾語帶過了，不過田慧能想像出來，過程肯定很血腥。

後來，衛大奶奶領著寶兒回了娘家，溫家的上下老小大鬧衛府。不得不說，溫家人的戰鬥力很剽悍，一家老小齊上陣，衛府也不得不屈服，不過這臉兒算是丟盡了。

一時之間，他們的事成為康定城茶餘飯後的談資，被人津津樂道。

一個有娘家護著的女子，行事都有底氣，只是不知道，衛大奶奶最後還有沒有回衛府。總之，寶兒確實是好了。於是田慧得到了一份不菲的診金，五十兩銀子。田慧並沒有推脫，對田慧來說，這是不菲，只是，對衛大奶奶來說，這點兒甚少！

待得用過了早飯，田慧就背著竹簍子進山去了。為了兒子，她也真的是滿拚的。

田慧遠遠地繞開了山洞，往小溪那邊行去。

撒網捕魚，收網收魚，田慧在背簍底部鋪上草，把魚扔進背簍裡，這才繞出了小路，就遇到了阿花爹。

「慧娘，妳怎麼上山來了？現在摘山貨還早了些。」阿花爹有些吃驚，他已經很久沒有見過田慧了。

田慧將背簍放了下來。「喏，我是來弄點兒魚，給圓子團子他們補補身子，康河那裡抓上來的太貴了些，想著山上有，我就來抓幾條。」

阿花爹探過頭看了看背簍的魚，都還活著，能動彈的。「個頭雖說小了些，不過妳抓來的魚，魚腥味少了些，以前那家酒樓的老闆還時常問起有沒有魚。若是要賣的話，還是跟以前一樣，我順路幫妳拿到鎮上去。」

阿花爹其實現在並不怎麼打獵。

「現在還不知道呢，這事兒再說吧，這魚個頭都小，若是自己吃吃還成，放酒樓裡賣就小了些。」田慧現在也算是小有資產，就不想動彈了。

「那行，等妳想好了再告訴我也是一樣的。」阿花爹不再多問。

「這隻野雞給妳，回去燉了湯給圓子團子他們吃，念書最是辛苦了。」阿花爹取下掛著的一隻野雞。

阿花爹就打了一隻野雞、一隻兔子，這會兒也正準備下山。

「這哪能行呢，我可不要。你拿回去吃吧，秦嬸的兒子，也是會打獵的，偶爾也會弄點兒野物回來。」田慧推脫。

推來推去，兩人一不小心就碰著手了，野雞頓時落地！幸虧是隻死的。

「我……」

「我……」

「那我給你兩條魚吧！」田慧從簍子裡揀出兩條魚，隨手拔了幾根草，用手搓一搓，把魚給掛了起來，遞給阿花爹。

阿花爹一直木木的，不知道在想些什麼，順從地接過兩條魚。

「慧娘，我是說如果，妳會不會覺得一個人養兩個兒子有些累人？妳之後咋想的？」阿花爹結結巴巴地道，說完也不敢看田慧。

「圓子團子都是懂事的，也不要我費心啥，往後我就把兒子養大，讓他們好好孝順我唄！」田慧已經想過了千萬次，往後一定得做個威風八面的老夫人，才算是值了！

「我不是這個意思，就是……就是妳想不想跟村子裡的其他人家一樣，凡事有男人頂著？」既然開了口，阿花爹也是豁出去了。

田慧愣住了。若是沒有猜錯的話，這是暗示她？她這是被人看上了？

阿花爹半晌等不到田慧開口說話的聲音，不得不抬頭望著田慧。

「妳知道阿花一直都很喜歡妳的，老是回家就說慧姨咋說、慧姨咋做。我是想，若是、若是妳同意的話……」

「實在對不住啊，阿花爹，我現在就只想把圓子哥兒倆好好養大成人。」田慧趕緊打斷阿花爹的「試想未來」。

「我再去弄點兒魚，你先回去吧！」田慧連魚都不敢拿，匆匆往回走。

阿花爹只是嘆了口氣，就下山了。

田慧看著人下山了，這才從樹後面出來，一屁股坐在地上。這太突然了！

「嘖嘖嘖！」

「誰！」田慧驚恐地彈坐起。

楊立冬從田慧剛剛藏著的那棵樹上跳了下來。

「你居然偷聽別人說話，你還要不要臉啊！」田慧惱羞成怒，口不擇言。

楊立冬拍了拍衣裳。「我只是恰好經過，再說，我都有躲著你倆，沒露面兒，否則你們更尷尬了。我善解人意吧？」

田慧指著楊立冬，恨不得上前一口吃了他！

楊立冬似是絲毫感受不到田慧的怒氣，老神在在地在田慧身旁轉悠，反正，田慧打不過他！在這外頭，又沒個幫架的，楊立冬相信田慧是個審時度勢的人！故此，他極盡挑釁。

「剛剛那人是咱村子裡的那個獵戶吧？雖說有兩個娃兒了，不過聽說最近媒婆時常上他家的院兒，行情可是好得很。」

「關我屁事！」

「怎就不關妳的事，剛剛那人不是說了嗎？妳這是揣著明白裝糊塗呢，那人可是傷心地含恨而去了。」

「不會說話就別學人家亂說！」

楊立冬圍著田慧轉了一圈，站定，上下打量著田慧，不得不承認，她長得還算是不賴！不過，他說出來的話就有些欠揍了。「我就弄不明白，這都一把年紀了，還是兩孩子的娘了，這人算是看上妳哪兒？」

「大娘也是有行情的！」田慧不甘示弱地道。自打莫名其妙地來了這裡後，田慧最是受不了別人跟她提年紀。

不得不說，楊立冬完了！

之後兩人鬥法幾日，最終還是楊立冬敗下陣來，以求饒結束。田慧這才滿意，然後掉以輕心，著了楊立冬的道兒！田慧甚至懷疑，這是楊立冬一早就設計好的！

在一個風和日麗的秋日裡，微風習習，好似是春日一般，一切看起來都是那麼美好。

楊立冬就是在這樣的日子出現在田慧面前，穿著一襲白衣。

那時田慧正躲在太陽底下曬曬懶勁兒。

「喂……」

田慧睜開眼睛，半瞇著眼睛，看到楊立冬周身金光閃閃，如有神助。

接下來田慧並不知道楊立冬說了什麼，只記得自己拚命地點頭，末了——

「那就這麼說定了，咱後日就搬家，妳趕緊收拾收拾。」

等太陽下山，金光消失，田慧才回過神來，這是要搬到鎮上去？他們娘兒三人也去？

丫的，居然使用「美男計」！也不知道楊立冬從哪裡來的自信，明明長得一副大眾臉，還跟人學「美男計」，他就不怕演砸了！

可是，事實上好像奏效了？

田慧覺得自己一定是被那身貴得晃花眼的白衣給亮瞎驚聾了！

當田慧正在對自己進行深度譴責的時候，楊立冬穿著一身布衣走過，灰色的布衣。

楊立冬湊近田慧。「這是咋的，太陽都下山了，外頭涼！」

田慧一驚，跳得遠遠的，拍著胸，被嚇了好大一跳。

果然是那件衣服的原因！要她說嘛，如果楊立冬是個美男，她平時應該早就發現了啊。

這回他就是再細聲細氣，也對自己無效了！問題肯定就在那件「白衣」上。

田慧彎腰搬著椅子進屋去了，面不改色地盤算著何時把那件白衣給弄出來，好好研究研究。才走到半路，她就被團子攔住了。

「娘，咱真的都搬到鎮上去嗎？不過，阿土哥咋辦啊？」

阿土有些失落地站在一旁，衝著田慧笑了笑。「嬸子，那我就先回去了。」

「阿土這是咋了？」田慧知道或許阿土是有些不捨得，不過也沒往深處想。

圓子隨著田慧進屋，將椅子放回原處，殷切地道：「娘，阿土哥剛剛說了，如果就他一個來回鎮上，他爹娘怕是讓他不要念書了，他家好像現在供他念書挺吃力的。」

這個田慧是知道的，鎮上的學堂，可是比楊柳村裡的「大隱書院」花費大得多，陳府雖然免了他們三人的束脩，不過光平日裡的紙張，就是一筆不小的開支。還有過年過節送的禮，也不能寒酸了。就如這回，田慧給先生準備的生辰禮，都說是兩家人一道兒送的，是捎上了阿土那份兒的，阿土娘心裡雖過意不去，卻也實在無法。

「他娘這是之前就說過了？」阿土好不容易堅持了那麼些年，田慧都看在眼裡，若是就這樣放棄了，就是田慧看著也覺得不甘心。

圓子鄭重地點點頭。「上回在給先生送生辰禮的時候，他爹娘就說過，被阿土哥聽見了。阿土哥這幾日狀態都不大好，已經被先生的戒尺揍了幾回了！」

田慧曾聽團子誇張地說起戒尺，那聲音可是比「竹筍炒肉絲」還來得帶勁兒。

「還真的打了？那阿土寫字的手沒事兒？」田慧驚呼，就是在她眼皮底下，都沒覺得阿土有啥不對的。

「阿土哥讓先生打的是左手，他說右手得寫字，這樣就不會耽誤了。還說自己確實做得不好，先生該罰！」

這不是傻孩子嘛，有啥事兒說出來不就得了！

「行了，你們別想了，我回頭跟阿土他娘說說去，這不是讓孩子有心理負擔嘛！」田慧只能這樣安慰道，畢竟讓不讓阿土念書，這決定權還是在他爹娘身上的。
唉，阿土家如今靠著親戚幫襯起來過日子，唉，實在是不好說。田慧回屋整理了東西，想來想去都靜不下來，索性就去外頭尋阿土娘了。
「嬸子，我去跟阿土娘說說話兒。」
「這是啥事兒？」秦氏從灶房裡探出腦袋來的時候，田慧已經出去了。
這個家裡還真沒有楊立冬不知道的事兒，一股腦兒地將事兒告訴秦氏，秦氏長長地嘆了口氣。「娘當初也是這樣子供你念書的，不是所有的娘都跟慧娘一樣，有點兒本事。阿土這孩子，唉，可惜了！慧娘這丫頭最是心軟，你看，說不準又要大包大攬了。」
楊立冬挑眉。「慧娘會把阿土給攬了過來？她可是已經有兩兒子要供著念書了，真當自己是聖人不成？」
「也不知道慧娘家裡人從小是如何教的，要說吃虧吧，這性子又吃不上虧。不過也總是在做虧本買賣，偏偏固執得厲害。」秦氏感慨一通。
「那若是慧娘要幫著一道兒供阿土念書呢，娘讓阿土跟著咱住在鎮上？」楊立冬試探地問道。
秦氏聽到這話，說翻臉就翻臉。「你娘我就像是個不講理、沒半點兒同情心的？只是多一雙筷子的事兒，平日裡又不費啥，有啥不能住的！你說那是三進的院子，住這幾個人怎的就不行了？」
楊立冬連連告饒。「娘，我只是不咋相信，慧娘會願意攬下這樁事兒。」

「哼，咱走著瞧吧！」

田慧還沒走到阿土家的院子裡，就聽見喧天的吵鬧聲、哭聲。她下意識地快跑了幾步，才進了院子，就看見圍了好些人。

阿土倔強地站在院中間，四方的小餐桌都還沒來得及收拾，泥地上灑落著好幾只碗，有一只還是缺了口子的。

「這是咋了！」院子裡的混亂被田慧突然的暴喝給止住了。

阿水娘看著田慧囂張的模樣，忍不住出口譏諷道：「我早就說了嘛，多大的腦袋戴多大的帽子，別不自量力了，還興沖沖地跑到鎮上的書院去念書，這不，挨先生的揍了吧？這丟臉是丟到鎮上去了！往後出門啊，可別說是我的侄子，我都覺得臊得慌！」

田慧懶得搭理這種人，典型的「酸葡萄」心理。

「阿土他娘，這是咋的，好好的怎就弄成這樣了？」田慧拉過阿土娘，阿土娘鮮少哭，只是看她現在的樣子，已經流不少淚了。

阿土娘斷斷續續地說起。今兒個吃飯的時候，阿土爹不小心碰到阿土的手，可能是有些重了，阿土沒個防備就呼出聲兒，阿土娘覺得不對勁，非得掰開阿土的手，這一看，手腫得老高！後來得知是先生的戒尺打的，阿土爹暴跳如雷，揪著阿土就打，等阿土娘反應過來，阿土已經挨了好多下的揍，動靜鬧大了，這人兒都來了！

「你們咋做爹娘的，這都不問清事兒，就亂打一氣，小孩子打壞了可如何得了，我看你們後悔都來不及！這事兒我聽圓子說了，說是阿土聽到你們說不供他念書了，這幾日都擔心著才這樣。」

阿土爹無力地垂下手，看了眼阿土，啥話兒都不說就回了屋。

阿水娘又擠兌了幾句，跟著眾人也走了。

阿土動了動，蹲下身子。「娘，我不念書就是了，您跟爹別為難了，當初說的就是跟著孀子識幾個字，是我自己心大了。」說到後來，他不由得哽咽。

田慧看著母子倆抱著哭成一團兒，有些無力、有些沮喪地回了自家的院子，食不知味。

就連團子都很識趣地不來打擾田慧，直到臨睡前。

黑漆漆的屋子，只能聽見三道呼吸聲。

「娘，阿土哥真的不能去念書了嗎？要不咱住在村子裡吧，咱不搬家了，我不怕冷，以前都沒棉衣穿，我也不怕冷的！」團子急促地說道。

「娘，我這幾年攢了一點兒銀子，給阿土用吧，讓他買紙，咱還是跟以前一樣，好不好？」圓子的聲音帶著絲哀求。

田慧不作聲，她也不知道自己能說些什麼，只是覺得有些無力。

「娘，沒有人能比阿土更加認真念書了。他在咱家念完書練完字，一出院子，就往山上奔，不管是撿些柴火還是弄點兒野菜啥的，都是到了天黑才回家的。每回回家，吃的也都是他娘給他留出來的飯。團子總說，覺得阿土一點兒都不像是親生的，阿土總是笑笑，說自己能念書就很知足了！娘，阿土哥若是不念書了，我不知道我自己念書是為了啥，前一刻明明還是三人坐在牛車上的，現在卻是要少一個了……」

「娘，咱幫幫阿土哥吧，我也有私房錢的！」

「你們趕緊睡吧，這可是你們說的，明早就把銀子都給我吧！還有，別忘記早點起來叫阿土一道兒念書去！」田慧下定了決心，也算是能透一口氣兒了。

三進的大宅子，庭院深深，大門處早就高高地懸掛著「楊府」字樣的牌匾，兩邊各立著一座石獅子。

一下馬車，楊府的正門大開著，一對夫婦倆笑得熱切。

「老夫人，總算是把您給盼來了！老奴是老福，這是內人。」福叔福嬸一早得了消息，早早地就等在門口。

楊立冬跳下馬車。「福叔，說了多少回了，咱都是自家人，你又不是賣身的，不用如此稱呼自己。」接著他才向秦氏解釋道：「娘，這福叔福嬸的兒子是跟我一道兒從軍的，雖說是我的部下，但是我們跟兄弟一樣，往後福叔福嬸就跟咱住在一起，也能陪著您說說話。」

「這麼標致的小人兒，是小少爺吧？」福嬸伸手就捏了捏團子的臉兒，笑得歡喜。

田慧有些尷尬，暗怪楊立冬啥事兒都不交代清楚。「福嬸，不是小少爺，這是阿土、圓子和團子，你們快跟福叔福嬸問好。」

「福叔、福嬸！」異口同聲！

「福叔福嬸哪是你們叫的？叫爺爺奶奶！」田慧被弄得哭笑不得。

「福爺爺好、福奶奶好！」這才像話。

福嬸拉著團子的手。「走、走，趕緊進屋去，福奶奶有準備點心，咱趕緊進屋去。」福嬸一高興，就忘記要幫著搬家了。

福叔有些不好意思。「我這老婆子，說一齣是一齣，老夫人，您別見怪啊。也多虧了冬子願意收留我們，老夫人，往後我就幫著看看門，能有口飯吃的就成了。」

秦氏已經聽楊立冬說過了，自然沒啥不同意的，而且一看這夫婦倆便是好相處的，人多住著也熱鬧。「哪有啥介意不介意的，原本我也不想住鎮上來的，可不就是連個說話的人都沒有嗎？這下子我就放心了，咱三個老人，弄個菜園子，種種小菜啥的，都適宜。」

楊立冬想到第一道月亮門後，竹影婆娑，若是以後真如他娘說的，菜影青蔥，那他還能不能好好地待客了？

「娘，你們就快進去吧，我把東西搬下來，一會兒休息夠了，再歸整歸整。」楊立冬催促著他們趕緊去逛逛院子，這站在門外礙手礙腳的。

因為楊立冬說了，新宅子裡物什都是齊全的，只需帶上日常用的就成，所以這搬家並不大勞累。

好不容易搬好了，楊立冬才剛剛坐下來，他娘就驚呼問道：「冬子，你說這宅子是被朝廷新賜下來的？」

楊立冬點頭。「對，否則在這地界我哪能有這麼大的宅子。」這只要稍稍想想就知道了，在南下鎮的北首，就是離縣衙也是不遠的，這可不是有銀子就能買到的宅子。

「唉喲，你咋不早說呢，不行，得請個大師來轉轉運兒。趕緊去啊，還杵在那兒做啥！」

因為秦氏的這句話，搬家的第一日就是在動亂中度過的。

連喬遷宴，都是田慧、秦氏和福嬸弄了幾個菜，隨意地吃吃過後，就各回屋子歇下了。

天兒還沒亮，田慧就爬起來了，這古色古香的架子床，田慧不大習慣，她習慣了楊家村的那張簡易床板，就是翻個身也能發出「嘎吱」的響聲。

一開門，她就聽到秦氏屋子裡傳來的動靜，看來睡不好的不止她一人啊。都是窮慣的，嘿！

「娘，您住正屋，我住到前院兒去。」楊立冬想也不想地就道。

秦氏一聽就不依了。「你咋兒個沒聽大師說嗎？家主要住正院正屋，這樣才鎮得住宅子！我一早就已經摸清宅子了，我跟慧娘和三個小的住後罩房，這一排就夠住了。等你娶了媳婦，這三間正屋子才盡夠。」

「娘，這不合規矩，您若是不跟著我住在正房，那我就搬到前院兒住去。」

「行了行了，我就先住些日子，等你娶了媳婦，我再搬出來。」秦氏知道這是楊立冬孝順，罵了幾句也就應了下來。

楊立冬這幾日，一直充當馬夫，接送三個小的來來回回。

「娘，先生說了，既然咱搬到鎮上了，往後都跟同窗一樣，申時初才能下學。」團子敲開了大門，就一直往裡奔。

「娘，這宅子大了，每日都得多走好些路，我就怕忘記了要跟您說的，非得奔得飛快。」搬到新宅子的興奮勁兒正在漸漸過去，團子的苦惱也漸漸來了。

「娘，我也不喜。」圓子也有些彆扭，他就喜歡一回來便能聽到他娘回應的聲音，現在要跑好遠的路，這心裡總是不踏實。

阿土在一旁笑著看團子衝著他娘撒嬌，田慧這時候總是好脾氣的，甚至，也是歪頭替團子想著方法。

「要不，每回這個點兒，若是娘有空，就去外頭接你們去？順道兒，咱也能逛逛？」田慧提議道，她真沒怎麼逛過南下鎮。

「真的成嗎？娘，您真的是太好了！」

過了幾日，福叔福嬸才算是弄清楚這些人的關係。

「老頭子，你說我是不是老眼昏花了，怎麼瞧著冬子對慧娘幾個特別照顧，每日接送的，也不請個車夫。」

「唉喲，還是妳這老婆子腦子好使，我咋就沒瞧出來呢！難怪哦，我前幾日說了，請個車夫這樣出門也方便些。妳猜猜冬子咋說的，沒個認識的人，他不放心。」

哈！福叔福嬸相視一笑。

一搬過來，楊立冬就偷偷地塞了二十兩的銀子給秦氏。「娘，這二十兩銀子是給您家用的。」

「啊喲喂，哪用得著這許多，都能給咱這些人用好幾年呢！娘用不完存著給你娶媳婦啊。」

轉日一早，秦氏就叫上了田慧，兩人手挽著手，一道兒出門買菜去了。

秦氏的腳程好，走到西市，半點兒都不費力。

「大妹子，這雞蛋咋賣啊？」秦氏問道。

「二文錢一個雞蛋，若是這籃子都要了，我少算您一、兩個。」賣蛋大娘熱情地招呼著。「這可都是這幾日下的，我家養了好些雞，保管都是好的。」

「咋那麼貴呢，一文錢一個賣不？」秦氏心驚肉跳的。

「大姊啊，您在說笑不？一文錢一個，您賣我吧！」賣蛋大娘這臉兒變得那個迅速，手裡不知道在摸索什麼。

「嬸子，咱到別處兒再看看。」田慧生怕秦氏再說出啥話來，一言不合，若是那賣蛋大娘摸出幾個臭雞蛋朝她們丟來，那可就是臭氣熏天了。

「咋就這麼貴呢，咱村子裡相熟的不都是一文錢一個蛋啊？這到了鎮上，咋就不一樣了？」秦氏念念有詞的，不死心又問了幾個攤子，都是這樣的價兒，也算是死了心了！「冬子那小子，竟然誆他娘！」

田慧並不知道楊立冬是如何誆秦氏的。「嬸子，聽說在這擺攤子，都要交好幾個銅板。之前，我跟阿土他娘來鎮上擺攤，一日就交了十文。這樣算來，一籃子的蛋也賺不了多少。」

「咋就要交那許多銅板？」秦氏還是頭一回聽說，這樣一算確實也不算貴了。

而那些個蔬菜啥的，秦氏也不想問了，多問多受傷，秦氏已經有這種覺悟了。

「咱去買肉吧？」秦氏看見前面的肉攤子生意都不咋樣。

「老闆娘，這肉是多少一斤？」秦氏走到一攤子前，女屠夫正揮舞著殺豬刀，虎虎生風！

「大娘啊，您先看看您要哪塊肉，等我把這豬蹄都剁了。」老闆娘「咄咄咄」幾個刀起刀落，這豬蹄就切好了。

「大娘，您要這塊五花肉？這是十七文一斤的，大娘不常看見，是新搬來的吧？」老闆娘自然熟地說道，不過這生意確實比其他攤子的都要差上一些。

秦氏有些難以置信。

「我這做的大多都是新搬到鎮上的生意，我賣了好幾年的豬肉了，那些新搬來的看我是個女子，才會想著照顧照顧我的生意。」

可不就是這個理兒，畢竟秦氏心裡也沒譜兒，只瞧周圍的四、五家豬肉攤子，攤主都是男子，滿臉橫肉地剁著肉，這臉上的肉都能跟著抖一抖。秦氏想著這女子應該能好說話些，遂領著田慧來了這家豬肉攤子前。

秦氏已經很深刻地領會到鎮上的菜價是貴得離譜，而這五花肉的價格，只是比那小販貴上二文，秦氏已經很滿意了。況且這肉瞧著也新鮮，這塊五花肉，可是小販那兒都不曾有的，豬後臀尖部位，五花三層分明，肥瘦肉厚度相當，一整塊五花肉厚度為一寸左右。

「大娘，一整塊都要嗎？」看到秦氏點了點頭，老闆娘才接著道：「大娘，您肯定也沒少買豬肉，這肉只要再過半個時辰，買菜的多了些，這肉一準兒被分光了。」

「這塊肉都要了，再送幾根骨頭吧。」秦氏指了指掛著的那幾根大骨頭和豬內臟。

「大娘這是要做搬家宴吧？一般可用不著這許多，就衝大娘頭一回就照顧我的攤子，我送兩根骨頭，並著豬肝吧。」

成交！秦氏付了一百一十文，這些豬肉就裝了滿滿一籃子。

回到新家，楊立冬正悠哉地坐在那兒喝茶。

「楊立冬，你這個混小子，不當家不知道柴米貴，是吧？」

楊立冬在一早聽說了他娘出去買菜後，就一直等著他娘回來找得到人罵，否則找不到人，憋個一日準能憋出毛病來。所以，他還是很孝順的。

「娘，您回來了啊，咋買了那麼多肉啊，鎮上的肉新鮮吧？我早就說過了，那個小販，就是那張嘴巴甜兒！」楊立冬早就看那小販不爽很久了。

「走、走，現在就回村子去！」秦氏放下籃子，就吆喝著趕緊回村子。

「娘，不就是東西貴了點，這才剛剛搬來，就鬧著回村子，咱可丟不起這個人啊！您想想大伯娘他們，還不在背後笑死咱啊！」楊立冬搬出了秦氏的「天敵」，試圖挽回秦氏的理智。

「誰說我要搬回去的，我才不會有機會讓那些人笑話！我這是要回去抓幾隻雞來，到你錢嬸那兒抓，咱家的雞也都帶著。」來之前，秦氏就將雞「託付」給阿土娘。

「娘，您看，咱這院子裡，可真的沒地兒養雞。娘，這鎮上養雞的人家可真的不多。有些人家就是要養，最多也就養一、兩隻，像咱家這樣子的大宅子，真的沒人養雞的。」

秦氏已經完全陷入「一文錢一顆蛋」的思想裡，任憑楊立冬咋勸，都絲毫沒用。

「還有，後罩房前面的地上，等來年都種上菜。其他空著的地也都種上！」原本都是種著花的，只是因著連年乾旱，後來一直沒人入住，這院子裡才會空禿禿的。

楊立冬拚命地給田慧使眼色兒。

田慧做壁花狀，不理睬不搭話。笑話，這可是銀子的問題，秦氏能聽她的就怪了。

楊立冬只能妥協。「娘，要走就趕緊走吧，回頭還要接圓子他們呢。」

等他們回來的時候，馬車後頭還跟了一輛牛車，是錢氏帶著一一、二三一道兒來了。

下車的時候，秦氏心情已經格外美麗了。

「慧娘，妳快看看誰也來了！」秦氏衝著院門口喊道。

對面宅子的院門開了，那門房望了眼門口的一大群人，「啪」地又將門關上了。

「錢妹子，我跟妳說啊，這幾日我這是連邊上住啥樣子的人都不曉得。聽說這些主人家出入院子，要麼坐轎子，要麼就是坐馬車，要不是我家院子裡人多，我真不知道我這一日還能不能說上十句話！」

秦氏一瞬間變成了話癆。

若不是那張臉一樣，又有楊立冬陪著，錢氏都不敢相認！這才幾日，就好像完全換了一個人一樣。錢氏忍不住陰暗地想著，就是秦氏的「天敵」，秦氏怕是都能跟她說上好些話吧。

錢氏原本不打算來，是秦氏好說歹說，又「拐騙」了一一和二三，錢氏無法，才跟著一道兒來了。

田慧見著了錢氏，自是欣喜異常。

她順手抱起了二二，問著一一。「一一啊，有沒有想姨姨啊？」

「想，好想姨姨。」

「二二也好想姨姨。」說完，二二還吧嗒地親了口田慧。

秦氏將菜園子都給挖了空，統統帶了過來。

秦氏問錢氏買雞，錢氏大手一揮。「說啥買不買的，五隻雞夠了沒？不夠再多抓幾隻！聽我那兩閨女說了，住在鎮上可是每日都在花銀子，這麼一大家子，一日下來可得花不少呢！」

秦氏頓時覺得找到了知音，知音難覓啊，於是秦氏盛情邀請錢氏來鎮上小住幾日。

「嬸子，我罐子裡還燉著五花肉，這都快午時了，我要給圓子他們送飯去了。」陳府的學堂並不提供中飯，若是來回吃飯，時間又不大夠。

頭一日，田慧沒想著要準備午飯，就是圓子他們也不知曉自家要準備午飯。然後，在他人飯菜飄香的時候，圓子三人只能眼睜睜地看著。先生也是忘記說了，就這樣，圓子三人可憐巴巴地過了一日，到後來，團子的肚子都忍不住「咕嚕咕嚕」在抗議了。

先生問明白了原因，才讓他們趕緊回去，往後都記得讓家人送飯來。

由於書院裡的同窗並不是家裡格外富裕的，準備的也都是一份的吃食，雖然有人邀請圓子三人來吃幾口，不過一概被圓子拒絕了。

陳家學堂的同窗都極好相處，他們以為圓子他們是日子並不好過，所以才沒準備午飯，因為他們已經聽說過了，鄉下地方都是一日兩餐的。

第二日，那五個同窗，便不約而同地多帶了些菜。「圓子，我們今兒個可是特意讓家裡多弄了些飯菜，夠你們三人吃了，不吃飽可是沒有力氣念書的！」

而田慧第二日也特意做了豐盛的一頓飯，就是秦氏都幫著煮了八個蛋，八個學生一人一個，也算是謝謝陳家學堂的同窗，照顧了圓子三人那麼久。

午飯則是楊立冬送的。

送的時間晚了點，不過五個同窗卻跟說好了似的，誰也不動筷子，就跟圓子他們三人一道兒等著。

「冬子叔，您咋才來啊，我都快哭了，您太不給我長臉了！」團子說著就要撲過去。

楊立冬趕忙往旁邊讓了讓。「這不是來了嗎？我順道還給你們加了一道菜。」又從籃子裡拿出了一個小瓦罐。「這是你娘做的肉，這是你秦奶奶做的茶葉蛋，喏，這是你冬子叔買來的燒雞，這可是鎮上一品樓的招牌菜！」

等楊立冬表了功，放下空籃子就要走了。「我來不及了，回頭你們吃完了裝進籃子裡，等下學的時候帶回去。」

楊立冬也是上過學堂的，以前他娘總是變著法子給他弄吃的，不過，弄來弄去都是些蔬菜或是雞蛋，偶爾才有一餐肉。那時候，他就賊羨慕賊羨慕那些吃得好的同窗，一個屋子裡吃飯，那肉味就是想忽視都忽視不了，後來，他練就了吃菜都能吃出肉味兒的本事。

「哇，一品樓啊！團子，你這冬子叔是做啥的啊，還特意弄了一品樓的燒雞給你們加餐啊！」

咽口水聲此起彼伏。

「這不才第一餐，冬子叔大抵是想讓我們把昨日的那餐都給補回來吧！」

「我娘當時也說第一餐總得好些。」

「我娘也是……」

屋子裡熱熱鬧鬧的。

「咱一道兒吃吧，讓我們也嘗嘗你們娘做菜的手藝。不是我吹哦，我娘那水準可真的不需要我吹牛，雖然我娘就是經常把飯給燒焦了。」

「飯都燒焦了，那菜就不會燒焦嗎？」

後來，學堂裡有了不成文的規矩，八個學生都是坐在一道兒吃飯的，你吃我家的，我吃他家的，還順道點評點評，可算是中肯極了。

這些個娘，給兒子做好、送來學堂的菜，都是拿出了看家本領的，誰家都有幾個私房菜能分享。

第三十二章　宴客

咚咚咚……

吱呀——

「小哥兒你找誰？」福叔笑著問道，大門開了半條縫兒。

「我是隔壁的門房，我家夫人讓我來問問，你家宅子裡這是養了雞？」小哥兒往門裡望了望，不過是啥都看不清，只是雞叫聲更是清楚了。

「對啊，我家都是鄉下人，這鎮上啥都貴，養點兒雞，下了蛋也能換點兒錢，補貼補貼家用。」福叔知道來人定是沒啥好意，索性也把話兒說透，就等著來人如何說。

那小哥兒是聽說過鄉下人實在，但是還是頭一回見著鄉下人實在成這樣子。他已經忘記了，他爹被賣前也是個鄉下人。

「只是你家的雞叫聲，咱隔壁的院子都聽得到，你們不能不養雞嗎？」

福叔看看天，看看小哥兒。「這不做點兒打算，精打細算地過日子，難不成這銀子還能從天下掉下來啊？過日子就得考慮得久遠些。」

小哥兒不耐煩聽福叔嘮嘮叨叨，招呼不打一聲，轉身就走了。

「唉、唉——現在的年輕人啊，就是沒個耐性聽老人說話，還是我家的慧娘最好了……」短短幾日，田慧就已經完全虜獲了福叔的「芳心」。

因為福叔就好一口辣食，而田慧做的水煮肉片，福叔一吃便愛上了，順帶地，對田慧格外待見。

「娘，昨兒個忘記說，今兒個衙門裡的要到咱家來，說是給咱恭賀喬遷之喜。」田慧已經知道，楊立冬如今在衙門裡領著閒職。

秦氏急了，這還是兒子頭一回請一道兒共事的同僚來家裡吃飯。秦氏埋怨楊立冬咋就不早說，轉念一想，若是楊立冬提早說了，那楊立冬就不是楊立冬了。

「那要不去一品樓訂個兩桌回來？」楊立冬也知道這是自己的錯。

秦氏已經知道這「一品樓」就是東市這邊一間熱鬧的酒樓了。因為若是順著大路走去西市，就能看到這「一品樓」，好像只要從開門做生意開始，就會有客人不斷出入。

「那得多少一桌啊？」秦氏喘著粗氣兒問道。

「我上回聽說最普通的大概就是五兩銀子吧……」

「啥！五兩銀子，那不是要了我的老命了！不行不行，這兩桌就是十兩！」秦氏聽得直搖頭。

就連錢氏也說不行。「別在這兒磨蹭了，還是趕緊去置辦東西吧，啥時候開始來人呢？」

「未時吧……」

「還有三、四個時辰，咱那麼多人在，準能收拾出兩桌子菜。再說，慧娘的手藝可不比外頭的差。」錢氏扳著手指頭算了算時辰，還是比較鬆泛的。

楊立冬不信任地瞥了眼田慧。「上回阿花她爹的親事，不是想請慧娘幫忙嗎？她還拒絕了，這會兒就能成了？那可是衙門裡的人，嘴都是怪挑的。」

「那還不是不想慧娘累著，慧娘又不指著那幾個銅板過日子，這可是吃力不討好的活兒。」秦氏暗罵兒子笨。若是她沒記錯的話，冬子還幫著慧娘說話來著，難不成是真的不相信慧娘的手藝？這麼久的飯菜是白吃了！

一行人朝著西市掃蕩而去。

不得不承認，今兒個運氣還不錯，南下鎮今日有個集市，附近的村子都來鎮上趕集，就是賣野物啥的都有好幾個罈子。

四隻野雞、三隻野兔，買一大塊的五花肉依舊送了大骨頭、豬肝、豬腰子，還有瘦肉、魚、豆腐……除了蔬菜。

田慧還是先收拾著做東坡肉，放在爐子上慢慢地燉著。

殺雞殺兔子，燒水褪毛剝皮，灶房裡忙得亂哄哄的。

「嬸子，要是我費了材料您可不許罵我啊，咱可先說好了，這麼多的菜，我哪燒得了。」

秦氏根本就不當一回事兒。「咱如今可是在鎮上了，就是東西不夠，抬抬腳就能買到，就是再費也沒那五兩銀子一桌費錢。」

有了五兩銀子對比，秦氏一個勁兒地問這食材是不是夠好，後來還把豬頭都給買下來，惹得那女屠夫以為這是有啥大喜事兒了。

酸辣拌豆腐、紅油豬耳朵、酸筍、酸甜白蘿蔔、三杯雞、東坡肉、香辣兔肉、水煮肉片、酸菜魚、家常豆腐、醬爆豬頭肉、溜豬肝、火爆腰花，又炒了幾個蔬菜。

等菜全端上去，田慧整個人都累癱了。

「我先去洗個澡再來吃東西。」因為買的材料多，田慧全都給燒了，萬一楊立冬同僚吃完了，還能貼上些，再說自己這些人也是要吃飯的。

「姨姨，這肉肉好好吃，好軟哦！」一一和二二很懂事，知道大傢伙兒都忙著，也不來吵人。

東坡肉燉好的時候，田慧讓一一和二二先嘗嘗，沒想就連二二都說：「奶奶說這是給客人吃的，二二不吃。」一邊說，還在那兒使勁兒地咽著口水。

田慧看著好笑，就把兩塊東坡肉放進碗裡，讓她們自己吃。等她回頭忙完了，卻看見碗裡的肉都還好好的。

錢氏就把肉給倒進了瓦罐裡，再重新熱過後給她們吃。

「二二喜歡吃就好，姨姨下回還給二二做肉肉吃！一一，想吃啥，叫妳奶奶給妳弄，這裡頭剩著的，都是咱自己吃的。」

田慧捏了捏一一的臉，就打了水往後罩房走，若是不洗，田慧總覺得自己身上是啥味兒都有。

田慧自認不是專業的廚子，也不大會搭配菜譜，只是將有的東西都燒了出來，她多的也就是比旁人吃的經驗和吃過的東西。

「哎呀，完了，圓子哥兒倆的午飯兒我都沒做。」等田慧出來的時候，才想起來兒子不過吃了幾日的飽飯，現在又是餓肚子了。

秦氏剛剛去招待了一圈，看著眾人都吃上了才回來。

一回來就聽到田慧驚呼。「冬子早就在外頭帶了東西給三個娃兒送去了，妳就放心吧，可能就是吃得不大好。」

秦氏沒想到的是，她說的吃得不大好，跟團子回來說的，吃得不大如意，絕對不是同一個意思。團子說的吃得不大如意，是因為楊立冬送去的菜實在是太好了，所以他吃到的不多，都很快就被瓜分完了。

這幾日，他的同窗們帶的飯越來越多了，因為這菜是越來越好吃了。這幾個同窗年齡都不大，回到家就忍不住說——

「誰家的娘今兒個做的菜真好吃……」

「娘，同樣一個菜，您做的根本沒法子跟人比！」

「娘，我今兒個帶去的菜，都沒啥人吃，又差不多都帶回來了，少的那幾筷子還是我自己看不過去才吃的……」

總是有比較才有進步啊。

前院兒，正吃得熱鬧。

現在天兒還不冷，桌子就擺在了外頭，聽說縣令大人也來了。

「冬子，這都是從哪兒訂的菜啊，這南下鎮又多了間酒樓？」

「縣令大人說笑了，這是我家裡人做的菜。這哪能跟外頭比，也就貴在花樣新鮮，味道重了些，難得吃上一回才覺得好吃，若是吃久了，也就那麼一個回事兒。」楊立冬謙虛道。

「冬哥，難怪你每日掐著點兒就要回來了，這家裡有個手藝那麼好的在，外面的酒樓還真是不夠看。趕明兒冬哥去開酒樓，我保證日日都去捧場。」

「你去捧場，冬哥到底是收不收你銀子啊，冬哥，別聽他的，咱自家藏著吃，饞死他們這幾個！」

「你咋說上我了，你自己就不饞？剛剛誰還說了，往後要多往冬哥家裡跑，真是不厚道啊，想吃獨食，我偏偏不如你的意！」

「冬哥啊，這一塊塊的肉還有不？這一塊下去，還沒來得及嘗出味兒來。」

「你哪像是沒嘗出味兒來的樣子，我瞧著你滿嘴流油，這是意猶未盡呢！」

「陳師爺，我告訴你別老拆我臺啊，你不過識得幾個字，就會欺負我這個大老粗，這裡識字的可是不少呢！」

酒過三巡，這一個個的嗓門就高了。

福叔去接圓子三人了，福嬸接替福叔的職務，在看門。

咚咚咚……

「誰呀？」福嬸費力地拉開一條門縫。

「我是隔壁院子的，妳家這是咋回事兒，這還讓不讓人好好住著了？」還是那個小哥兒，只是福嬸還是頭一回見著。

「小哥兒，我家正在宴客呢，回頭就好了、回頭就好了，這都是酒喝多了，說話聲兒才大了些。」

福嬸一個勁兒地賠不是，按說，這酒桌子都擺在前院，總不會吵到隔壁的後院去吧？

福嬸知道今日宴請的都是衙門裡有頭有臉的人物，只想耐著性子將人打發了，回頭再說。否則若是吵嚷起來，讓貴客不滿了，福嬸也擔待不起。

「小哥兒，我家今日宴請的都是些貴人，差不多過些時辰就結束了，多包涵包涵。」

小哥兒使勁兒地朝裡望，哪有半點兒人影。

福嬸看著這小哥兒的架勢，就覺得不爽！

嘭——趁著人不注意，福嬸俐落地將門給關了！

「什麼人啊，東張西望的，一看就不是好東西！」福嬸逕自嘀咕著。

砰砰砰——

「開門，妳這人啥態度，吵到別人家了，還不聽勸！」小哥兒在外頭喊著。

福嬸懶得搭理他，搬了把杌子，就一針一線地開始做棉襪子了，端看這尺寸，並不是福嬸自己的。

外頭好像沒聲音了。

福嬸側耳傾聽了一會兒，確定沒聲兒了，才安安穩穩地坐著，不時聽聽外頭的動靜，生怕錯過了圓子他們回來的聲音。

「福奶奶，開門啊，我們回來咯！」團子還沒走近，就開始大聲叫喚。

福嬸的耳朵並不是很好。

「回來了啊，今兒個好像比往常晚了些呢。餓了吧，就等著你們回來吃飯呢。」福嬸開門。

福叔走在後頭。「冬子不放心我駕馬車，我就走著過去，這自然慢了些，趕緊進去吧，都等急了吧？」

「福奶奶，咱家怎的這麼熱鬧？」圓子早就聽見了勸酒聲和哄笑聲。

「就是冬子叔請來的客人，咱去後院吧，都等著呢。」福叔笑著道，自從人多了後，這院子裡便有了生氣，他也有活兒做了，夜裡睡著都別提多踏實了。

「讓開、讓開，快讓開！」

福叔本能地轉身，把幾人護在背後。「你們這是做啥！」

「差爺，就是這家人，在院子裡養雞不說，這大白日就開始縱酒，這聲音就是在外頭都能聽見。差爺，你們聽聽！」

「來來來，乾了，乾了這杯，還有三杯！」好熟悉的聲音。

能住在這北區的人多少都有些能耐，差爺自然不敢得罪，只是王府的主人家特意派人下了帖子送到衙門，這事兒也不能不管。

「這家人是啥來頭？」謹慎起見，差爺問了聲。

小哥兒早就看這些人不爽很久了，巴不得他們都被帶到衙門去，也能清靜清靜。「差爺大人，他們不過是些鄉下人，這都能在院子裡養雞，聽說還沒買半個下人，就是日常買菜都是一個老婆子提著籃子出去的。」

差爺大感放心，想到就是自家都請了一個做飯的婆子，況且自家不也沒養雞嗎？

福叔無法，只得讓團子幾個小的去喚楊立冬。

「福爺爺，我跟阿土哥陪著你。」圓子脆生生道，不時地注意著門外氣勢洶洶的幾個人。

差爺很是不滿他們將人給堵在門口，甭管去了啥地兒，這坐的地方總是有的吧。果真是鄉下人進城，等了好一會兒，差爺才道：「你就不請我們進去坐坐？」

「你這是想進來坐坐？行啊，進來吧！」「吱呀」一聲，大門大開，一壯漢將門打開，「誠摯」地邀請人都進去坐坐。

「縣、縣尉大人——您怎麼在此處？」剛剛還一副二世祖模樣的差爺結巴了。

在聽到「縣尉大人」的稱呼時，隔壁的小哥兒早就驚呆了，他已經腦子飛快地想到自己的命運在何方了。

「不是想進來坐坐嗎？縣令大人也在，進去坐坐吧！」縣尉大人是南下鎮出了名的大老粗，會些拳腳功夫。

「小的不敢、小的不敢，小的這就走。」

「看來是得好好整頓整頓了，這是想強闖民宅？嗯？還想管起我的事了，膽子不小啊——」

「小的不敢！」

「還不快滾！」

「是、是，小的這就滾。」差爺一溜兒地滾遠了。

那小哥兒瞧著情形不對，早就溜了。

縣尉大人這才轉身，對福叔笑得一臉羞愧。「是福叔吧，我早就聽冬子說起你了，到今日才見上，真是對不住，是我治下不嚴之過，往後我定會好好管理的。」

福叔受寵若驚。

「這三個小哥兒可都是能幹孝順的，難怪就是冬子都高看了一眼。小子，好好念書！」縣尉還拍了拍三個孩子的肩。

直到縣尉大人進去喝酒了，他們才算是回過神來。

「哥哥，這縣尉大人也就是人樣啊，剛剛我也看見縣令大人了，比縣尉大人年紀還大些，你說我這幾日會不會運道特別好？」團子賊兮兮地道。

對於團子的怪癖圓子已經不想糾正了，根本糾正不了，因為田慧也經常神神叨叨的，要不是自己意志力堅定，早就跟團子一樣了。他們家還是需要一個正常人，圓子突然覺得自己身上的擔子挺重的。

「圓子哥哥，你回來了啊，我有偷偷藏了一塊肉給你吃哦。」一一見到圓子的身影就撲了過來。

一一久等不到人回來，就打算蹭到門口來瞧瞧，正好瞧見圓子進來了。

圓子急急地將人接住。「小心些，妳都不是小姑娘了，怎能如此莽撞？」

一一的臉上有些落寞，圓子瞧著不忍心，捏了捏一一的小臉兒，牽著一一的手，這才放緩了聲音。「唉，我這是怕妳撞著妳自己，妳不是還要照顧二二嗎？怎的自己過來了？」

「嗳，我聽圓子哥哥的。」一一小臉兒復又開心起來，重重地點頭。

圓子生怕她把自己的小腦袋給點下來，趕緊說道：「二二呢，妳怎麼沒幫著妳奶奶看著二二？」

「我有乖乖地聽圓子哥哥的話，看著二二妹妹，不讓她給嬸子和奶奶她們添亂。現在奶奶她們都忙好了，二二這饞貓正纏著要吃的呢！」一一小臉兒一揚，就等著她的圓子哥哥來誇她。瞧瞧，自己可是比二二懂事多了。「我特意來等圓子哥哥呢，還有團子哥哥、阿土哥哥！」

一旁的團子早就聽得不耐煩了。「對啊、對啊，一一最乖了，一一最乖！我知道我跟阿土哥都是順帶的，妳圓子哥哥最重要了！那妳要不要給圓子哥哥做小媳婦啊？」

這話，團子沒少聽見別人問，就是一一她娘，孔氏，閒得無聊就會逗逗這個閨女，太傻得好玩兒了。

一一嘴裡常不離「圓子哥哥、圓子哥哥」，大夥兒早就習以為常，讓她親爹親娘都沒少吃味兒。

「要！我要做圓子哥哥的小媳婦，以後我給圓子哥哥暖被窩！」一一大聲說道，惹得阿土嘿嘿直笑。

圓子狠狠地瞪了眼團子。「一一別聽妳團子哥哥亂說話，他就想看妳出醜呢，這話以後可不能再說了，別人聽見了會笑話妳。」

「為啥會笑話呢，我奶奶就沒笑話我！」——這丫頭有些「單蠢單蠢」的，不知道像了誰。

「呼，總算是走了，幸虧慧娘做的菜多，否則哪夠這些人吃。」

田慧大吃大喝一頓之後，算是緩過勁兒來了。田慧也偷偷喝了不少酒，這會兒臉上看起來還是紅通通的。

就是秦氏和錢氏也沒少喝，前院吃得熱鬧，這不把酒蟲子都給勾出來了。所以，後院裡頭也擺了一桌子，喝點兒小酒去去乏，這一日實在是太辛苦了。

田慧作為最辛苦的大廚，自是沒時候喝酒，她都已經忘記有多久沒喝酒了。楊立冬買酒的時候，很貼心地買了好幾罈子的米酒。

田慧那是差點兒就鑽進酒罈子裡了，不過那罈子實在是太小了些。一罈子，也只能倒三碗。剛剛田慧還在心裡誇著楊立冬夠義氣啊，自己吃香喝辣的，也沒忘記她們這些揮灑了「汗與淚」的人。但這罈子也太小了吧，準是挑了最小罈子的。

秦氏她們一不留神，田慧便半碗下肚了。

「唉喲，慧娘，妳咋想不開啊，這把酒當水喝了，這米酒後勁可是足足的，快別喝了。」錢氏伸手就要搶田慧的碗。

田慧怎肯依了。「嬸子，我酒量好得很，這點兒酒一點兒都不算啥！嬸子，相信我。」

她挺了挺胸，一副勝券在握的模樣。

「那妳可得悠著點兒。」錢氏只當田慧以前就練出了好酒量，有些人不用咋練，天生就是好酒量。

就是連田慧自己都忘了，她說的是前世的好酒量，完全是沈浸在好酒好菜的興奮中，不想自拔。

田慧喝了一碗過了癮，就開始招呼上別人了。

「圓子，來，倒一點兒，我兒子都長大了，這酒也要試著喝喝，往後才不會被人灌醉給騙了去。」田慧自顧自地說著，那個慷慨激昂。

團子早就眼饞許久了，不過，他還是近乎本能地刺激一下他娘。「娘，您確定您這是沒喝醉嗎？」

「熊孩子，咋說話呢！」田慧一巴掌就衝著團子拍下去。

團子挨了那麼多的揍之後，若是這下子都還能被打中，那他腦子根本就沒得用了。

第三十三章　酒後

外院，楊立冬有些不在狀況裡，因為自家沒買下人，凡事兒都得自力更生，所以楊立冬拚命勸人酒，自己只一小口一小口地抿著，硬是撐了近兩個時辰。

等送走了人，他以為沖個澡就能睡個安穩覺了，不承想，自家人正喝得好不歡快。

「冬子，客人都已經走了啊？」錢氏很清醒，因為她沒怎麼喝，二二正縮在她的懷裡。

楊立冬看見秦氏已經只會衝著他傻笑了。「兒啊，你回來了啊？」不斷地重複著這句話。

楊立冬看了一眼對面的田慧，也一樣傻傻地衝著他笑。

「好了、好了，都回去睡覺。一一，妳領著妳妹妹去睡，冬子，你扶著你娘去我那屋，你娘晚上怕是要起夜。」幸虧吃得差不多了，錢氏趁現在將人都給弄回去。

等楊立冬將人都弄回去了，不放心地又去看看大門是不是落鎖了。

他一回來，就看見田慧坐在臺階上，抬頭望天，笑得傻傻的。

好像這一晚上，她笑得都挺傻的。

楊立冬就是想忽視也挺難的，驀地，心一軟。

「起來，回自己屋睡去，坐在這兒要凍著的，我可是要回屋了。」

田慧僵硬地轉頭。「嗚嗚，我脖子僵了……」說著，就可憐巴巴地望著楊立冬，濕漉漉的大眼兒盯著楊立冬。

楊立冬一直都知道，田慧在他見過的人中不在頂好看的那一列，只是她的眼睛很大很明亮，眼神很純淨、清澈。

「妳低頭，我給妳揉揉。」楊立冬算是明白了，這眼神團子時常對著他使，撒著嬌地讓他做某件事。

田慧乖乖地低頭，乖巧的模樣，讓楊立冬大為咂舌。

楊立冬將田慧的外衫提高了些，能遮住脖子了，才覆手上去。

「你扯我衣衫做啥，我告訴你哦，我就是誓死也不從的！」

楊立冬聽著這傻不隆咚的聲音，恨不得一掌劈下去，看妳還從不從！

噢——這都是啥樣的人啊，楊立冬禁不住哀嚎，就是醉了也不放過自己，不讓自己好好地歇上一歇。

他只想著，把這僵脖子揉揉好，早點兒打發她回去，別堵在自己的門口。眼不見為淨，若是離了自己這地兒，他才懶得搭理她睡哪兒去呢。

「別動，我給妳揉揉，就妳這樣要啥沒啥的，我對妳不感興趣。」楊立冬惡聲惡氣地道，手下的力道更重了。

田慧吃痛，忍不住呻吟出聲。

楊立冬這下子真的恨不得將人給劈暈了，大半夜的，要是被人聽到了，該咋想了？幸虧今日都是醉鬼。

楊立冬偷偷地呼了一口氣，只是田慧的呻吟聲越來越重，還是無意識的。「夠了！」

「你凶我，我要告訴我爹爹去，還有我爺爺，讓他們揍你！」田慧握著拳頭，對著楊立冬勾了勾拳。

「唉，我只是叫妳去睡，別人都去睡了。」楊立冬知道跟個醉鬼根本就沒法子溝通。

「我想家了，你帶我回家好不好？我發現我回不去了……」田慧乞求地望著楊立冬。不知為何，楊立冬想起了以前跟著自己的那匹老馬，後來被亂箭射死了。

還沒等楊立冬開口說話，田慧舔著唇道：「我渴了，我想喝水。」

楊立冬邁過田慧的旁邊，推門進屋，田慧亦步亦趨地跟著楊立冬進屋。

「坐下！」楊立冬指了指桌子旁擺著的椅子。

田慧接過楊立冬倒的水。「怎麼才一點兒水，都不夠我塞牙縫。」

「田慧！妳這是裝的吧，故意整我呢，妳倒是塞牙縫給我瞧瞧啊！」楊立冬暴吼一聲，實在是夠了，就自己一時心軟，這得釀多大的禍啊！

田慧聽話地「一」了聲，露出自己的牙，口齒不清地道：「你快點兒看，我撐不了多久，愣著幹麼，快點兒看！看！看——」說著，還拚命地往楊立冬身上蹭，磨蹭得楊立冬那個煎熬。

「田慧，妳離我遠點兒！」楊立冬被田慧拉著衣角，怎麼拽都拽不開。

楊立冬低頭拯救自己的衣衫，還沒從田慧的手裡揪出來，田慧就已經像無骨似地欺了上來。

「圓子，你咋長高了？擺著臉做啥，一點兒都不可愛，這樣子可是沒有女孩子喜歡的哦。偷偷地告訴你哦，女孩兒都喜歡嘴甜的！」

田慧湊近楊立冬小聲地哈著氣兒說話，讓他耳根癢癢的。

楊立冬僵著身子，任由田慧作威作福，只當自己是個木頭人。

「麼麼，麼麼，圓子蹲下來，讓我親一個，我親不到你了！」田慧拍了拍「圓子」的臉，示意他聽話些。

楊立冬一手劈下去，擺脫了田慧拉著自己衣角的手。

楊立冬還沒來得及慶幸自己逃出生天，田慧就坐在地上捏著手，低聲哭泣。

「喂，別裝了，我告訴妳，別裝了！田慧——」楊立冬聽田慧哭得傷心，他小心地靠近，生怕著了道兒。跟個醉鬼鬥智鬥勇，楊立冬覺得自己的修為又更上了一層樓，那些個地痞流氓都還不夠讓人看的。

田慧坐在地上，捣著腳踝在那兒哭，低低地啜泣。

哭得楊立冬狂躁不安，明明他劈的是手，難不成這手刀帶起的風刮到腳踝了？別鬧了好不好！

對峙了好一會兒，還是楊立冬先敗下陣來，田慧已經哭得一抽一抽的，還打嗝了……

「妳說吧，到底想怎麼樣？哪兒傷著了？」楊立冬在田慧的面前蹲下。

「哇哈哈——我就說嘛，你往哪兒躲去！」楊立冬被壓在身下，聽著田慧笑得豪邁。

楊立冬黑著臉，望著田慧，這該死的女人，早知道就應該對著脖子劈下去的！

該死的！楊立冬眼前一黑，唇上就貼了個不知名的事物。
四目相對。
楊立冬看著田慧眼裡的笑意遮都遮不住，正想伸手推開，田慧卻伸出舌頭舔了舔。
楊立冬僵硬了。
楊立冬不知道該作何反應，僵著身子，滿眼慾望。田慧猶不自知，有一下沒一下地舔著楊立冬的唇。
楊立冬一個翻身就把田慧抱著坐在腿上，讓田慧正對著自己，楊立冬捧著田慧的頭。
「是妳自己不肯走的！現在走，還來得及，妳要不要走？」
田慧銜著他傻笑，抱著楊立冬的腰不撒手。
楊立冬低頭輕啄田慧的唇，田慧很是配合，立時天雷勾動地火！
唔……
楊立冬直到喘不過氣兒來了，才鬆開田慧，將人抱上床。
「我去沖個澡，妳乖乖地睡著。」楊立冬早就受不了自己滿身的酒味兒，實在是被田慧纏得脫不開身，才拖到現在。
等楊立冬沖了個澡急急地回來，田慧悲劇地早就睡著了。
「該死的，妳就是來跟我作對的吧？」氣歸氣，他還是想著該怎麼處理田慧，若是把她扔回她的屋子，好像有些不近人情，要是田慧明兒個一早醒來，想起「自己用不著就扔回去的」態度，會不會恨死自己？

不得不說，楊立冬真的想多了。

唉，真是傷腦筋。楊立冬就披了件外衫，秋意寒氣重，他想了一會兒還是想不出該咋辦好，索性把慧娘往裡頭推了推，自己也跟著躺了下來。

美人在側，無福享用。

楊立冬規矩地平躺著，就是一動也不敢動，生怕控制不住會擦槍走火。

他對個醉鬼實在是沒興趣，唉……

他躺著躺著，酒意上頭也就睡去了。

田慧是被外頭的說話聲給吵醒的，迷糊間，感覺身旁的大抱枕有些粗糙，她不耐煩地踢了下。

唔！

人聲！

田慧小心地伸手摸了摸，這是胸脯，平胸！男人？

嗷，田慧瞇著眼在那兒懺悔，自己這是趁著酒意把人給強上了？

偷偷地睜開一隻眼，是楊立冬！這人一向不待見自己……她這是被強上了，還是自己強上人家？但對方是楊立冬，所以絕對是自己強上人家啊！

別看楊立冬平日裡人模狗樣的，但是他對女人絕對不感興趣！

這廝醒了會不會找自己算帳，然後哭爹喊娘的？若是秦氏知道自己強了她兒子，嗷，不敢想了！

田慧看看自己的上衣襦裙，已經被擠到床尾了，她用腳勾，再勾。
楊立冬假寐，想看看田慧這是想做啥。
瞧她窸窸窣窣地將襦裙套上，這是打算溜了？
楊立冬鬆了一口氣，只是不知道為何心底有股失落？
田慧想這樣「吃乾抹淨」後拍拍屁股就走人，楊立冬也不知醒了該說什麼，索性兩人都當對方不存在，可是偏偏有人不讓他們如意。
「冬子，你起了沒？今早不去衙門了？」秦氏的聲音有些懨懨的，想來是昨夜宿醉惹的禍。
田慧蹲著身子，儘量讓自己被人無視，只求楊立冬看不見自己。
楊立冬這是不睜眼也不行了，一睜眼就看見田慧縮在正前方，不由得好笑。
「娘，今日休沐，我昨晚喝多了，再睡會兒。」
楊立冬的屋子簡簡單單的，並沒半點兒藏身的地方，田慧有心想把自己給藏起來，真的很有些難度，也幸虧秦氏沒要求進屋來。
阿彌陀佛！
「你醒了啊，我就是到你這兒看看……看看，你繼續睡。」田慧諂媚地望著楊立冬，還做了個請的姿勢，不過自己保持蹲姿不變，只是蹲著轉頭看向楊立冬。
楊立冬挑眉，這耍了一晚上的無賴不夠，一早還想繼續？
「我娘應該還沒走遠……」楊立冬換了個睡姿，朝外躺著，一眨不眨地盯著田慧，身上的被子蓋得極嚴實。

切，誰稀罕，一個男人遮這麼嚴實做啥？咱可是良家婦女！

「別，咱啥事兒都好商量不是？」田慧開始套交情了，打算以柔克剛，以退為進，一舉拿下楊立冬。

「怎麼商量？」楊立冬很是配合，看著田慧大眼睛骨碌碌地轉，就知道這女人開始想法子了，還鐵定就是壞主意。

「咱這事兒是你情我願的，我只是不小心貪杯了，都怪你買的那米酒給鬧的，要說吃虧。還不是我們女人，是吧？」曉之以理，以理服人。

「妳哪兒吃虧了，我這不也是被妳看了？」楊立冬起了捉弄她的心思，誰讓自己昨兒個被她耍得團團轉，賺一點兒回來才夠本。

田慧硬著頭皮想——難不成要討論你平胸，可我胸脯比你的有料，這樣的話就我吃虧了？

「那個啥，你一個大男人跟我計較這些做啥，你情我願的事兒，若是有了身子，還不是我受罪，對吧？這事兒我可是吃大虧了！」田慧作為大夫，「有了身子」這話還是順口拈來，只要別想成是自己的就成了。

「有了身子？」田慧是不是誤會啥了？楊立冬盯著田慧不存在的肚子猛瞧，豁然開朗。

楊立冬坐起，露出了寬廣的「平胸」。「但是，昨晚上是妳用強的，妳忘記了？是誰跟著我進屋喝水？又是誰抱著我不撒手？是誰？」

「行了！」吼完了，田慧才意識到，自己這是「犯罪」了。「冬子哥，你看我要啥沒啥，就是銀子也沒你多吧，你就是賴定我也沒用啊——」雙手一攤，你能奈我何。

楊立冬算是傻眼了，平日裡見著的田慧怎麼說還是有些道德條框的，這會兒竟淪喪了？

「給我五十兩銀子，我就當這事兒沒發生！」楊立冬早就知道田慧小賺了一筆診金。

「你沒傻吧，就是外頭的小倌兒也沒你那麼貴的！」田慧擺明了要命一條，要銀子一文沒有！

這小倌兒都懂了，還知道價格？楊立冬恨不得將田慧就地正法。

「冬子，怎麼還沒起來？慧娘也不知道上哪兒去了，這屋子裡沒人，你趕緊起來，我去找找！」秦氏說完還拍了拍門框，嚇得田慧蔫了。

田慧蹲著走了幾步，挨到床榻下，咬牙切齒地道：「你趕緊把我弄出去，回頭就給你送來！」

「我怎麼信妳呢？」楊立冬不急了，反正該著急的不是他。

「你一會兒隨我去拿，這就行了吧！」

為了五十兩銀子，楊立冬的掩護工作做得很到位。

田慧算是有驚無險地進了自己的屋子，楊立冬半點兒沒有要避諱的意思，打量著田慧的「閨房」，還不斷地催促。

「趕緊，讓我看看妳的小金庫藏在哪兒呢？」

田慧不情不願地瞪了眼楊立冬，磨磨蹭蹭地挨到窗戶底下的牆角，蹲下，掀起其中一塊青石板。

小心地放在一旁，石板下的泥地裡被挖了個空，裝著一個實木匣子，田慧吹了吹土，抱起匣子，防賊似地盯著楊立冬。

「防賊呢！這銀子可都是我的，防著我也沒用。」楊立冬心情大好，特別是這銀子來之不易。

田慧開了匣子，取了五個銀錠子放在桌上。

楊立冬順手拿了銀子把玩著。「看不出來，家底子挺厚的啊，還有好些碎銀子呢。」

「拿了銀子就趕緊出去，不想看見你！」田慧看著自己辛辛苦苦攢著的銀子，就這樣被席捲了去，果真窮人是嫖不起的哇！

楊立冬期望自己的好心情也能感染到田慧，坐在那兒賴著不走了。「難不成妳就不買東西？這銀子藏在那兒，取用時妳不覺得不方便？」

「有啥不方便的，我又不花啥銀子，在這兒有吃有喝，放些零碎的銅錢在外頭就好了。」田慧埋所當然地道，實在是弄不明白這男人磨磨唧唧地想做啥。

「胭脂水粉、首飾、布料子，妳就沒有想買的？還有給圓子他們的筆墨紙硯，就沒有一處花銀子的地兒了？」若是楊立冬沒看錯的話，明明看到了田慧的那個木匣子裡，裝著一串銅錢，大約是一百文的長度。

楊立冬平日裡已經覺得田慧夠懶的，現在才知道這壓根兒就不是懶，人家這是「無慾無求」了。

田慧難得老臉一紅。「關你屁事！圓子他們的紙我早就備齊了，還能寫上一個月的。走走走，別在我這礙眼，看你不爽很久了。」

直到把楊立冬趕了出去，田慧把房門落鎖，才小心地將匣子放了回去，又將青石板重新給鋪上了。

她一邊放，一邊嘮叨。「匣子匣子，趕緊多生點兒銀子出來吧。這都被黑心的給弄空了！啥滋味兒都不曉得，就把老本給弄出去了……」

「慧娘、慧娘，妳在屋子裡嗎？」秦氏的聲音從門外傳來，一陣急促的拍門聲。

「來了，嬸子，我在呢！」田慧將房門打開，省得禍害壞了這門。

對著關心自己的秦氏，不知為啥田慧有一種心酸的感覺。

那是替秦氏心酸的，好好的一顆白菜，待得要收成了，卻被豬偷偷摸摸地拱了。

「這是咋了，臉上咋那麼白啊，妳一大早這是去哪兒了？我看妳床鋪都疊得整整齊齊的，這是去哪兒把手給凍的？」秦氏拉著田慧的手嘘寒問暖的，秦氏已經好些時間沒有對田慧如此關照了。

「我原本想著要去買點兒包子啥來的，這一出去，發現沒帶錢，這不就又折回來了。」田慧低頭，說出早就想好的理由。

太揪心了。

太沒有說服力了。

秦氏絲毫不作他想。「哪用得上呢，這銀子合該省著點兒花，昨晚可是剩了好些菜的，我一早就熱過，都夠吃一天了。走走走，去喝點兒粥，暖暖身子。」

秦氏拉著田慧一路走著，她那手根本是給嚇得凍著的，膽子小的人，實在是禁不住啊。

近些日子來，楊立冬眉飛色舞，就是對著田慧也殷勤了不少，明眼人都能瞧出來，只是誰都沒細想。而秦氏因此頗為高興，自家人親親熱熱的，秦氏瞧著當然是可中意了。

「冬子啊，我瞧著你對慧娘母子三人挺關照的，我就放心了！娘這輩子就沒個閨女，慧娘雖說有些沒心沒肺的，卻是心細，娘也是真心歡喜。若是娘去了，往後你也要好好照顧慧娘母子三人。本來我還不放心，看你們倆平日裡說話，都是針尖對麥芒的，現在你懂事了，我就放心了，往後都要這樣好好的。」

秦氏拉住楊立冬，說了好長一段話，就連身後的事兒也都交代了。田慧這是多讓人不放心啊！

楊立冬只能在那兒點點頭，不說自己差點兒就照顧到肚子裡去，拆吃入腹了。

「那我就把心給放肚子了。」秦氏知足地拍拍手。

楊立冬特意在轉角攔住了田慧，走路真夠慢的，才這麼點兒路，都挪了那麼久。

「慧娘，上回做菜辛苦妳了，這根銀簪子就送給妳了。」楊立冬不知從哪兒拿出來的銀簪子，變戲法似地送到田慧面前，就等著「美人笑納」。

可是，這個「美人」是田慧，就注定了這不是個愉快的過程。

「能不能給換成銀子？冬子哥——」

冬子哥倒是叫得他挺舒服的，只是這整句話連起來就不大順耳了。

「不要？」楊立冬挑眉。

「要！冬子哥送的東西怎能不要，這不要不是瞧不起冬子哥嗎？」田慧一把奪過楊立冬手裡的銀簪子。「只是要是能換成銀子就最好了！」意猶未盡的遺憾。

「妳要是敢去換成銀子，試試看！」楊立冬覺得自己若是將人給逼得狠了，田慧一定會去換成銀子。

「不去、不去，這換成銀子就不值錢了。」一來一去地當了，至少得折一半吧？田慧還是低估了當鋪。

田慧細細地打量著這根銀簪子，並不是鍍銀的。

「冬子哥，是不是空心的？」要不是楊立冬在，田慧打算在銀簪子柄端咬上一咬。

「妳咬咬看不就得了。」

「我還能不相信冬子哥的闊綽嗎？」一準就是實心的。」田慧討好地笑著，打算回去再咬。

這得多少銀子啊，該不是自己的五十兩銀子就弄了這麼個東西回來吧？

最近囊中羞澀，田慧只能鼓起勇氣，拉著楊立冬不讓他走。

「放手！這樣子我會誤會的，妳可想好了？」

嚇得田慧立刻撒手，搖頭證實自己的清白，她真的沒想怎樣。

「就算是我想怎樣，也沒有五十兩銀子了啊。」田慧小聲地嘟囔。

「我能借妳的，要麼妳讓我強一次也行。」

田慧一抬頭，楊立冬的臉觸手可及。

田慧驚得立刻推開他，看著楊立冬這臉又陰了下來，才慌忙道：「我這不是沒銀子了嗎？等有了銀子再來找你！」

烏鴉嘴！田慧真想大嘴巴子抽死自己，特別是看見楊立冬的臉陰得要打雷了。

「到底想如何！」這個女人話說了半天沒重點，還是已經忘記了？

「不如何，就是圓子他們沒紙了……」田慧本著「求人腿軟」的原則，姿態擺得極低。

楊立冬在研究田慧話裡的可信度，幾日前才說大概還有近一個月的紙，這是拿來吃了嗎？

「那一個月的紙是練字的，用來寫先生布置作業的沒了。」田慧只得耐心解釋道，生怕楊立冬不肯答應。

楊立冬想也不想地拒絕。「免談！妳那裡的銀子就是再買個半年用的紙，也盡夠了。」

然後，他就走了。

絲毫不給田慧拉衣角的機會！

第三十四章 上峰

田慧待得買了一疊紙後，歸家，敲門。

「請問找誰？」開門的是一個比福叔年紀還大些的老頭兒，身上穿著的秋衫打著補丁。

這是走錯了？田慧退後幾步，看見「楊府」二字高高地懸掛著。

「這是楊府吧？」

老頭兒點點頭。「是的，請問夫人找誰？」

田慧看著老頭兒謹慎的模樣，也客氣地道：「喔，那就好，我就住在這裡頭，大伯，您是新來的？」

「是夫人吧，老奴老鄭是剛剛新來的，這不還認不全府裡的人，望夫人多多見諒。」看著老頭兒深深地彎著腰，生怕田慧怪上了自己。

田慧有些不忍心，想扶起老鄭，只是手裡都拿著東西。

「鄭老伯，您這是做啥，咱這不是頭一回見嗎？您不認得也無法的。鄭老伯，您這樣，我可受不住啊！」田慧最是看不慣老頭兒老太太辛酸的模樣。

待得鄭老伯關上門，又幫著田慧將一大疊的紙搬進去。

「我跟我家的老婆子啊，是投奔冬子來的，冬子早些日子就託人寫了信兒給我們，這不一路走過來，可是走了近半年了。」鄭老伯一看田慧並不嫌棄他這衣衫襤褸的模樣，才願意對田慧說那許多話。

鄭老伯看著田慧的神情就知道這是要說啥了。「一點兒都不辛苦，我跟我家老婆子那可是從來沒出過鎮子，這回總算是見了世面。也難怪我的兒子要出去從軍，外頭的世界可真的是精彩吶。」

田慧佩服鄭老伯的豁達，這應該都是兒子沒了，才來投奔楊立冬的吧？

楊立冬是吃晚飯時回來的。「過幾日，我原先的上峰有公事到南下鎮來辦，可能會有女眷。」說完，還看了一眼田慧。

「女眷？是你上峰的夫人？」秦氏隨意地問著，盤算著如何安排房間，西廂的屋子還空著，一家人住住盡夠了。

楊立冬又瞥了眼田慧。「不是，是個未成親的姑娘家。」

秦氏立刻來了精神，自打來了鎮上，見了世面，她的眼界寬闊不少，再說自家兒子能幹，隨便家裡頭擺個宴兒，連知縣大人都來了。總之，兒子瞧不上村裡的那些姑娘家，那也是有些道理的！

「那是來給你說親的？」在座的都是自家人，秦氏想也不想地問了出聲，話落，還眼巴巴地望著楊立冬。

快要過年了，又一年了，抱孫子又遲了一年。

田慧只是筷子頓了頓，便神色自若地繼續挾菜。

「娘，別人是姑娘家，您這話不妥，若是別人來了咱家，您這話可是唐突了。」楊立冬索性放下筷子。

那姑娘姓崔，家族世代武將，她的哥哥是楊立冬上峰的恩人，不過崔姑娘的哥哥不知道為何，卻是瞧上了楊立冬，有心為自家妹妹說親，只是剛剛有了這個意思，她哥哥就戰死沙場了。這回也不知道為何，竟為了公事來南下鎮？

因此，楊立冬只是說了崔姑娘的身世，並沒有提及當初對方有訂親的意向。免得他娘亂想了。

只是，田慧是不是表現得太冷靜了些？好似真的不關她的事兒，莫非以為五十兩銀子就能去倌樓了？楊立冬越想，臉色越冷。

秦氏不敢追問了，這個兒子個性越發陰晴不定，這人越來越難說話了，來個好心的姑娘家把他給收了吧。

於是，崔姑娘是在秦氏望眼欲穿中到來的。

那日，好像天兒特別的藍，就連鳥兒也在「楊府」特意多留了幾瞬間。

這就是秦氏說的好兆頭！

這幾日，楊立冬都去城外迎人，今日也不例外，早早地去了。白衣駿馬，他一個俐落的翻身，就上了馬，田慧忍不住暗罵了聲，騷包！

田慧頭一回覺得自己的大姨媽是親人吶！秦氏稍稍一看田慧的臉色，白得嚇人，就體貼地問道：「慧娘，是不是癸水來了？」

田慧扶著頭，好半天嘴唇微啟。「嬸子，無事。別耽誤了客人的事兒，我這每月都是如此的，撐撐就過去了。」極盡虛弱。

秦氏大感田慧的深明大義，不由想得有些遠。那崔姑娘大老遠地跑來，怕是會來看看兒子的，若是這親事能成，可慧娘卻硬撐著身子給她做飯做菜的，以後長久下去那還得了。一想到慧娘母子三人期期艾艾地躲在灶前，燒飯燒火洗菜的，秦氏想也不想地決定，這事兒慣不得！

她遂忍痛拿出五兩銀子，遞給楊立冬。「若是人來了，你就拿著這銀子去訂一桌席面吧！那啥一品樓的，就你們幾個人吃吃，我跟你福嬸她們隨便吃點。」

楊立冬摩挲著手裡的五兩銀錠子，他娘這是讓他出去訂一桌席面？這是重視他的上峰，還是那崔姑娘？

楊立冬有些頭疼。「娘，慧娘不是燒得挺好的，作甚浪費這些銀子？」

不說倒是還好，這一說秦氏那是火氣蹭蹭蹭地上來了，連著支出五兩銀子的肉疼都朝著楊立冬噴去！「你當慧娘是你家的廚娘啊，不管來了哪個客人就讓慧娘給你做這個做那個，你那麼能耐自己做去，慣得你越發無法無天，目中無人了！」

楊立冬摸摸鼻子，怎麼了？這不一直都是他娘的意思嗎？「我這不就是隨便問問，不是想著為娘省些銀子嗎？」楊立冬討好地衝著他娘笑笑，他娘對他越發隨意了，招之即罵。

果然，那輛豪華的馬車據說是從京城來的，不過絲毫不見風塵僕僕，倒像是一路晃晃悠悠著過來的，也不知道這一路走了多久。

楊立冬更是乾脆，請人一道兒在外頭用了飯才回來。

崔姑娘一個縱身就跳下了馬車。「不用你們來扶，丟了我崔家的臉！」崔姑娘甩開丫鬟的手，跳下馬車就開始打量著楊府的大門。

「崔魚兒！這一路妳是怎麼說的，還有妳二哥在來之前是如何交代的！」趙菜子盯著崔魚兒小聲地怒斥著。

崔魚兒瞥了眼趙菜子，不情不願地整了整衣裙，這就算是答應了。

田慧對於這個已經聽說了好些日子的崔姑娘也是好奇得緊，聽說門口停著一輛豪華的大馬車，就毫不猶豫地從屋子裡鑽了出來。

「慧娘，妳咋出來了？身子不舒服就進屋裡躺著去，別強撐著，嬸子知道妳懂事。」秦氏對田慧倒是真的關心，秦氏年輕的時候月事就時常不準時，有時候疼得死去活來的，還要撐著打點這個、打點那個。

田慧的臉色確實蒼白，但除此之外其他的並沒多大的問題，只是這些年了，還是沒法子適應月事帶。

「這貴客上門了，我這又不是啥大事兒，理應去門口迎迎的。」田慧話落，又被秦氏好一頓誇。

錢氏已經在南下鎮住了好些日子，這幾日還被兩閨女接過去住幾日，楊知情姊妹倆都上門來坐了會兒，帶來好些禮，大多都是實用的。秦氏也算是看著這姊妹倆長大的，如今鎮上能來往的就這姊妹倆，自然盼著她們能時常過來坐坐。

楊知情嫁到鎮上的一家小商戶，不過經過了前幾年的積攢，鋪面大小擴了一倍，也開了一家不小的綢緞莊，日子蒸蒸日上。楊知情嫁的是次子，不上不下，頗不受重視，要不然也不會到楊家村娶了一個農戶的長女。只是，錢氏的閨女怎麼可能是個傻的，才嫁過去幾年而已，她婆婆就對這個兒媳婦頗為倚重。

更別提自己娘家給力了，幾年前，楊知情的娘家使了一大把的力，讓楊知情在內院的地位僅次於她婆婆，她婆婆還要將家交給楊知情來打理，不過都被楊知情推了，說自己只是一個農戶的閨女，哪裡有大嫂懂得多！自此，她也得到了大嫂的另眼看待，家裡的地位絲毫不見動搖。

而在得知楊家村崛起一個了不得的人物後，就是楊知情的公爹，也時常問起這個楊立冬。

錢氏原本並不想去閨女那兒，住得不習慣不說，還得跟人客套來客套去的。最主要還是她不放心田慧，那個崔魚兒來了，偏偏秦氏那是一副看兒媳婦的眼光盯著崔魚兒看。錢氏擔心田慧傻乎乎的，唉，不操心不行啊！誰讓她就盼著田慧能跟楊立冬成事兒，這一個屋簷下能長長久久地住著，就是來個日久生情也好啊！

錢氏並不知道，此刻崔勁敵已經登堂入室了。

「這院子外頭瞧著還似模似樣的，裡頭怎就四處都空禿禿的？這叫什麼來著，書上說的『金玉其外，敗絮其中』大抵就是這意思，對吧？」

崔魚兒指著的那處花壇，裡面空蕩蕩的，好似翻過，不過並沒有種著花。

楊立冬看天看地，不想看崔魚兒，這大小姐就是來找茬的吧？

趙菜子書讀得不多，就是因為楊立冬書念得多些，在軍中時常幫他參謀，又是過命的交情，要不是楊立冬非得回來，他怕是也跟自己一樣，好歹會是個將軍，至於實職虛職這個暫且不說。

田慧看著自己弱不禁風地站在崔魚兒身旁，覺得自己實在是有些弱了，難免哀怨起了「大姨媽」。真是，成也大姨媽，敗也大姨媽。

不過，崔魚兒的這話卻是對了田慧的胃口，嘴角彎彎地默念著這八個字。

「我爹常說，這會武可是腦子不好使的，那就叫莽漢，這兩人看來都是腦子不行的。這位姊姊，可是這個理兒？」

田慧點頭應了。「草包枕頭？」

「唉喲，我的好姊姊，這話我學來了，可不就是這樣？比繡花枕頭還實用了些！」崔魚兒自然熟地攬著田慧，指著一處處的「草包枕頭」。

趙菜子其他的似乎不懂，不過這「草包枕頭」卻是意會了。畢竟人是自己給帶來的，所以趙菜子對著曾經的下屬，頗為尷尬。

「冬子，在這小鎮上住著，可後悔了？不若這回跟著我一道兒去京城吧，陛下還時常念起你來。」

楊立冬最近臉皮厚慣了，倒是不大在意，反正待在京城的近半年，他算是對這位武將家的小姐深深地有了體會，見怪不怪了。若是這個崔魚兒一副嬌滴滴的模樣，他才會覺得這是弄錯人了吧？

「我每日樂得逍遙，回頭兒等我娶了媳婦，有了兒子，再享兒子的福，跟著兒子去京城。」楊立冬早就將圓子團子劃在了自己的勢力範圍，這兩娃兒若是養得好，將來說不準有大出息。

楊立冬想得美美的，那神情讓趙菜子感到深深的嫉妒。

「看你美的，不就是腦子比我好使些，說不準我兒子比你兒子還好呢！若是你兒子實是能幹的，我就生個閨女，霸占了你兒子，那就是我半子了，哈哈哈！」趙菜子越想越覺得這事兒靠譜可行。

楊立冬瞥了這莽夫一眼。「你得先有媳婦兒，難不成真娶了媳婦？」

說及此，趙菜子就笑不出來了。等他榮歸故里，他爹娘早就不在了，大姊二姊又都出嫁了，他反正無所牽掛，就在京城掛了個職，隨便陛下差遣，風裡來，雨裡去，好不心酸。陛下根本就不體諒他單身漢的艱辛，使喚起來，越發熟練了。說出來，都是淚哇……

第三十五章 事成

看著趙菜子一臉便祕樣兒，楊立冬就忍不住笑出聲。

「唉，這幾年風調雨順，陛下本性大露，這當差就越來越難做了！我被陛下逼得相了好幾回，你知道嗎？那都是文官家的姑娘家，那哪是相看吶，整個簾子遮住了臉，問個幾句話，也不言不語，大多都是問一句，等了老半天，才見她羞答答地點點頭。若不是我自恃是見過大場面的，克制力驚人，還不得以為這是對我有意思呢！」趙菜子該誇自己的時候，絲毫不凵軟，該誇就誇，不誇別人咋曉得呢！

「這難不成還不是對你有意思？」楊立冬對這些並不清楚，因為他在陛下的惡趣味暴露前，就已經溜了回來。

「兄弟啊，咱不愧是兄弟！我跟你想的一樣，這不是只有見著情郎了才羞答答的嗎？我家的村子裡，那些個剽悍的女子，只有見著自己中意的男人，才會羞答答地喚上一聲『哥哥』！

「誰想，到了京城卻不一樣。有一回，皇后的娘家姪女，我瞧著挺好的，一看就像是個好生養的，自然，我是沒瞧見正臉兒，只是她羞答答的模樣讓人誤會不是？等回去了，我就跟陛下說那姑娘挺好的，我也挺中意的。不承想，當日，皇后的娘家姪女就隨著她娘進宮了，說是家裡已經有了要訂親的人選。

「這不是玩我嗎?看不中就直說唄,爺好歹也是相貌堂堂,力大有勇!陛下大怒,連著皇后都怒斥了,非得將那姑娘家指婚給我。不過,這種拆散人家的事兒,我也不願意做,哪日不聲不響地把我給害了,我還沒地兒哭去!

「後來皇后大抵是心裡有愧,接連讓我看了五、六家的姑娘,都是羞答答的,我這不心裡沒底了?我也不敢指著誰,說人家姑娘家不錯,索性統統就說了,瞧不中!

「兄弟啊,我爹娘在地底下大概也等得辛苦了,我這真的想找媳婦了,咋就讓陛下插了一腳,我何時才能娶上媳婦呢?」

楊立冬聽得好生心酸。

「你這是娶不上媳婦了?」趙菜子聞言瞪了眼楊立冬,不過,不得不承認,眼下他說的就是事實。

「懸了!所以這回一聽說崔家有南下的意思,我就跟陛下好好地回憶了一番往昔,才得以放了我一道同行。這一路,我是看過了不少的姑娘家,就等著回頭回去時,順帶挑一個回去。」

崔魚兒好奇地湊過來。「嘿,菜子哥,你這是又在想媳婦了?」

「去去去,妳一個小女娃兒開口閉口的媳婦,都不覺得害臊。」趙菜子說完了,羨慕地看了眼楊立冬。

「這是妳大哥生前就說過的楊立冬,你們好好說說話兒。」趙菜子將楊立冬往崔魚兒身旁一推,自己往田慧身旁去了,這算是互換了位置。

楊立冬一直都知道趙菜子對找媳婦的渴望，特別是好生養的媳婦。田慧這個生了兩兒子的女人，會不會特別符合趙菜子的要求？

崔魚兒看了眼趙菜子，那兩人不知道說了啥，正一臉的笑意。她看著一旁的楊立冬陰著臉兒，怕是明白了什麼。

「冬子哥，我大哥以前可是沒少提起你，還說——」

「妳別誤會，我高攀不起！」楊立冬匆匆地打斷了，又看了眼那兩人之處。

崔魚兒故作傷心。「看來冬子哥是不喜歡我大哥之前亂點鴛鴦譜了，我也知道，我這人沒有半點兒可取之處，只是沒想到，冬子哥好似對慧姊特別留意——」

噔！

楊立冬終於正視崔魚兒。

「嘿！這還是冬子哥頭一回正視我呢，不過，冬子哥，咱明人不說暗話，我對你也沒興趣，若是非得要嫁你，早在你在京城的時候，我家就上門提親了。」崔魚兒很是豪爽。

上門提親？虧這姑娘說得出口。

「那妳想怎樣？」楊立冬謹慎地問道。

「冬子哥果真是謹慎，比那蠻子可是聰明多了！」崔魚兒笑道。

楊立冬恍然。「所以，才將人給弄到我這兒來了？不過，那蠻子可早就急著找媳婦了，要好生養的。」

崔魚兒的笑聲戛然而止，羞惱地瞪了眼楊立冬。

「不好生養？」楊立冬上下打量了下崔魚兒。

「放他娘的屁話！姑奶奶好著呢！」崔魚兒的臉通紅通紅的。

晚上，楊立冬還是讓一品樓給送了一桌子的席面，並不分桌子，大夥兒一道兒吃著。

「崔姑娘，多吃點兒，小地方也沒啥好招待的，就讓冬子從一品樓裡叫了席面來。」秦氏張羅著讓崔魚兒多吃些，別客氣。

崔魚兒到底是從官宦人家出來的，見著一家子老小都坐在一處兒吃飯，覺得新鮮，不過，食不語，所以崔魚兒只是對著秦氏笑一笑。

秦氏招呼得更加熱絡了。

崔魚兒只是淺淺地吃了小半碗的飯。

「多吃些啊，才這麼點兒，回頭走一會兒就該餓了。」秦氏在心裡評估了崔魚兒的飯量。

趙菜子正扒拉著飯，聞言也看了眼崔魚兒。崔魚兒又讓丫鬟給盛了一些些，好不容易勉強吃了下去，接著就實在是無能為力了。

秦氏也不再多勸，這崔姑娘怕是飯量就那麼點兒大，心裡有些著急。

田慧渾然不知地吃著菜，一不小心又被秦氏拿來做了一番對比，一不小心地又勝了一籌，還是比吃飯獲勝的。

崔魚兒認為自己的飯量在京城裡的大家閨秀中，也是排得上號的，只是沒想到，這一路下來都被人嫌棄。特別是趙菜子，有一回還煞有介事地問道：「妳這是病了嗎？」她當時真想一口老血吐他臉上！

崔魚兒對田慧一見投緣，坐在一旁喝茶，看著田慧吃得好像是味兒很好？她剛剛特意地數了下，趙菜子整整吃了四碗飯。這個飯桶，崔魚兒很苦惱，怎就看上這麼一個飯桶了？難怪她爹一直說她的眼神不大好使兒。

才過了幾日，崔魚兒就跟田慧混得滾熟滾熟的，說起話來，也沒了顧忌。

「慧姊，妳別蒙我，我早就看出來了，妳跟冬子哥有些貓膩！」田慧剛剛想開口反駁，就被崔魚兒拍拍手，示意她放心。

「既然慧姊看中了冬子哥，我怎都不能學人家棒打鴛鴦，放心，我也志不在此！」

「妳志在哪裡？」田慧一時忘了撇清自己。

「那趙菜子唄！慧姊，難不成我做得真的那麼隱密，連妳都沒看出來？」崔魚兒感慨自己這麼本色出演，卻是瞞過了所有人。

「我不曉得旁人看沒看出來，反正我就是以為妳是來相看楊立冬的。」田慧總不好承認自己不大會看這些，再多只能憑著感覺。

「在京城我就看過了，哪用得著千里迢迢地跑到這兒來。慧姊，妳一定要幫幫我，過幾日我就得回去，在路上耽擱太久的時間了。對了，妳是怎麼將冬子哥給搞定的，說不準我還能學學。」

「趕緊睡吧，再不睡，這天兒都要亮了。」田慧生硬地轉移了話題，誓死不說！況且她跟他沒關係！

這才幾日，崔魚兒就丟下了自己的丫鬟，還是成事不足的丫鬟，投奔田慧來了。就是夜裡，她也非得賴在田慧的床上，軟磨硬泡好讓田慧幫幫自己。

人多力量大。

昨日，知縣夫人就派人遞了帖子來，邀崔魚兒、田慧過府賞菊。

秋日，是賞菊的季節，雖然只是借著這個名頭。

知縣夫人大抵已經三十來歲，一路順風順水，瞧著倒是比實際年齡要年輕幾歲。

知縣夫人邀來作陪的，還有陳夫人。

田慧不曾想過自己還能走出家門，參加這種「高檔賞菊宴」。

一大早，她就早早地醒了，推了推睡得極好的崔魚兒。「魚兒、魚兒——小魚兒——」

「還早著——」崔魚兒一巴掌推開田慧湊近的臉兒，翻個身繼續睡。

「小魚兒，我有些怕呀。不行，這事兒是妳給惹來的，我不想去了，妳自己去，反正我一向名聲兒不大好，隨她去吧——」田慧也學著崔魚兒的樣兒，把棉被往頭上一拉，打算好好地睡去。

崔魚兒本就人生地不熟的，而趙菜子卻早被知縣大人恭敬地請去了好幾回，雖說喝得不多，但是每日必是帶著酒氣回來。崔魚兒疑神疑鬼了好幾日，就差趴在趙菜子的身上，聞聞有沒有脂粉味兒。

楊立冬很是為趙菜子感到擔憂，他的前途啥的，真是晦暗不明。

崔魚兒可不吃楊立冬這套。「你儘管跟那菜子頭說去，我正好夜裡都跟慧姊一道兒住著，我這人一向管不好自己的嘴。」

「夠了，哪兒都沒去，就去知縣大人那兒喝酒了，管好妳自己的嘴！」楊立冬可是知道，從小就在京城裡長大的崔魚兒不是那麼簡單的。

崔魚兒笑得得意。「我就知道將慧姊交給冬子哥是最好的選擇了！」

楊立冬瞥了眼崔魚兒，似是想到了什麼，才開口道：「聽說知縣夫人給妳們遞了帖子，妳曉得慧娘不曾參加過這種宴席，若是有啥不當的，妳多提點提點她。」

「這有何難，我帶出去的，放心就是了！」崔魚兒保證道。從小她就跟著她娘、她嫂子遊走在京城裡的各種宴會，遊刃有餘。

「慧娘怕是會不肯去……」楊立冬有些為難地望著崔魚兒。

「怎麼可能，那可是你們南下鎮的知縣夫人——慧姊真會拒了？」崔魚兒頓時來了精神，好似從不認識這樣子的田慧，畢竟她瞧著就是有些懶洋洋的。

現在都已經是秋季了，田慧好似還在慢節奏地過著春季，還有春睏。

「我是聽我娘說的，我哪知道那麼多，我回來並不久。」楊立冬有些頭疼，往後一家主母若是一年到頭都在犯懶，唉，那可如何是好？

聽到田慧的話不似作假，正打算埋頭大睡，崔魚兒立刻醒了，她想起了楊立冬說的話。

田慧這是打算臨陣脫逃了？

「妳該不是怕吧？」崔魚兒將田慧頭上的被子掀了下來，有些懷疑地望著她。

「怕啥？知縣夫人？沒啥好怕的啊，已經見過一回了。」田慧也有些懷疑崔魚兒這是沒睡醒吧？

崔魚兒撓了撓已經一團糟的頭髮。「那是為啥咧，就是不想去？往後這些妳還是都要去的啊，難不成每回知縣夫人相邀，妳都打算拒了不去？不說旁的，就是冬子哥的關係，妳家女眷現在也就妳一人能出去，難不成妳都不去？」

「要不我就搬了出去？反正我也不算這家的人，我不耐煩跟人寒暄。」田慧一想，果然麻煩，因為秦氏也不願跟那些夫人寒暄互捧，所以根本就不帶這項技能。

崔魚兒趕緊當沒聽見這句話，若是讓楊立冬聽見了，怕是要把自己的事兒給攪黃了才能洩憤。

「慧姊，妳多想想秦嬸，老人家該如何想呢？」

田慧無奈，這樣不行，那也不行。「算了，就這一回吧，其他的以後再說。」

崔魚兒生怕事有變故，也不敢賴在床上，讓田慧想多然後反悔。「慧姊，咱起吧！」

等到了縣衙後院，知縣夫人早就迎了出來，請二人往院子裡去。

陳夫人站在田慧的身旁。「慧娘，咱有好些日子沒見了，若不是剛剛聽知縣夫人說了，我都不曉得妳搬到鎮上來了。這事兒可是妳的不是了，難不成還怕我上門去蹭飯不是？」

田慧任由陳夫人挽著手，笑得得體。「妳還能不曉得我的性子，這事兒多半就是早忘了。」

知縣夫人見崔魚兒一直關心地望著田慧，自然也聽到了田慧兩人說話的聲兒，順著田慧的話茬笑道：「田夫人這心思都放在醫術上了，旁的瑣事兒哪記得這許多。」

崔魚兒看了眼田慧，面上不顯。

「說句不怕知縣夫人笑的話，我這就是給閒的，懶慣了。」崔魚兒看著田慧笑意吟吟的模樣兒，絲毫不見著半點兒不自在。若不是崔魚兒親眼見著田慧早上耍賴不肯起來的情景，崔魚兒定然會覺得田慧這是極享受的。

好不容易賞夠了菊花，談夠了情，崔魚兒就急著告辭，馬不停蹄地往回趕，一度化為「咆哮姊」，受難人自然是一同坐在馬車上的田慧。

「妳能告訴我這是咋回事兒，妳就怎麼能醫好這些人！」

田慧被吼得頭腦嗡嗡，差點兒一頭栽在馬車上，實在是崔魚兒的吼功非凡。田慧不解，崔魚兒為何反應如此之大。

之後的時間裡，崔魚兒一直在嘮嘮叨叨，得來全不費功夫，如此反覆。

「慧姊，妳知道嗎？我已經十九了，我娘為我操碎了心，生怕我耽擱在自家成了老姑娘，這對於崔府來說絕對不是一件幸事。若只是我自己的事兒就算了，可是我還有好些姪女，不知情的會以為，崔府的姑娘這是有了啥毛病。

「我娘好不容易求了保國寺的大師給我算了一卦，說是我的親事在往南的地方，這才同意讓我孤身一人來南下鎮，我二哥又去算計了趙菜子，才得以同行。這一路，我想了多少回不如撂倒菜子頭算了……」崔魚兒只是個姑娘家，說到這裡時，便再也說不下去了。

崔魚兒紅了眼眶，隻言片語中，田慧就知道崔魚兒的壓力不小，也不像她自己表現出來的這般無所謂。

「別擔心，有啥事兒咱商量著辦，妳可千萬別想不開啊！」田慧任由崔魚兒緊緊地握著自己的雙手，生怕這人想不開。

「在來之前，我就跟我娘說好了，若是這回回去，還是一無進展，可我仍有這個想法，非君不嫁的話，我娘就只能對外稱，我在守望門寡，待得三年後再議親，讓底下的姪女先把親事給定下來。我不知道自己是不是著了迷，趙菜子那人呆愣得可以，這一路下來，只將我當成自家的妹子，我這心都快死得差不多了！」

兩人不知道在想些什麼，一路無言地回了屋子。

「慧姊，妳說幫我的，妳會醫術，妳幫我開個方子，讓生米煮成熟飯，看他趙菜子還應不應！」崔魚兒紅著眼眶，這是豁出去了。

田慧從沒幹過這種事，一緊張便結巴了。「這樣子……成嗎？若是趙菜子不、不應呢？那吃虧的不是妳嗎？不行不行，這事兒太魯莽了。」

「他敢！若是他不肯應，我就把他給宰了！慧姊，放心，我這還得顧念著崔府的上上下下呢，我只是嘴皮子上吹吹。到時把趙菜子給弄暈了、醉了，我回頭那麼隨意地一躺，若是他不想應，我就回家守寡去。」

「別守寡，還能嫁人的。」

「慧姊這是應了？慧姊妳開個方子給我，我讓冬子哥給我抓藥去，最晚後日就要走了。」時間緊迫，崔魚兒打算當日就行事。

田慧也不知道崔魚兒是否勸服楊立冬，總之，當崔魚兒捧著一碗藥在她面前站定的時候，田慧好些緊張。

楊立冬和趙菜子是喝得微醉才回來的，這夜已經黑了。

田慧和崔魚兒瞅著時機，觀察著動靜好出動。

到了趙菜子的房門口，就看見楊立冬正看著她們兩人。「妳們這是做啥？」

崔魚兒用手肘搗了搗田慧。「慧姊，求求妳了，送佛送到西吧，成敗就在此了，若是冬子哥老是來礙事，這事兒就成不了了！慧姊，我好可憐……」

田慧回頭瞪了眼崔魚兒。「冬子哥，就是我前些日子準備的解酒藥，這不，特意端來給趙菜子喝的。」說完，她有些咬牙切齒，實在是楊立冬的眼神，明擺著一副「我不相信」！

楊立冬自然不相信，這藥還是他抓的。

「難不成冬子哥也想喝點兒？那跟我去灶房吧，那兒還有些呢……」田慧打算先將人引開了再說。

楊立冬二話不說抬腿跟上。

田慧領著楊立冬一路往灶房去，心裡瘮得慌。

「冬子哥，我瞧著你也喝了好些酒，要不要也喝點兒這醒酒湯？」快答應吧，快答應吧！田慧熱情地招呼著。

楊立冬上前看著那黑乎乎的湯藥。「慧娘，妳看看妳自己這笑得，要有多奸詐就有多奸詐。該不是這根本就不是醒酒藥吧？我去看看菜子頭！」楊立冬說著，還不信任地打量了一眼田慧，就要轉身離去，看樣子這酒都醒了大半。

田慧哪會由得楊立冬再回去，這破壞了人家的好事兒，那不是冤孽嗎？

「冬子哥，你難道還不相信我的水準，就這醒酒藥我還能開錯了？」田慧不忘在心裡添上一句話，好歹都是一樣，睡暈了過去，明日不是醒酒了嗎？

如此想著，田慧是半點兒都沒有負罪感。

不過，楊立冬到底還是沒走。

「冬子哥，你就喝點兒吧，若是讓嬸子知道，我煮了醒酒湯沒你的分兒，這可不好說了，要不你多少喝點兒？」田慧打著商量，殷勤得自己都不忍直視。田慧只想讓楊立冬喝了醒酒湯然後睡倒，免得還得提心吊膽地怕他壞了崔魚兒的好事兒！

「要不給我來一碗？」

「啥！」難不成耳朵出問題了嗎？田慧不死心地又問了一次。「冬子哥，你說你也要一碗？」若是換成自己，鐵定也不喝這些一看就是來歷不明的東西。

楊立冬抱臂。「怎麼，這醒酒湯真有問題？」

「沒，怎麼可能，我就給你熱一碗。」田慧頭晃得腦袋疼。

楊立冬就這般抱臂，等著田慧將這醒酒湯給熱了。「冬子哥，要不回頭給你送屋子裡去？」

「可是，我不大放心妳啊……」楊立冬上下打量了一回田慧。

「啥？」田慧恨不得立刻撲上去咬死得了！這嘴巴欠收拾的！

「聽不懂？妳這是在裝傻吧？」楊立冬好整以暇地回道，端看田慧如何反應。

「我哪會裝傻，我可不會這技能，我這人最是老實了。」田慧原本正拿著碗在盛醒酒湯，一聽這話，就一個哆嗦，這醒酒湯也撒了大半出去。

「嘖嘖嘖，若是缺銀子可以跟我說啊，就咱這關係，我還能不借給妳，打個欠條也無所謂啊！」楊立冬看著田慧已經殷勤地將碗遞到他的跟前了。

楊立冬不管咋說，田慧都不回應，咱耳朵不好使兒！

「妳確定我喝了倒下後，妳能將我弄進屋子裡去？」楊立冬接過碗，直勾勾地看著田慧。

「等等！」

「妳好好想想這藥效——」楊立冬就這麼捧著碗，將灶房的出口給封死了。

「冬子哥，咱先回屋子去吧，這碗我給你端著。」

楊立冬根本就不跟田慧搶，很大方地將人給領回屋子裡去。

田慧那個心裡實在是沒譜啊，因為崔魚兒這丫頭問過自己，若是多放點兒會不會有事兒，田慧當時頭搖得無所謂，現在卻是這個心碎啊。

等田慧進了屋，楊立冬就將門給帶上了。

「你關門做啥？」田慧緊張地將碗放在桌子上，這一路過來，這醒酒湯早就涼透了，白熱了一回。

「我還能將妳做啥，一直不都是妳將我給咋樣的嗎？」楊立冬就著架子上的木盆子，洗了把臉，才舒服地呻吟出聲。

田慧在這狹小的屋子裡，顯得十分不自在，尤其這裡還是自己一不小心「道德淪喪」的地方。

「這般緊張做啥，上回那事兒不怪妳，我知道妳那是情不自禁，情難自控，一時難以把持得住。」楊立冬很貼心地道。

田慧半句話不敢應答，只敢在心裡默默地唾罵，五十兩銀子，早就瞭解了好不好！

楊立冬也不著急，咱來日方長。「是不是還在怪我吞了妳的五十兩銀子，我不是花了二十兩銀子給妳買簪子嗎？最多只剩下三十兩，三十兩還不夠划算？」

「二十兩？就那破簪子花了二十兩？楊立冬，你被人坑了你知道不知道！」田慧這下子冷靜不了了。

楊立冬總算是鬆了一口氣，只要願意說話就成。

「怎麼的，不值二十兩？那掌櫃的跟我說這可是最新的式樣，別處兒都是沒有的，二十兩已經是最便宜的了。」

田慧深呼吸幾口氣，往頭上一摸，沒戴！

「你知道那破簪子就值三兩銀子不？三兩銀子啊，你居然拿著我的銀子去揮霍！」田慧站在楊立冬面前，衝著他咆哮。

楊立冬還很是貼心地坐在凳子上，讓田慧以上位者的姿態衝著他咆哮。

「妳這是咋知道的？該不會去當鋪了？」楊立冬的聲音冷了幾度，雙手抱住田慧的胳膊，不讓她動彈。

事實上，田慧的確去了當鋪，當她被告知「三兩銀子，當不當，活當還是死當？」時，田慧毫不猶豫地轉身走了，一路只顧著嘟囔。「我就知道楊立冬那個小氣鬼，只肯買三、五兩的銀簪子給我，虧我這幾日還一直戴著！」

不過，田慧也沒有捨了這銀簪子不戴，相反，她是一反常態地日日戴著，反正也只有三、五兩銀子，就跟個竹簪子一樣，廉價！

田慧心裡很憤憤不平，拿了五十兩，就只捨得還自己三、五兩，怎麼也得二、三十兩才說得過去吧？

可是，現在，在知道這根簪子確實要二十兩之後，田慧內心受傷了。

幸虧，自己沒把簪子給當了，否則就虧大了！

「去了當鋪，嗯？我是怎麼跟妳說的，讓妳好好地戴著的，妳一轉手就想給弄去當鋪裡？」

楊立冬讓田慧正視自己，田慧豈能從了！楊立冬手下用力，田慧吃痛，不得不正視楊立冬。

「楊立冬，你瘋了啊，弄痛我了！我缺銀子，當了簪子換錢不行啊！」田慧雖說感覺到楊立冬箍著自己的手勁確實輕了不少，不過仍覺得委屈。

好好的二十兩銀子做啥不好，自己敗家就算了，還非得拿著她的銀子敗，她頓時悲從中來。

楊立冬給嚇懵了，這不就是二十兩銀子的事兒，能傷心成這個樣子？

田慧吧嗒吧嗒地掉著淚。

楊立冬一把抱住田慧，讓她坐在自己的腿上，笨拙地給田慧擦著淚。

「我的姑奶奶，我哪曉得我這是被坑了啊，我覺得這簪子挺配妳的，就給妳買回來了，別哭了啊。」楊立冬的手長滿了繭子，搓在田慧細皮嫩肉的臉上，刮得疼。

田慧怒得推開楊立冬的手。「你這是存心跟我過不去是吧！」

楊立冬看著田慧的臉被自己擦得紅通通的，急了。「我這手太粗了，都怪我、怪我，我明兒個就去把這根金簪子賠給妳。」

「就你那些家底子，還不夠你敗家，小心被那黑心的商家給坑死了！」田慧心裡不忘罵死那家掌櫃的，雖然她也不知道是哪家鋪子。

「別哭了啊，把我娘給哭來了，看妳咋辦！」

田慧嘴一癟，這是被人威脅了。這些日子以來，看著秦氏殷殷切切地盼著崔魚兒能做自家的媳婦，秦氏那個用心、那個無微不至，讓田慧覺得自己罪惡深重。

先是把好端端的白菜給拱了，然後又幫著崔魚兒去拱菜子頭，她深深地覺得秦氏對自己就是白好了。

活脫脫一個引狼入室！田慧張嘴就咬住楊立冬的肩頭。

楊立冬吃痛，身子反射性地繃直。「妳是小狗啊，招呼不打就咬人，妳再不鬆口，小心我對妳不客氣了。」

「唔搜（不鬆）——」田慧抱住楊立冬，誓死不放。

「好，田慧，妳能耐了！」楊立冬猛地站起身子，田慧雙腿圈著楊立冬的腰，田慧這是打算誓死都不肯鬆口，這是槓上了。

楊立冬幾步就往床上去，把田慧往床上一甩，卻甩不開！

「田慧，妳夠了啊，都快咬出血來了，妳趕緊鬆口！」楊立冬疼得抽氣聲不絕。

楊立冬索性脫了鞋，任由田慧抱著自己，往床上一壓。「妳鬆不鬆，不鬆可別怪我不客氣了！」

田慧拚命地搖頭，連帶被咬著的那塊肉也是甩甩甩——

好疼！

楊立冬整個人都壓在田慧的身上，自己已經顧不得疼痛，只覺得這心跳得快了些，他深呼吸幾口氣，才將手附在田慧的腰間，隔著秋衫摩挲著。

田慧對突然間安靜下來的楊立冬有些不解，隨即感覺腰上被人摸了。

那她是不是該趕緊鬆口，大罵臭流氓，還是先閃人，便宜被占就被占了？田慧還在糾結該如何面對楊立冬，這邊楊立冬又說上了。

「田慧，妳再不鬆口，信不信我將妳就地正法了，趕緊鬆開，妳是屬狗的嗎？」末了，他還帶著「嘶——」一聲。

「就不鬆開！」田慧含糊不清地答道，等說完，田慧那是悔得腸子都青了，這是明顯說溜了。

楊立冬加重了力道，摸索著田慧的腰，將腰帶一解，田慧就乖乖地鬆了口。

「楊立冬，你要做啥！」田慧雙手環胸，只是兩隻腿卻忘了從楊立冬的腰上下來。

楊立冬低低地喚了聲。「慧娘——慧娘——」

田慧被叫得心慌慌的，屋子裡的燭火照著兩人。「楊立冬，我不玩兒了、不玩兒了……」喋喋不休的小嘴兒被封上了，田慧睜著眼任由楊立冬壓到自己身上。

楊立冬伸手就撓了田慧的腰間，田慧受不住癢，驚呼了一聲，楊立冬的舌頭趁虛而入。一時纏綿。

好一會兒，楊立冬才喘著粗氣，放過了田慧，田慧差點兒被吻得給暈了過去。

楊立冬壓低了聲音，在田慧的耳邊說道：「慧娘，我想了妳好久——」

兩人都感受到了對方的心跳。

楊立冬在田慧的耳邊呼著氣兒，羞紅了田慧的臉。

「慧娘、慧娘——」楊立冬抱著田慧猛啃。

「楊立冬，別、別啊……」田慧忍不住顫慄。

「別怕，有我在。」

楊立冬蠱惑著田慧，不時在田慧的耳邊說幾句情話，田慧被挑撥到受不住地微微顫抖。

楊立冬幾個來回就將田慧的衣衫給解了，田慧著涼，才回了幾分神智。「楊立冬，別，冷——」

「乖——讓哥哥看看妳——」楊立冬迅速地將自己的衣衫也解了，只剩下一件褻褲，褲襠上高高地頂起，田慧羞得無法直視。

「冬子哥，把燭火給滅了吧——」田慧翻身躲進了被子裡，身子仍是抑制不住地顫抖。

楊立冬從沒有聽過田慧如此跟自己說話，哪有不從的道理，他毫不猶豫地就下床，把燭火給吹滅了。

就著月光，楊立冬摸索著回了床上，田慧已經把自己包在被子裡了。

楊立冬掀開被角，就往裡鑽。

「慧娘——」他伸手抱著田慧，翻身一壓，就又繼續剛剛未完的「戰鬥」。

「啊——」

「寶寶，乖，讓我進去——」楊立冬吻住田慧的小嘴兒。

一室旖旎。

「冬子，趕緊起來啊，這啥時辰了，粥都冷了。今兒個怎麼了，一個個的都不見影子，難不成是昨晚喝多了？」秦氏拍了幾回門，一邊嘮叨著一邊走遠。

田慧在秦氏拍門的時候就驚醒了，再感受到楊立冬手臂圈著自己，重點是兩人渾身赤裸。

「寶寶，妳該不是又想著吃乾抹淨走人吧？」楊立冬吃飽饜足，精神頭老好老好的。

田慧裝死。

楊立冬根本就不給人這個機會，當初真是腦子秀逗了才想出要了她五十兩銀子的主意，大家兩清，這回，他才不允許。

楊立冬欺身壓上，田慧不得不睜眼，伸手推人，雙手抵著楊立冬的胸脯，就再也推不動了。

「混蛋，你走開，趕緊下去，我可沒銀子付你！」田慧本想著緩和緩和尷尬的氣氛，誰承想自己卻先紅了臉。

楊立冬吧唧地親了口田慧的臉。「我可不要銀子了，我不缺銀子，我要妳對我負責。」

「負責？楊立冬你別逗了，你娘要劈了我的！」田慧驚呼，但也不敢大聲說話，生怕把人給引了來。

楊立冬知道自己老娘確實還沒搞定，他也不想把田慧給逼急了。「我娘我自己會搞定，妳就等著對我負責。」

楊立冬看著田慧艱難地轉了個身，自然沒有漏聽田慧「嘶」地吸了一口氣。「還不舒服？」

「你趕緊起來，我也要起來了！」田慧真的覺得自己活夠了，怎就糊塗了，唉，一失足成千古恨啊。

田慧顧不得楊立冬能見著多少，只想著先離開這個是非之地，否則她怕自己會忍不住「殺人滅口」。

這手才剛剛放在門栓子上，她就聽見身後幽幽的聲音傳來。「慧娘，妳是對我不滿意嗎？這才急匆匆地走了？」

「閉嘴！楊立冬你能不能不要那麼作態？」田慧雞皮疙瘩都起來了，硬著頭皮道，只是頭也不回。

楊立冬上前將田慧箍在懷裡。「慧娘，妳可不能這樣子就把我拋棄了，那我可怎麼辦？」

田慧掙開他，俐落地開門，頭也不回地走了，一邊走，一邊雙手搓著胳膊。「再待下去，我就要被噁心死了，唉喲，好疼——嘶——」

楊立冬看著田慧微微顫抖的雙腿，笑得詭異。

田慧回屋，裡裡外外都換了一通，才出了房門。

兩人又在趙菜子的房前重逢，當真是應了那句話，冤家路窄。

「慧娘，咱可真是緣分不淺呢，這才分開了一小會兒，咱又重新在一起了。」楊立冬喜不自禁地挨近田慧，訴訴一盞茶工夫的相思。

田慧實在是忍無可忍。「楊立冬，你還能不能好好說話，你若是一直這樣子，我就搬出去！」

「慧娘，妳這是對我昨晚的表現不滿意嗎？」楊立冬深情凝視著田慧。

田慧真的是腸子都悔青了，平日裡她怎就沒發現楊立冬如此能說，昨晚上一定是被這張嘴給迷惑的，都怪自己這軟不隆咚的耳根啊！

「楊立冬，我賠你銀子總行了吧！你好好說話，若是被人看出點兒啥來，我就、我就立刻搬出去，左右我自己也有宅子！」田慧忍無可忍，這牛皮糖一樣的人，怎麼就甩不開了。

楊立冬看田慧不似在說假。「難不成我在妳的心裡真的只認銀子？我說這許多話，難不成就為了五十兩銀子？」

田慧被楊立冬逼得無法，只得老老實實地點點頭。

楊立冬氣急，冷笑。

咚咚咚！

「趙菜了，開門，你再不開門，我就把門給撞開了！」楊立冬跟這門槓上了，把門捶得「砰砰砰」直響。

真是暴力！跟暴力男就是沒有道理可講。田慧心裡忍不住吐槽。

過了好一會兒，裡面才傳來凌亂的腳步聲。

趙菜子頂著門，開了一小條門縫，看著屋外的兩人，楊立冬臉色青得嚇人，田慧也是一臉的不耐煩。

「冬子，這是做啥呢？我昨晚喝多了——」

楊立冬根本就不給人解釋的機會，使勁地往裡推，趙菜子本就心虛，也沒想到楊立冬會一言不發直接往裡闖。

「冬子、冬子！哎呀，你聽我解釋！慧娘，妳幫我勸勸冬子，冷靜些！」趙菜子見實在勸不住楊立冬，就轉而向田慧求救了。

田慧好笑地盯著趙菜子，這傢伙怕是還覺得自己對不起楊立冬了吧？

「先滾去把衣裳穿好！」楊立冬早就看見田慧正一臉笑意地看著趙菜子衣衫不整的模樣。

趙菜子這時候，要多聽話，就有多聽話。
「噯，冬子，要不你先出去？」在楊立冬的怒瞪下，趙菜子頂著壓力穿衣。
等趙菜子穿好了，田慧問道：「好像還有個女子，我去看看？」
趙菜子紅著臉，微微地點點頭。「慧娘，麻煩妳了。」然後他就開始拉著楊立冬的手，訴說這其中的誤會。
田慧坐在床邊，伸手拉了拉被子，棉被被攥得緊緊的。「拉開些，是我！」
「慧姊——」崔魚兒小心地露出個腦袋，小臉已經憋得紅通通的。
「趕緊穿衣裳，我已經叫他放屏風了，外頭瞧不見的。」田慧已經讓趙菜子在中間立了一座屏風，外間的自然看不到這屋子裡的。
崔魚兒艱難地爬起來，這情景，讓田慧想起了一早的自己。
「崔魚兒，妳、妳——」
崔魚兒臉窘得通紅，哀求道：「慧姊——」
田慧長長地嘆了一口氣，就幫著崔魚兒穿衣。
屏風外，自然能聽清楚屋子裡的動靜，趙菜子的臉已經通紅通紅了。
等田慧扶著崔魚兒的手從屏風後轉了出來，她正死命地握著田慧的手，一步一步地挪著。
「我先跟魚兒回去換衣裳，你們倆說吧！」
好不容易回到了屋子裡，田慧也不管崔魚兒坐得是否舒服。「崔魚兒，妳跟我說說，這是咋回事兒？妳換了我的方子？誰給妳的膽子，妳居然敢這樣子做，妳知道這樣子做的後果嗎？妳這是被鬼迷了心竅，我真想一巴掌拍醒妳！」

崔魚兒搖搖晃晃地咬著下唇。「慧姊，妳別生我的氣兒，我也不想，我沒有換方子，是那藥，趙菜子根本就沒有喝，都撒一地了。」

田慧無語，真是人算不如天算啊。

「我去燒點兒水，妳好好地泡個澡。」田慧去灶房燒水，也不管還在那屋子裡的兩個大男人，不知道會商量出怎樣的一個結果來。

「冬子，你聽我說，我真的不想這樣子，我也不知道怎麼會這樣，明明我就是喝了一點兒，怎就會變成現在這樣子——」

趙菜子擋著門，不讓楊立冬出門，這是強迫他聽自己解釋。

「你敢說你不知道那女人是崔魚兒？你別跟我說，你是喝多了，不省人事，騙騙崔魚兒還差不多，想蒙我？」楊立冬看著屋子裡撒著的藥碗，嘖嘖，一晚上了都沒有被撿起來。

趙菜子結巴了，痛苦地撓著頭。「我真沒有搶你媳婦的心思，真的。冬子，咱多少年的兄弟了，你還能不理解我的心思，我都一路給你送媳婦過來了，我能在這節骨眼上，把人給那個啥了？」

「這事兒已經這樣了，你打算如何？」

「要不我讓陛下重新給你賜一門親事？」趙菜子討好地說道，想了想復又說道：「我跟崔魚兒原本不熟，要不是因為護著崔魚兒來找你，我也想看看你過得如何，我才不會和她一道。」

楊立冬怒瞪。「這不熟的能給弄到床上去？你趕緊回京城去，把親事辦了，否則若是肚子大了，你看看崔府能不把你給宰了？」

肚子大了——楊立冬想到了田慧，繼而又想到了田慧是個大夫，該不會連這個法子都有吧？

「冬子，你說崔府會不會真的殺了我？」趙菜子想到武將家裡頭，大多護犢子護得緊。趙菜子是一刻都不想待下去，即刻啟程的心思都有了。「冬子，你說咋辦呢？這坐馬車得一個月才能到京城，若是下雪了，怕是路上就有得耽擱了……」

「去康定城坐船吧，想來以你的身分也不怕弄不到船，大概十來天左右就能到京城了。」楊立冬當初就是搭官船下京城的。

大乾國南北往來便利，平日裡私船不少，而近年，也有越來越多的官船往來於南北之間了。

看著趙菜子面露喜色，楊立冬忍不住就想打擊人。「我勸你最好先問問崔魚兒，你可是強了人家姑娘家，可崔魚兒是崔府讓她南下來替自己尋未婚夫的！」

果然，趙菜子蔫了。

第三十六章　追妻

也不知道趙菜子是怎麼跟崔魚兒商量的，第二日，這兩人就收拾包裹，夫妻倆雙雙把家還了。

「這人，怎麼就走了？害得我空歡喜一場。」秦氏無限地哀怨，看著那輛華麗的馬車從家門口疾馳而去。

秋風掃落葉，無情。

錢氏是昨日又來的，在她大閨女那兒才住了幾日就受不住，急巴巴地讓人給送了回來。此刻，老姊妹兩人，正手挽著手，心情迥異。

「唉，這好好的一個姑娘家，聽說身世好，模樣也好，就是不大會說話，這人咋就走了呢？我家冬子也是挺不賴的，咋就瞧不上我家冬子呢？」秦氏如此反覆念了幾回。

錢氏跟秦氏是幾十年的老相識了，又都是鄉下人，說話便沒啥顧忌的。

「我看那兩人好像關係不一般呢，老姊姊，剛剛沒注意到，這趙菜子一直都是扶著崔姑娘上馬車的馬車夫？」錢氏一向心思細膩。

秦氏就顧著打量崔魚兒，心裡頭只記得可惜，恨不得立刻撲上去將人給留了下來，所以她疑惑地望著錢氏。

一旁的福嬸也道：「我昨日還瞧見了那兩人在後院裡挨著頭說話，一見著我過去，就迅速地分開，瞧著古裡古怪的，可總算是走了。」

「如此說來，也幸虧人走了。」秦氏恍然，原來在自己的眼皮底下，發生了這許多事兒……

田慧已經好些天沒做過飯了，看著不知道從哪兒弄來的魚，田慧想著給團子幾人中午送一道酸菜魚過去。

一早起來，這天兒就冷了許多，吃點兒辣辣的，能熱熱身子。

楊家如今也學著鎮上的習慣，一日三餐。

楊立冬現在是每日中午必回，親自給圓子三人送飯去，回來了，然後才是一家人圍著吃飯。

田慧只做了一道魚、一個肉菜，其他都是福嬸給做的，因為福嬸做飯的水準比其他幾人要好上一截，用料也省。

田慧近日盤算著去租個鋪子，賺點兒小錢，早些搬出去。雖說楊立冬已經不再時時「噁心」她，不過她總覺得早些搬出去，自己才對得起秦氏。

「我吃好了，出去轉轉，一會兒我自己會回來的。」田慧打了聲招呼，就出去了。

楊立冬還在吃飯，抬頭盯著田慧出去，這眼睛不帶一眨的。

秦氏正巧坐在楊立冬的對面，將兒子的失神看在眼裡，這心也跟著一突一突的。

錢氏樂見其成，只低頭扒飯。

他們就在靜寂無聲中用完了這頓飯。

「娘，我去衙門轉轉……」雖說楊立冬領的是虛職，不過每日還是習慣性地去衙門轉轉。

到了晚飯的時候，圓子三人回來，家裡就熱鬧了不少。

田慧跟著笑呵呵地吃完了飯。「我先回屋了，今兒個走了一日，我這腳瘦得不行，我去打點兒熱水，泡腳去。」

「趕緊去吧，這幾日怎的就這麼勤快了？瞧著可是瘦了不少啊？」錢氏笑著道，手裡還端著碗。

田慧這幾日好似胃口都不大好，吃得不多，所以都是她先吃完的。

「冬子叔，我娘都走遠了，你還看我娘做啥？你擋著我挾菜了。」團子童言童語地道。

楊立冬猛然回神，尷尬地衝著眾人笑了笑，眾人了然，低頭扒飯。

只有團子三人還是一團迷糊，不過也不多嘴，乖乖地吃飯。

秦氏的疑問已經憋好幾日了，她沒人能說去，錢氏可是把田慧看得跟個眼珠子似的，若是找錢氏說，錢氏定是想也不想便要護著田慧。再說，秦氏也弄不明白，楊立冬這是啥意思。

秦氏現在就是晚上也不敢睡踏實了，側耳聽著隔壁屋子的動靜。

夜深人靜，容易做壞事。

「冬子，你往後罩房去這是做啥？」秦氏陰惻惻的聲音傳來，嚇得楊立冬一大跳。

「娘，您這是做啥？大半夜不睡覺，這是做啥呢？」楊立冬轉身時，就恢復了平靜。

秦氏伸手想拉楊立冬的耳朵，楊立冬是非常配合，自覺地將頭低下來，讓他娘揪住他的耳朵，往秦氏的屋子裡去。

「娘，您輕些，我的耳朵要掉了——娘，換隻耳朵揪吧，這隻耳朵要掉了，疼疼疼——」楊立冬一路哀嚎著進了屋。

秦氏順手將門關上。「你給我跪下！」

楊立冬想也不想地直接跪在了青石板上。

「冬子啊，你這是做啥，你曉得嗎？大半夜的，你想去做啥啊？你還要不要讓人活了？」秦氏有些無力。自從兒子從軍回來，她覺得兒子的脾氣越發難以捉摸了。

只是，她一想到田慧借居在自家，兒子如今正是血氣方剛的年齡，又是個沒媳婦的，這一時鬼迷心竅，竟想對田慧下手……秦氏覺得自己這張老臉不知往哪兒擱，她怎對得起田慧，怎對得起圓子團子？

「冬子啊，娘明兒個就讓媒婆上門，給你說個媳婦，年前就給你抬個媳婦回來，你、你都忍這些年了，就多忍幾個月……兒啊，咱不能做這些缺德事兒，我就是去了地下，也沒臉見你爹啊……」秦氏悲從中來。

楊立冬已經滿臉黑線了，任誰想到親娘把自己兒子想成了一個變態，這人怕是都得瘋吧？

「娘，不怕告訴您，我怕是好不了了。」楊立冬一抬頭，就變成哭喪的臉。

秦氏再也忍不住哭出聲，抱著楊立冬哭，雖然秦氏也不大明白楊立冬這嘴裡的「怕是好不了」是啥意思。

楊立冬見他娘終於哭得小聲些，才又開口道：「娘，您喜歡圓子團子不？」

秦氏點頭，擦著淚。

「若是圓子團子成了兒子的兒子，那就是您的孫子了，那咱往後，楊家就後繼有人了。這些日子我瞧著，圓子團子早晚都是有出息的……」

秦氏不住地點頭，有心想問問兒子，是真的好不了嗎？

秦氏看著楊立冬的臉色，小心地試探道：「慧娘是個大夫，要不找她看下？」

楊立冬的臉頓時黑了，咬牙道：「不用！」

果然不行了！秦氏心裡越發肯定，只是一下子難以接受，不過想到楊立冬陰晴不定的性格，知道兒子說的怕是事實了。

「慧娘的事兒，我不攙和就是了，你讓慧娘自己同意，不可逼她。還有圓子團子，若是真心實意地願意認你，咱再做打算吧……」秦氏的語氣也低落了些許，唉，但願田慧能瞧上自己這個苦命的兒子。

楊立冬跪著，斬釘截鐵地道：「娘，我是真的看上慧娘了，不想娶別人。」

那也得讓慧娘看得上你才好啊……秦氏只是敷衍地應著。

秦氏流了一晚上的淚，第二日竟是歪在床上起不來。

「娘，都是我不好，早知道我就不回來了，也不會惹了您傷心。」楊立冬這是心裡頭好些悔意，就算他再想早日抱到媳婦，也不想讓老娘給擔心得病了。

「唉，娘沒事兒，就是昨日沒睡好，讓你錢嬸來陪陪娘說話就行了。」秦氏看著楊立冬一瘸一拐地走了出去，還順手帶上房門，秦氏心裡忍不住嘆了一口氣。

跟錢氏說了好一番話，秦氏這才安心地睡過去。

「嬸子，秦嬸這是咋了？昨日還是好好的，要不我去瞧瞧？」田慧一夜好眠，她從沒有早起的習慣，等田慧知道秦氏病著了，就看到錢氏從秦氏的屋子裡出來。

錢氏抹了抹眼角的淚痕。「走、走，去我屋子裡，咱慢慢說。」

「二一，領著二二到外頭玩去，妳們冬子叔不是給妳們做了兩把小鐵鏟子？外頭去玩土吧。」

二一看了眼錢氏和田慧，就乖巧地從牆邊拿了兩把鐵鏟子，十分小巧。

田慧看得兩眼冒金星，好想要哦！

「姨姨，那是二二跟姊姊的，姨姨想要，就讓冬子叔叔給姨姨打一把！」小孩子對於自己的東西，有一種近乎天性的執著。

錢氏笑著呵斥二二。「妳慧姨又不是小孩子，哪會看上妳這點兒東西，趕緊出去玩兒。」

待得二二姊妹倆出去了，田慧才小聲地道：「嬸子，我是真的瞧著中意呢，回頭借我使喚使喚，我打算種點兒花花草草。」

「那我可做不了主，要不妳讓妳的寶貝兒子來借，保管一借一個準兒。」錢氏也笑著打趣道。

經過一晚上的激烈思想鬥爭，秦氏明白，兒子這事兒將來定是瞞不住的，所以想也沒想地就決定全盤告訴錢氏，由錢氏自己決定如何對田慧說。

總之，這事兒，秦氏已經託付給錢氏了。

「慧娘，冬子是不是有啥病不好說出口啊？妳是個大夫，妳可得幫幫他，妳秦嬸子都擔心得病倒了。」錢氏還是不大相信秦氏所說的，她明明瞧著楊立冬也沒啥不對勁兒的。

田慧茫然地搖搖頭。「上火了？」

「大病！」錢氏就是上了年紀，也覺得這話她說不出口啊。

田慧搖搖頭。「我記得才不多久前，秦嬸就讓我給冬子哥看過了，沒瞧著有啥不對勁兒的，難不成現在生大病了？」田慧心裡頭被唬得一跳一跳的，瞧著他還挺生龍活虎啊，不過，他們也有好些日子沒說過話了。

田慧有意地避著楊立冬，楊立冬也很配合地不來尋田慧，兩人就是見著了，也都避開著走。田慧並不知道，楊立冬背後搞了這許多小動作。

錢氏也不確定了。「慧娘，妳覺得我家知故那小子如何？妳跟他能說上話，妳覺得他如何啊？」

田慧結巴了，該不是她想的那樣子吧？她內心凌亂了。

「嬸子，這是啥意思啊？我可是比知故大了快一圈。您莫要嚇我，我才不去禍害知故呢，知故年紀輕輕的，往後還有更好的姑娘家。」田慧也不管是不是自己想的那樣子，只覺得恐慌。這都算是咋回事兒，難不成她要走「內銷」的路子了？

錢氏知道自己的提議不靠譜，不過那只是一個引子。「那冬子如何？咱都是知根知底的人家，妳秦嬸待圓子團子可是跟自家孫子似的，至於冬子，也真的沒得挑，對圓子哥兒倆的事兒俱是上心。就說每日送午飯去，他都是自己匆匆地從衙門回來，親自跑一趟，再回來用飯，風雨無阻。有時候，連自己吃飯都顧不上了。聽團子說，冬子若是偶爾瞧著沒團子喜歡的菜，還會特意去一品樓買個肉菜，一道兒送去。」

錢氏說了好些楊立冬的好處來，田慧靜默了，為何這些她半點兒不知道？

「這麼一大家子，妳秦嬸又不大會管事，這裡裡外外的事兒，都是冬子自己張羅的，別說鄉下那麼巴掌大的地方，就有不少人情往來。可如今冬子一人撐著家，外頭的事兒卻半點不煩著家人，這樣的男人不多了。自己這麼多事兒，還記得把你們母子三人照顧得如此好，慧娘，妳也睜開眼睛看看，冬子做的這些事兒。妳還這麼年輕，妳不為自己想，也為兩兒子想想，有爹了，還是不一樣的。嬸子也不是說一定要是冬子，若是有合適的、人不錯的，咱就嫁了吧。」

錢氏再接再勵，也不要求田慧能立刻想清楚，不過，這事兒，錢氏還是要問問楊立冬去，若是真的，她卻不同意成親，只想合夥過過日子，那還得好生打算。

等圓子二人下學歸來的時候，田慧正站在書房裡。

「娘，您是特意等著我下學的嗎？」還沒進書房，見著書房的門大開著，團子就先奔了過來，果然看到了田慧站在屋子裡。

圓子三人的書房，除了楊立冬會過來，平日裡就是田慧會時不時地過來瞧瞧。至於秦氏她們則是不會進來的，生怕弄亂了那些紙張。

田慧笑著點點頭。「最近先生如何說了？聽說，先生有意讓你們下場參加來年的縣試？」

童生試，可分為縣試、府試、院試，是讀書士子的進身之始。

「是呢、是呢，怎麼了？」團子貼著田慧，仰頭問著。

田慧笑著摸摸團子腦袋。「都多大的人了，老是纏著娘，也不怕被人笑話。」

「誰敢，這是我娘——」團子根本就不在乎地往田慧懷裡拱。

田慧也不知道怎的，近半年來對圓子團子寬容了不少。

許是正如錢氏說的，如今跟楊家雖說是借居，其實就是一家子一樣，平常很多零碎的事兒秦氏、楊立冬都會包辦了去，田慧閒來無事，自然就樂得清靜，畢竟實在是沒有啥可以斤斤計較的。

田慧又再問了一通，圓子才道：「先生說了，縣試的難度不大，再者我們早就已經跟娘學了幾年，先生這一年來也教得不少，先生說了，若是正常發揮，應該都能過的。我們另外三個同窗，也都要參加縣試，前幾年的災年給耽擱了……」

「如今，我也沒啥能教你們的了，都懂得比我多了。」田慧有些意興闌珊。

若不是錢氏今日的話，田慧也不會特意來書房瞧瞧，這一瞧，她才知道原本置辦的缺個一小角的廉價硯臺，都已經被換成一看就比銀簪子值錢的好硯臺。

突然間，她的恐慌從內心散發出來，原來自己並不能給予兒子倆很好的生活……

田慧抽了抽鼻子，有些委屈，明明她也有努力，只是沒有人來尋自己看病，就是有心也賺不了錢。

「娘，您怎麼了？」圓子心細地問道。

田慧搖搖頭。「娘就是覺得你們都長大了，不需要娘了。」神情落寞，無限哀傷。

「哇——娘，您這是不要我們了嗎？」團子嚇得抱著他娘哭了，因為田慧實在是太過反常了。

母子三人抱著哭了好一會兒，就是阿土也被勾得眼淚汪汪的。

楊立冬原本送著三人回書房，只是中途被早就等在院子裡的錢氏給攔了去，等他到了書房外頭，就聽見裡頭哭聲一片，衝到門口便張嘴問道：「咋了，這是發生了啥事兒？怎麼哭成這樣子了？」

田慧一看到從門口進來的楊立冬，這才想起自己好像哭好久了，她紅著臉兒低頭擦眼淚。

「冬子叔——」阿土擦了擦眼淚，有些害羞。

「你們這是咋了？受委屈了？那咱不去陳府念書了，自家請個先生，明日我就去尋先生。」楊立冬一進屋就盯著田慧娘兒三人，這得受了多大的委屈啊，他這心都疼得一抽一抽的。

「無事，就是想哭了，不是受委屈，先生很好。聽圓子說，先生還讓他們來年二月參加縣試的……」田慧說著說著就低下了頭，她真的不知道自己為啥想哭，還拖著三個小的陪著自己一道兒哭。

「無事的話，那哭啥？」楊立冬看著圓子哥兒倆，又看了眼阿土，阿土微微地點點頭，又搖了搖頭。

「冬子哥，幸好你也在，那我就先跟你說一聲，我打算過幾日帶著圓子他們搬出去住。如今在鎮上了，咱就是串門子都方便，我那院子老是空著也不好，總不能一直住在你這兒，畢竟早晚都是要住到那裡去的，我一會兒就跟秦嬸子說去……」田慧根本不敢抬頭看楊立冬，低頭一口氣說了出來。

圓子團子被嚇得不輕，他們娘根本就沒有跟他們倆說過這事兒，一時間心裡有些反應不過來。

團子想著娘是為了這個才哭的？

圓子想著娘是在這裡受了委屈，所以才想著搬出去？

圓子哥兒倆不約而同地抬頭望著楊立冬，楊立冬渾身抑制不住地發抖，暴怒！

「田慧，妳的眼睛是瞎的，妳的心也是硬的，妳難不成就看不到嗎？」楊立冬咬牙切齒地道。

田慧低頭不語。

團子懵懂，不知道這突然間都是怎麼了，只是敏感地知道這是有事兒。

圓子想也不想地就站在他娘的面前，剛剛好擋住了坐著的田慧的臉。

「冬子叔，您別罵我娘，我娘沒有啥做得不好的！」

楊立冬暴走幾圈，還隱去了想衝上去把田慧給拎出來的衝動，緩了緩才道：「圓子，乖，叔叔跟你娘有些誤會，說說清楚，咱往後還是一樣住在一起，好不？」

田慧緊緊地拉著圓子的手。「只是，冬子叔，我娘好像不大願意跟您說……」

「田慧，妳想走，我告訴妳，想都不要想，我勸妳趁早歇了這心思！」楊立冬也不想在小孩子面前跟田慧起衝突，放下狠話就轉身走了。

他搬救兵去了。

「嬸子——」楊立冬站在錢氏的屋子外頭，衝著屋裡喊了一聲。

錢氏正給一一和二二換身衣裳，她們玩了一天的土，衣裳髒得不成樣子。一一聽說圓子回來了，才不肯再玩泥巴。

等錢氏把一一和二二都收拾好了，楊立冬才跟著錢氏進屋。

「怎麼，現在想說了？」這人都送上門來，錢氏也就不著急了。

楊立冬不願意坐下，就站在錢氏的面前。「慧娘想搬出去，說過幾日就搬！」

「這是啥時候的事兒，我咋沒聽慧娘說過？」錢氏驚訝地問道。

楊立冬看錢氏這般模樣，就知道田慧也不曾跟錢氏提起。

「就是剛剛，娘兒三人抱成一團兒在哭，我還以為這是受委屈了，慧娘卻說要搬出去住。嬸子您趕緊去勸勸吧——」楊立冬有些無力，田慧實在是軟硬不吃，自己真的拿她無法了，還是跟自己一起，她真的那麼委屈……

「無事兒，哭過就好了。」錢氏心裡雖說也擔心，但是楊立冬送上門來的機會，怎麼都不能放了。「你先跟我說說，你娘說的那事是咋回事兒？」

還不待錢氏問完，楊立冬就急不可待地招了。「那都是我娘自己瞎想的，我就是沒解釋清，隨著我娘自己瞎想。我……是為了讓我娘能應了這事兒。」

「這麼說來，好著呢？就是為了田慧？」錢氏這算是明白過來了。「不過這事兒你還是要跟你娘說明白，她總歸是要知道的，若是以後把火撒在慧娘身上，我看你如何辦！」

錢氏不大贊同楊立冬的方法，畢竟都是做娘的，見他這樣子讓娘擔心著，可真不算是好辦法。

不知道錢氏是如何勸田慧的，當晚，田慧還是在吃飯的時候，固執地說著，她要搬出去住。

秦氏身體勉強好了些，又被田慧打擊到了。

楊立冬扶著秦氏回房。

也不知道楊立冬是如何勸說秦氏的，秦氏只當做啥事兒都沒有發生。

楊立冬又是被罰跪了好久，搖搖晃晃地出了秦氏的房門。

但秦氏想來想去，還是不放心楊立冬，敲了敲隔壁的門，一推就開了，這床鋪都疊得整整齊齊的。秦氏嘆了口氣，還是回去睡了。

楊立冬俐落地跳窗進屋，屋子裡田慧睡得很安靜，只是眉頭緊鎖著。

唉，楊立冬有氣也撒不出，都怪自己太莽撞了。

楊立冬坐在床沿，伸手摸上田慧的臉頰，有些凍手，田慧睜開眼。「噓，別叫，是我——」

田慧一激靈，這下子清醒了，透心涼。

「你的手怎麼這麼涼……」現在不是應該說「你怎麼在這兒」嗎？果然沒睡醒就容易犯錯啊。

楊立冬不自在地笑了笑。「剛剛被我娘訓了一頓，說我不該如此莽撞，還罰我跪到現在。我就是來看看妳，妳睡吧，以後，我不逼妳就是了，妳別搬出去。」

田慧靜靜地看著楊立冬，也不言語，兩人就這麼對望著。「唉，真想當自己沒說這話，我先回去了，不然，我怕我會忍不住。」

楊立冬果真不再有動作，站起來，一瘸一拐地往窗戶那兒走去。

「你往門這兒走吧，我一會兒起來關門就是了。去喝點兒酒，去去寒氣，我知道你屋子裡有酒的——」說完，田慧在楊立冬閃亮亮的眼神中住了嘴。

楊立冬笑了笑。「慧娘，妳這是不是在關心我？妳睡吧，我只是跪得有些久了，不礙事兒。」說完，翻窗出去。

田慧想著，看來自己的窗戶也得看牢了。

第三十七章 方府

知縣夫人派了個婆子送帖子來，說是一會兒就來拜訪。

於是楊府亂作一團。秦氏從不曾參加過這些事，以往在楊家村招待的不過就是自己村的鄰居，隨興來隨意待著就行，都是抬頭不見低頭見的，而一般來往的幾戶交好的人家，就是水不倒一碗，也不會有人說啥。

可是鎮上是不一樣的，秦氏卻依舊過著在楊家村那時候的日子。

尤其這回來的還是知縣夫人，不說去衙門找楊立冬已經來不及了，就是來得及也沒有讓楊立冬一個男的來招待女客的道理。

在秦氏他們的眼裡，知縣夫人也是跟知縣一樣高高在上的存在，即便知縣曾在楊府用過飯，秦氏也有幸和他說了幾句話，但是在秦氏的眼裡，知縣還是不一樣的，那是只能在衙門裡才能見著的人。

「嬸子，別慌，別的咱不會說，客套話還是會的，就算忘記怎麼說，咱笑著就不會錯了。燒水，準備些點心，知縣夫人急匆匆地來，應該是有啥事兒吧……」

田慧又提醒道：「嬸子，將冬子哥上回帶回來的那套上好的茶盞給尋出來，招待知縣夫人吧。」田慧想到自家用的還是粗碗，怕是知縣夫人連茶都喝不下去吧？

田慧想著自家只能這樣子，就等著知縣夫人上門了。

說。」

秦氏領著人都在門口等著。「慧娘，我都忘記了，妳是見過知縣夫人的，妳趕緊跟我說說。」

還不等田慧開口說些什麼，由遠及近，就看見一輛普通的馬車，安安穩穩地停在楊府門口。

一個老婆子先跳下馬車，衝著秦氏等人福了福禮，才轉身伸手撩開簾子，扶著知縣夫人下了馬車，知縣夫人不知道人竟是都在門外等著。

「竟要勞累老夫人在外頭等我，我真是受不住，怪我太過無禮了，可這回實在是不得已，才來得匆忙，擾了老夫人了。」知縣夫人真的是好生惶恐。

就是她家老爺，對著楊立冬向來都是恭恭敬敬的，這回她冒昧來了楊府，還勞累楊府上下都在門口等著，若是讓老爺知道了，定會斥責於她。

知縣夫人親熱地上前挽著秦氏的手，她真的惶恐不安。

秦氏根本就不曾想到知縣夫人如此好說話，而且還是半點兒架子都沒有，一時間也不知道如何應對，只能求救地望向田慧。

「夫人，我家孀子向來就是這種性子，搬來鎮上也有些日子了，不過都是自家關起門來過日子，生怕不懂禮唐突了貴人，這不，也不曾到府上走動。因此今日收到了夫人親自寫的帖子，我家孀子這是高興的，說非得親自來迎迎夫人，還拉著我說了好一會兒，問問夫人是怎樣的人。孀子，知縣夫人是不是跟我說的一樣，最是和善不過了？」

末了，田慧還煞有介事地衝著秦氏眨眨眼。

道。

「是的，最和善不過了，慧娘就是這性子，夫人可別見怪啊。」秦氏順著田慧的話茬說

知縣夫人笑著應道，一邊隨著人往裡走。

「我娘家姓端，我虛長妳幾歲，妳就跟著人也叫我一聲端姊姊吧。這開口閉口都是夫人，我聽著都怪彆扭的。老夫人，我從小啊也是在村子裡長大的，那是嫁給了老爺，後來老爺走了科舉這條路子，才有了現在這個知縣夫人。」

秦氏聽得高興，果真如田慧以前去了縣衙後院後回來說過的，半點兒架子都沒有。

「端姊姊，難為妳不嫌棄我這老婆子，走走，屋子裡坐兒，這茶水可是早就準備好了。」秦氏高興，就領著人往裡走，健步如飛，半點兒都看不出是這個年紀的。

知縣夫人一手攙著秦氏，跟著走一段路，就有些吃力了。

田慧拉著秦氏，耍賴道：「嬸子，妳這就是見著夫人高興，也不能不顧著我啊，我都快走不動了！」

知縣夫人衝著田慧投了感激的一瞥，有些慚愧地說道：「讓嬸子笑話了，這些年都不大走動，我這腳下的活兒竟是比不上嬸子，都說嬸子是好福氣的，兒子孝順能幹，還有個好大夫日日都在一旁。」知縣夫人投桃報李，將田慧也順帶誇上了。

「外頭真的這樣說？呵呵，其實就這樣了，冬子這小子也是讓我操不完的心，不過慧娘確實是個好的，這些年可是沒少給我調理身子。」

互相吹捧了一番，眾人才到了屋子裡，一一落坐，田慧親自斟茶倒水。

秦氏強打起精神來招待著客人，看著知縣夫人行雲流水地端盞喝茶，秦氏就知道自己想錯了，這哪是一般莊戶人家能教出來的。

轉頭一看，身旁的田慧亦是絲毫不比知縣夫人差，表現還多了分灑脫隨興，也難怪自己的傻兒子這樣煞費苦心。

罷了罷了，原本楊立冬不回來的時候，自己不是時常想著，若是田慧是自己的兒媳婦該有多好，圓子團子是自己的孫子就更好了。如今，只要兒子加把勁兒，這些都是自家的。

「嬸子，今兒個來，是有事相求。說來，跟南下鎮是極有緣的，我一位姨母的女兒也是嫁到了這個南下鎮，只是因為是商戶，平日裡為了避嫌，便不大往縣衙後院走動，只想著規規矩矩地做個商戶。雖然老爺說了，大可不必如此，但是我那個表姊啊，就是個仔細人，生怕我家老爺被人說道，凡事兒都不願意來麻煩我。這回，卻是逼不得已，人命關天的大事兒，才求上了我這兒。」

知縣夫人只是擺明了關係，對病患卻是隻字未提，大概是有隱情吧。

「那趕緊去啊，還喝啥茶，趕緊的。」秦氏一聽是這等要緊的事兒，就坐不住了。這喝茶不是浪費時間嗎？

知縣夫人雖然感激秦氏的熱心，只是這話還真是讓人不好消化。

田慧也隨著秦氏站起來。「嬸子這人就是熱心腸，一聽這等急事兒，便想趕著讓我去瞧瞧，咱下回再請夫人來家裡頭喝茶。」

知縣夫人笑著應道：「下回啊，就是妳嬸子趕我，我也賴著不走了！」

說笑間，秦氏將人給送了出去，看著慧娘上了馬車，才關上大門。

「這人走了啊？」錢氏聽著動靜從後院出來，正巧遇上了秦氏關門。

秦氏點點頭。「走了啊，唉，這可是跟咱在楊家村都不一樣。這才一會兒工夫，我就渾身不自在，就是話也說錯了好幾回，還多虧了慧娘幫我給圓回來，否則就將人給得罪了。」

「若是讓村子裡的知道了，還不得說妳這是好福氣呀，就連知縣夫人的面兒都見著了。」錢氏笑著說秦氏這是身在福中不知福啊。「我都住那麼久，想著明日就回去了。出來這麼久，我也不放心家裡頭，要不多讓慧娘幫著妳些吧？」

「啊，那麼快就回去了，多住幾日吧？我也想讓慧娘幫著打點，只是一來，名不正言不順，二來，慧娘那丫頭賊精賊精的，怎麼會攬這種活兒，還不如躺著曬太陽呢。」秦氏想起田慧這日子，無事就躺著曬曬太陽，那活脫脫一副冬眠的模樣兒。

「那事兒妳咋看呢？」錢氏意味不明地道。

「還能咋辦，現在我也想開了，要是冬子能讓慧娘同意，就年前給辦了，可我那傻兒子還沒這個本事。」秦氏也算是想明白了，早日辦親事，早日抱孫子。

得了秦氏這話，錢氏就是回去也放心了。「不瞞妳說，之前我也跟慧娘問過，我家知故那小子如何，可被慧娘好一頓埋怨，說我亂點鴛鴦譜。」

「唉喲，妳這怎就能如此橫插一腳，這可是我看上的兒媳婦！」秦氏驚呼，頓時產生危機感，這楊知故可比田慧小了好幾歲，虧得錢氏動的好腦筋啊。

「我咋就不能提了，這還不是妳家的兒媳婦呢，還有好些人託我問問慧娘的意思呢。」

這話卻是不假，秦氏後知後覺地發現，倒真有不少人也到她這兒透露過這種意思，不過後來忙著搬家，秦氏給忘記了。

田慧既會賺錢，又有鋪子田產，即使有兩個兒子，也還是個好選擇，若是兩個兒子出息了，對自己的兒子也是一種幫襯。

等楊立冬回來的時候，田慧還不曾回來。

「慧娘呢？我聽說知縣夫人將人尋了去，還不曾回來？」楊立冬是一早就得了消息的。知縣夫人來楊府前，就已經喚人將消息告訴楊立冬，可因為楊立冬實在是走不開，就沒有一道兒過來。

雖然並沒有明說，但是衙門裡的都知道楊立冬屬意田慧，只是田慧還沒有答應這門親事。這要說起來，還是因為知縣大人原本想給楊立冬說親，不過被他給婉拒了，明言自己有中意的。大乾國民風開放，所以人人都道楊立冬是好樣的，就等著喝杯喜酒了。

「還沒回來。我說你，你這是咋回事兒，這中意慧娘，怎麼那麼久了半點兒好消息都沒有，該不會是被人拒了吧？」秦氏一看楊立冬的臉色越說越黑，就知道她說的怕就是事實了。

「唉喲，我怎就生了你這個沒用的兒子，連媳婦都搞不定，還要我這一把年紀的老婆子出馬？」秦氏指了指自己，又指了指楊立冬，鄙視至極。

楊立冬已經夠窩火了，如今還被他娘給笑話。「娘您也別說大話，若是您能幫兒子娶了兒媳婦來，我就能給您生個大胖孫子。」

「好！咱娘兒倆就這麼說定了！」秦氏被楊立冬一激，當即約定下了。

楊立冬不忘多下猛藥，激得秦氏當即就想著出去尋田慧。

「我勸娘還是好好打算打算，若是慧娘回來了，也能好好地說說，否則嚇著她，可就得不償失了。錢嬸也是去尋慧娘說過的，嚇得慧娘就想搬走了。」

哦？那看來是得好好盤算盤算了。

田慧一路隨著知縣夫人，去了東市那邊的住宅區。

方府。

方府就是在南下鎮的商戶中，也是數得上號的。

方夫人早就等在門口。「表妹，妳可來了，這位就是田夫人吧，勞煩妳跑這一趟了。」

田慧只是笑著，她本就不喜歡這種寒暄的活兒，那是在自家，她才不得不幫著撐撐過場。

「表姊，咱就先進去吧。」還是知縣夫人先開口說話。

「哎呀，都是我欠考慮了，快裡面請。」方夫人笑著請人進去。

方夫人身邊的大丫鬟和婆子親自端茶倒水，小丫頭卻是被打發得遠遠的。

「府裡人多嘴雜，都被我遠遠地打發出去了。此次，是想讓田夫人幫小女看看的……」

方夫人欲言又止。

知縣夫人看著方夫人這般模樣，就知道她心裡的想法。

「表姊，慧娘是信得過的，就是康定城官宦之家的夫人都特意來尋過，若不是慧娘一向不怎麼愛出面，這名聲怕是早就傳遍了。慧娘如今就住在楊府，楊將軍的府上，能請到慧娘，這也不容易。」

田慧聽著知縣夫人這話，深深地感到不安，自己怎就半點都不知道，楊立冬是將軍？將軍府上？不是說在衙門裡領著閒職嗎？田慧被驚得外焦裡嫩。

照著知縣夫人這話，田慧也應該是財源滾滾的，不過為何上門找她看病的人，才寥寥幾個，還不如在楊家村的時候生意好。

「田夫人，並不是我不信妳，只是，這事兒，實在是難以開口啊。」方夫人嘆了口氣。

方夫人神情憔悴，雖然她從田慧進來到現在，一直是抑制不住的亢奮，然而一開口說起這事兒的時候，就只能強打著精神，勉強說著。

「患病的是小女，今年十七歲。她兩年前開始患病，漸漸日夜躁動不寧，狂亂無知，毀物打人。平日清醒時與發作時判若兩人，雖已經請了不少的大夫，但都沒有效果。」方夫人並不想多提這些，只三言兩語地帶過。

田慧皺眉。「方夫人，方小姐現在可還好？」

「嗯，今日並未發病，只是被拘在小院裡，不曾出來。」方夫人對答。

「夫人這樣子說得模稜兩可的，我不甚清楚，還望夫人將兩年前所有的事兒都一一道來，我才能根據小姐的情況判定。」田慧搖了搖頭，若是不配合，她也真的無法。

對於這事兒，就是知縣夫人知道的也甚少，只能在一旁乾著急。

「若是方夫人還沒想好，那我就下回再來啊。」田慧站起身子就往外走，這種府裡的私密事兒，她也知道不能跟外人說道，越是大戶人家，越是如此。

知縣夫人瞪了眼方夫人，卻見方夫人真的並無再開口的意思，就隨著田慧一道兒出去了。

待得將田慧送回了楊府，她一路上都在說著賠罪的話兒。

「夫人，我哪是這種小氣的人兒，妳也別往心裡去了。」田慧寬慰道。

見著田慧神色如常，知縣夫人才放下心來。

「夫人，還去方府嗎？」知縣夫人身旁的老婆子小心地問道，一看自家夫人就知她心情不大好。

「不去了，回府。」知縣夫人倚在車廂裡，心裡想著事兒。

說不惱怒，真的只是田慧寬慰知縣夫人的，任是換了旁人，被折騰了一日，那病患家屬還沒有誠心想看病的意思，那巴巴地把人請去作甚，這不是哄著人玩兒嗎？

「怎麼了，臉色不大好，不是跟著知縣夫人一道兒出去的嗎？在外頭受氣了？」楊立冬一看到田慧的臉色，就拋出了一連串的問題。

田慧紅著臉兒搖頭。「沒事兒。」

田慧不肯說，楊立冬也不逼著，若是他想知道，這根本瞞不住，他會有其他途徑知道的。

田慧紅著臉的原因是，錢氏偷偷地跟她說了。楊立冬這小子為了讓他娘同意這門親事，故意讓秦氏誤以為他那方面不行，秦氏還被唬得病倒了。

「慧娘，怎這麼晚回來？唉喲，這小臉兒都凍紅了。走走，趕緊進屋子去暖暖，我早就準備好了紅糖水，妳這一到冬天就手腳冰冷，咱如今有銀子了，這每日多喝些，總有一日能改善體質的。」秦氏拉著田慧，一路走一路說。

楊立冬訕訕地跟在後頭，他娘真的是有夠「豪爽」的。

田慧傻愣愣地一路被秦氏牽著手走。「嬸子，您沒事兒吧？我就是怕冷些，不用喝啥紅糖水的，費銀子！」

秦氏聽了田慧這話，心裡更加滿意了，兒子喜歡是一回事，可秦氏自己願意是另一回事兒。「哪能不用喝呢？咱家不差這點兒銀子，小銀子，不算啥事兒。冬子會賺錢，咱可勁兒地花，明日咱去鎮上好好逛逛。妳三嬸子明日就要回去了，咱置辦些東西給妳嬸子帶回去。」

秦氏決定了，往後多讓田慧接手家裡的事兒，這樣子，兩廂方便。

田慧端著熱紅糖水，骨碌碌地轉著眼睛看著眼前的這娘兒倆。

楊立冬將點心往錢氏那邊推了推。「嬸子，這點心是我剛剛買回來的，還新鮮著呢。嬸子嘗嘗味道好不，喜歡的話明兒個我多買些來，讓您帶回去。」

錢氏滿意地點點頭，母子倆這是看上了田慧，所以極盡能力在拍自己的馬屁呢。錢氏很是享受了一把，可惜明日就要回去了。

「奶奶，我不想回去，回去就看不到圓子哥哥了。」一一吃著點心，有些失望。

「一一，不想回去就不要回去了。」秦氏喜歡家裡熱熱鬧鬧的，如今那麼大的院子，白日裡圓子三人都在書院裡，最難打發時間了。

「都快過年了，一一就不想妳爹、妳娘和妳爺爺，還有妳二叔、二嬸跟小叔？」錢氏覺得這回已經住得夠久了，若是下次想來的話，隨時都能過來的。

等到圓子回來，一一便強烈地表現出了自己的不捨得。

夜裡——

「啊——」圓子的叫聲。

「啊——」一一的叫聲。

田慧是最先到達圓子屋外的。

自從先生說了下場考試的事後，圓子三人近些日子一直學到好晚，都是田慧日日催著讓人早些去睡，免得傷了眼睛。

圓子三人如今也都是一人一間，圓子的這間正巧是靠著田慧的，所以田慧第一時間趕到。

圓子是最後一個回房的，一推開門，黑漆漆的，也看不出有啥跟平日裡不一樣的。他想著幸虧不是跟田慧一間屋子了，能偶爾犯個懶，便不想洗腳，直接往床邊蹭去，就是連燈都懶得點上，這會兒只想躺著睡去了。

一想到明日又得早起，圓子渾身就有些不痛快，這大晚上的時間總是不夠用，不知道旁人是不是也這樣覺得。

總之，就是不夠睡！

娘總說，不睡飽，長不高，自己不怎麼高難不成就是這原因？

圓子想著「心事」靠近床邊，一屁股坐下去，就摸到個突起的地方。

「啊——」

「啊——」

叫聲此起彼伏。

「怎麼了，發生啥事兒了？」田慧剛剛進屋，楊立冬就過來了，也是連聲地問著。

田慧衝著楊立冬搖搖頭，只是眼睛卻是盯著床上正在揉眼睛的一一。

「圓子哥哥，你回來了啊？快上來，一一幫你把被窩都給暖好了。」

田慧看得好笑，楊立冬拉了一把田慧，將人往邊上帶。「噓，看看這兩小娃兒怎麼說。」

田慧興奮得直點頭，一直盯著裡頭。

「一一，妳怎麼在我的床上？妳奶奶呢，她知道妳在這兒嗎？」圓子招呼著一一趕緊下來，打算送她回去。

一一卻嘟著嘴，往裡挪了挪，拍著空出來的床鋪。「圓子哥哥，你過來睡覺，我已經把床鋪好了，被窩也暖了。」

「一一，好好說話！妳趕緊下來，妳奶奶知道妳在這兒嗎？妳奶奶若是一覺醒來，發現妳不在自己的床上睡著，這該多著急，妳已經不小了，不能這麼不聽話。」圓子擺著小臉，伸手就要去拉一一。

「圓子哥哥，你凶我——」一一癟著嘴，就要作勢哭了出來。

「好了，我也沒有說旁的啥話，只是讓妳下回別這樣了，趕緊下來，我送妳回去。」圓子實在是被嚇得夠嗆，說話的語氣自然不大動聽。

一一平日裡見著的「圓子哥哥」，可是從來只會摸著她的頭，軟軟地哄著她說話的，今日卻一反常態。

「圓子哥哥，你是不是不喜歡我了？」一一有些害怕。

這個點兒，早就過了圓子的睡眠時間，若不是先生布置的書他還背得不是很流利，他早就入睡了。唉，團子應該睡得挺香的吧？

所以他此時真的無心哄著一一玩兒。「一一，聽話，有啥事兒明日再說，妳看天早就黑了，圓子哥哥明日一早就要起來去書院呢。」

只是，向來最聽圓子的話的一一，這回卻是固執地不肯下來。「圓子哥哥，是不是討厭一一了？」一一固執地問著這句話。

「一一若是聽話，圓子哥哥就喜歡。」圓子只能耐心地哄著，心裡早就已經焦躁不安了。

「那一一不聽話了，圓子哥哥的意思是已經不喜歡一一了，嗚嗚……」認識到這個可怕現實的一一開始低聲啜泣。

「一一，妳現在下來還來得及！」圓子咬牙道。

一一哪裡聽得到圓子的話，只顧著低頭掉眼淚。

「隨便妳！」圓子轉身欲離開，就看到田慧兩人。

「娘，您們啥時候進來的？看夠了就趕緊把人弄走，還讓不讓人睡覺了！」田慧也是看呆了，不知道圓子為何火氣這般大。

楊立冬最近是一心想順著圓子團子的意思，自然不會錯過這個機會。

「圓子去冬子叔的屋子睡吧，要不就去你娘的屋子裡睡，今晚就睡別處吧。」

圓子點點頭，就去隔壁田慧的屋子裡睡了。

看著圓子走了出去，一一哭得更加大聲，這滿肚子的傷心真是抑制不住了，無法自控。

「一一，別哭了，妳圓子哥哥念了一天的書，早就累了，他這是睡覺去了，有啥事兒咱明日再說成不？」田慧坐在床邊，抱著一一，小聲地哄著。

一一抽抽搭搭地道：「只是，奶奶說，明兒個我們就要回去了。」

「沒那麼早走呢，晚些時候再走，咱還要去鎮上買東西呢。」田慧也不知道一一對圓子的執著是從哪兒來的，但凡是碰上圓子的事兒，一一總是很熱心，並且很固執。

「姨姨，圓子哥哥不喜歡我了，我給圓子哥哥暖好了被窩，他也不願意睡覺。」田慧幫著一一擦乾了眼淚。

暖被窩……

「一一為啥要幫圓子哥哥暖被窩呢？你們倆又不是睡在一道兒的，這暖被窩只有親近的人才做，圓子哥哥自己會暖被窩啊，等到圓子哥哥睡覺的時候，他自己就會暖被窩了啊……」

田慧也不知道該如何說，一一這就是為了過來給圓子暖被窩的？

「可是，我要做圓子哥哥的小媳婦啊，我當然是要幫圓子哥哥暖被窩的！」一一堅定地道。

田慧汗顏！

「老爺，你讓人去尋了楊將軍來吧，我表姊已經知道錯了。如若不然，也不會親自來了好幾趟。」知縣夫人特意在她家老爺用過晚飯後，喝著茶、準備歇下的時候，瞅準了機會說道。

知縣大人放下茶盞。「夫人，妳家表姊不識趣，已經惹惱楊將軍了。楊將軍雖說只是五品的武將，但是據我師兄傳過來的消息，他是在陛下未登基前就跟著的親衛軍，妳看現在跟楊將軍一道兒出生入死的，哪個不是飛黃騰達了？就是在京城的地界上，也無人敢小瞧了去。楊將軍說不準哪日就起復了，這武將一向最是護短，連我這個知縣都恭恭敬敬地對著。妳表姊平日裡瞧著挺機靈的一個人，怎就欺負到他的人的頭上去了？」

知縣夫人覺得這事兒還真的有些冤。「我哪裡知道這慧娘會是楊將軍看中的人？誰能想著，一個棄婦還帶著兩兒子，楊將軍可是前途無限，他看上了慧娘，就是現在，我也不敢信啊。楊老夫人能應了這事兒？」

「人家的私事，妳管這許多作甚！就是知道了，也不許往外說，妳表姊這大夫是請不去了，我也無法，除非等楊將軍消了氣。」

知縣大人又叮囑了夫人一番，才起身往受寵的姨娘那兒去了。

「今日初一，老爺往常都歇在正房，現在這是故意給我沒臉，怪我生事，給他惹了麻煩。」眼睜睜地看著知縣大人的背影出了院子，知縣夫人差點兒絞碎了帕子。

第三十八章 定錘

楊立冬駕著馬車，親自將錢氏送了回去，並著滿滿一車子的東西，田慧也跟著一道兒回去了。

前幾日，田慧總是往外走，鎮上大大小小的石匠鋪子、鐵鋪都走了個遍。

唉，只欠東風。

待得將東西都搬了下去，田慧就隨著錢氏一道兒進屋子去了。

「這是十兩銀子，若是不夠，再來拿就是了。不過，上回妳說起的那五十兩銀子呢，去哪兒了？」錢氏在鎮上住了那麼久，也知道這五十兩銀子不可能一下子花完。

楊立冬坐在田慧對面，正跟楊知故說著話，聞言，他抬頭看了眼田慧，被田慧給瞪了回來。

「嬸子，您別管了，我知道呢。」田慧支支吾吾，讓錢氏別操心。

錢氏白了眼田慧。「這哪能不操心，妳還有圓子團子要養活呢。冬子啊，慧娘就拜託你了，可別讓她胡來啊！」

「嬸子，放心吧。」楊立冬眉眼彎彎，自是乖乖應了。

「冬子、冬子——」

「嬸子，我先去看看，不知道是誰在喚我。慧娘，妳跟嬸子在這兒坐會兒，一會兒我來接妳一道回去。」楊立冬站起身，朝外張望，不忘囑咐田慧。

待得田慧點頭了，他才往外走。

楊知故也是前些日子才回來，在自家就是樂得自在。

「娘，這冬子哥怎弄得跟大姊夫似的，每回大姊回娘家小住幾日，大姊夫總是這樣子嘮叨個沒完沒了。」楊知故隨口說著，其實也沒啥意思，偏偏田慧心裡有鬼。

「楊知故，小心我揍你！」田慧揮了揮拳頭，示威地瞪著楊知故。

楊知故攤攤手，錢氏看得好笑。「說不準哪日就成姊夫了。」

「姊夫？我哪還有姊姊能嫁給冬子哥——啊——該不是她吧？」楊知故後知後覺地道，這才多少日沒回來，都亂套了嗎？

楊知故上下左右打量著田慧，田慧坐得筆直，任人打量。

「說不準，還像那麼個回事兒。不過娘真行，慧姊可是啥都不會，就兩兒子靠譜些，冬子哥還敢要，膽子可不小吶。」楊知故說的是絕對的真心話。

田慧被楊知故的真心話給氣到了。「孀子，我有那麼差嗎？我自己能賺錢，還能養活兒子倆，您看，我更能生兩個兒子，我運氣也好，這都是本事！」田慧絞盡腦汁，果真找不著啥有說服力的本事兒。

楊立冬真的膽子有些肥。

「行了，別鬧了，這話兒也別往外說。我跟慧娘說些體己話，你一個大男人了，別老是窩在屋子裡，出去走走。」錢氏自然知道自己這小兒子是最機靈的，嘴巴也嚴實，所以才不避諱。

楊知故不情不願地出去了，他算是怕了，這去村子裡走走，都能偶遇上幾個不知道哪個村子的姑娘，唉，現在的姑娘家膽子真大啊……

「這事兒差不多了，就應下來。那日，妳秦嬸跟我說了，這事兒她也是同意了。妳秦嬸子雖說有時候做事兒不靠譜，這人還是不錯的，難得的是她兒子回來了，還能這般護著妳。她都一直跟我說，是她家冬子不好，污了妳的名聲，往後啊，她對圓子哥兒倆一定跟自己親孫子是一樣的，親孫子有的，圓子哥兒倆都不會少。就是以後分家啥的，也都是平分。這話妳秦嬸會說，就定然是做得到的。妳就放心吧，等過了年，這事兒我替妳應下了。」

「再看看吧，再說我還得跟圓子團子商量商量，先過了年，等圓子哥兒倆考完了縣試再說。」田慧如今倒不反感，只是不知道怎麼跟兩小的說。

「那行，就等圓子他們過了縣試再說，這可是大事兒，馬虎不得。」錢氏一聽這正事兒，也同意之後再說。「再看看這人也好，左右看來是差不了，妳年紀也不小了，帶著兒子倆，往後的日子還長著。就是為了圓子團子，若是他們以後做大官，一個寡母能做的事兒那是極少的，光說來往，就多了些不方便。」

田慧知道錢氏說的這話是正理兒，左右楊立冬這人並不差，秦氏也是知根知底的，再說他們還已經……

楊立冬一出門就看見他的三叔在喚他。

他娘自然沒少說，在這十幾年裡，他家的親戚是如何對待他娘的，背後又是如何說道他的，怕是早就死了乾淨等等……

「三叔，您喚我何事？」楊立冬站在籬笆院裡，望著楊定銀。回來的這一年裡，楊立冬見著楊定銀的次數屈指可數，大抵是出於愧疚，才不在他面前露面。

楊定銀搓著那早已經裂開的手，結結巴巴地道：「冬子、冬子，既然回村子了，就到三叔家去坐會兒吧。去吧，就坐會兒——」

楊立冬是知道自己這個三叔的，最是軟弱，而三嬸就是個掐尖要狠的主兒，三叔為了息事寧人，多半都寧願在地頭悶頭幹活，眼不見為淨。

「三叔，有啥事兒您就說吧，一會兒我便要趕回鎮上。」楊立冬對著這個三叔還算是好脾氣的。

楊立冬記得，那會兒他還小，他爹剛剛沒了，三叔怕自己中途輟學，便塞給自己好些銅板，說是他這幾年攢下來的，往後有了銀子再給楊立冬送來。

「上我那兒坐會兒吧，你自從回來，就沒去過我家的小院兒，你三嬸也讓我來叫你——」楊定銀一看楊立冬根本就沒有要走出來的意思，急了。

「三叔，若是往後您有啥事兒到鎮上去尋我就是了，不認得路的話，讓錢嬸子他們帶路也成。三嬸這人如何，想來您比我更清楚些，咱兩家人總歸是親戚，我都記著的，您就放心吧！」楊立冬想了想還是不出去了，好話歹話他都不想聽，但是看在三叔的面上，若是往後他們有難處了，他還是願意拉一把的。

「我原本沒臉來見你，之前你託付我的事兒，我都沒做到，就是你三嬸也沒少對著你娘說難聽的話，這都是我沒用，沒管好這個家。有你這幾句話就夠了，咱還是親戚。那我先回去了，往後，我得了空，再去鎮上看你。你早點兒把親事辦了，你爹在地下也能安心——」

楊定銀反覆囑咐著這幾句話，還說等到辦喜事的時候，他來幫忙。說話間，他總算是恢復了些神采。

「爹和大伯都不在了，我若是辦親事，自然是指著三叔來幫忙了，到時候三叔可得多喝幾杯，咱高興高興。」

楊定銀樂呵呵地應了好，搓著手，很是興奮。

楊立冬出了院子，送了他一小段路。「三叔，這是一兩銀子，您拿著買點兒小酒喝喝，多了會被三嬸發現，你又是藏不住的。別推了，被人瞧見了也不好。」

楊立冬將人送了好些路，才折了回來

「慧娘，咱先去把圓子哥兒幾個給接回來，再一道兒去吃點東西吧？」

田慧坐在車廂裡，搖搖晃晃。「嗯，先接了人，回去再吃吧。在外頭吃費銀子，再說，我可沒銀子，我都向三嬸借錢了。」

「妳若是缺銀子跟我說就好，我這兒有銀子，回頭我給妳五十兩吧，妳想買啥就去買，別摳摳索索的，咱又不缺銀子！」楊立冬頭也不回地道。

田慧深呼吸幾口氣，還是氣難順。「你當我想摳摳索索啊，那還不是你給害的。想當年，我就是買肉也是幾斤幾斤的。」果真還是住在村子裡比較有優越感呀！

「那五十兩銀子能怪我嗎？行吧，怪我就怪唄，都怪我唄——」楊立冬默默地在心裡補了一句，怪自己太吸引人了。

田慧撩開簾子，越說越起勁兒。「你當我想問三嬸借銀子啊，我真是開不了這個口，臊人得慌。若不是你把我的私房銀子都給騙走了……」

楊立冬訕訕的。「妳說，妳問錢嬸借銀子這是做啥？我聽說妳最近四處在打聽鋪子的事兒，是打算租鋪子？」楊立冬裝作若無其事地問道，偷偷用餘光打量田慧。

「好好看路，你當是牛車呢，還使勁兒往後轉，看路看路！」田慧撩著簾子跟楊立冬說話，自然是不會錯過楊立冬往後轉的頭，田慧想也不想地重重拍了下楊立冬的肩，她還想好好活著。

「這馬認得路呢，可比妳還機靈。是不是想著租鋪子了？」楊立冬不死心地又問了一回。

田慧點點頭，一想楊立冬這是看不到自己點頭的，才開口。「嗯，想開鋪子呢，想開啥都已經想好了，只是沒有銀子，也沒有合適的鋪子，我那兩個鋪子都還沒有收回來，地段也不合適。」

「可惜我這兒並沒有鋪子，當初陛下賞的就只有鎮上那個宅子，外加幾畝地，就是一間鋪子都不曾給。」無限落寞，想討好媳婦都沒力兒使。

「不買鋪子，現在鋪子的租金老貴了，據說是咱南下鎮的碼頭有大用處。既然租金都漲得如此高了，那鋪子的價兒還得了？總不能傾家蕩產就為了買一間鋪子吧，若是賠了，就只能天天指著家裡頭的那幾隻雞下蛋了。」

田慧打一開始就沒想過要買鋪子，兩、三間鋪面的價兒可不是她買得起的。

「這點兒銀子我還是有的，妳就放心吧，妳看上的是哪一塊地段的？可有空置的鋪子？」楊立冬拿著馬鞭，任老馬晃晃悠悠地走著，竟是只比牛車快了些許，不過走起來卻是平穩不少。

楊立冬聽後頭的田慧並沒有動靜，回頭看了眼，就立刻轉了回去。「想啥呢，是有看上的鋪子了嗎？」

「你們做官的，不是都好那啥啥擄掠，難不成你也想學別人豪搶擄掠，給我弄個鋪子來？」田慧笑著調侃道。

楊立冬實在是忍不住了，伸手對著田慧的腦門敲了兩下，咚咚！

「妳這是存心不想讓我活吧！往後人多的地方可不能瞎咧咧，到時候誰都救不了妳。」

田慧吃痛。「我這不是瞧著沒人嗎？」

「妳這人就是容易得意忘形，小心吃虧了，這小地方倒是無所謂，若是以後去了別地兒——」

田慧不耐煩聽這些，趕忙說些別的。「原本我以為那方家，就是我醫不好人，也能賺筆不小的診金，想不到這人那麼久都沒找上門來，看來也不是真心疼寵這個小姐的，唉……」

楊立冬挑了挑眉，狀若並不瞭解這事。「不是都道妳的醫術是極好的，難不成妳還對妳自己沒有信心不成？這話聽著都不像是妳會說出來的。」

田慧也學著楊立冬的模樣，倚在一旁的車廂上，果然是舒服了許多。「我又不是神醫，哪可能啥病都會治，若是啥病都能治，那就不是神醫了，那是神棍！」

「哈哈哈，極是，是神棍了，田神棍！」楊立冬笑得很肆意，引得一旁的路人駐足側目。

田慧羞惱。「丟人，你看路人都盯著你看了。說不準明日就有傳言，楊將軍笑撒小路橫衝直撞，一一路人皆紛紛駐足避讓。」

「這張嘴真是半點兒都不饒人。」楊立冬無奈地搖搖頭。他揮了揮馬鞭，馬車小跑了起來，等離那些路人遠了些，才又開始慢慢踱步著。

楊立冬今日很暢快，只嫌棄這條路兒實在是太短了些。

到了書院的門口，田慧跳下馬車，左右張望著，還是跟以前來的時候一樣。

田慧甚少來書院，基本上都是楊立冬代替她來，送人送飯接人，就是先生有啥話要吩咐，找的也是楊立冬。

接了三人後，最終他們還是打道回府了，秦氏早就做好了晚飯，還是異常豐盛的一頓。

「嬸子，這是有啥喜事不成？」田慧還沒坐下就被滿滿一桌子的菜給深深地驚嚇住了。

秦氏搓著圍裙。「沒事兒，咱家日日都是喜事，這人團圓，不就是喜事嗎？我也是想明白了，如今有了些家底，整日摳摳索索的可不行，難不成整日等著張羅好吃的給別人吃？那可不就是只知道委屈自個兒了？圓子三人日日都要念書，那可是費腦子的活兒，可不就得吃點兒好的？咱不差那麼點兒銀子。」

這娘兒倆是都一夜之間暴富了嗎？

田慧戰戰兢兢地吃完飯，也沒發現有啥異常的，有些後悔自己都沒吃出啥味兒來，膽子實在是太小了些。

第三十九章　過年

只剩大半個月，就要過年了。

秦氏為了早早將年貨先給備上，一大早就領著人到集市大掃蕩。

「秦妹子，買這許多做啥？這豬肉前幾日就訂好幾十斤了。就是從現在開始一直吃，也吃不完這麼多啊。」鄭婆子有些擔心，最近的伙食實在是太「奢侈」了。鄭婆子在秦氏又跟那個女屠夫訂了半隻豬肉的時候，忍不住出聲了。

秦氏神秘一笑。「大姊，這豬肉我自有用處吶，先訂著，說不準哪日就派上用場了。」出來之前，楊立冬神神秘秘地拉著秦氏去了一旁，讓秦氏多準備些肉啊，但凡有啥新鮮的，都買來備著些。

秦氏會意，母子倆賊兮兮地笑著對視一眼，秦氏就回屋取銀子去了，心裡盤算著得多多花銀子，這樣才能襯托出喜氣兒來。

福嬸身子骨健朗，多在灶房幫忙。「該不是咱家要有喜事兒吧？秦大姊瞞得可真是嚴實。」福嬸試探性地問了一句，若是秦氏願意說，大夥兒就一道高興高興。

秦氏儼然就是一副被說中了心事的傻樂模樣。「原本以為這事兒得過了年，不想今早冬子偷偷讓我多買些東西，我這也才知道的——」這麼說就是認了。

福嬸一拍腿，樂了。「行啊，那咱最先要買的就是紅布、紅燈籠，反正過年也需要。」

「對了，還有還有，最重要的是，慧娘那衣裳都是素色的，咱得多訂幾件衣裳，也不知道過年前趕不趕得及。」秦氏趕緊補充道。

「等等，這跟慧娘有啥關係？啊，難不成，唉喲，真的是把我瞞得好苦啊！我家老頭子還常說，若是慧娘就這樣一直一個人那太可憐了，可若是嫁到別家去，也不知道是不是過得好，前些日子，他是沒少糾結。還說若是冬子娶了媳婦，慧娘可就得搬出去了……」鄭婆子一高興，這話兒就說得有些多了，她急巴巴地想往回走，去告訴鄭老伯這樁「喜事兒」。

鄭婆子如此說，秦氏心裡就更高興了，證明她這兒媳婦選得不錯，一家子老小都歡喜。

秦氏趕緊拉住鄭婆子。「大姊，咱自己知道就行了，慧娘還不曉得呢！這事兒得小心著些，若是弄砸了，冬子非得發火了。再說若是被旁人聽到了，慧娘怕是要被人說道。」

言之有理！

三人賊兮兮地往布料鋪子裡擠，又去了首飾鋪子，相約明日繼續。

鄭婆子一回去，就神神祕祕地拉著鄭老伯回屋去了。

待得鄭老伯聽完。「咱不是還有幾兩銀子嗎？當初冬子帶給咱的，咱這一路也沒怎麼花，妳看看給慧娘買點兒啥東西。可算是嫁到咱家了，那日我聽福老弟說，冬子在外頭買簪子，我這心裡啊就不安穩，也不知道冬子看上的是誰家的姑娘。這還沒進門，冬子就送這送那的，怕是不好相與。這下可好了，原來是慧娘啊，皆大歡喜、皆大歡喜！」

鄭婆子聽得嘴角直抽抽，這敢情若是換成別人，冬子買簪子送人就是被狐媚子迷了心竅，這一換成慧娘，立刻就變成了楊立冬眼光好。

這男人若是偏心起來，可真是偏心到腳背了。

這日，田慧正在教福嬸做香腸的時候，錢氏匆匆來了。

「嬸子，來鎮上辦年貨啊？」田慧自打住在鎮上，只感受到這天兒是一日冷過一日，所以她日常就窩在院子裡寫寫畫畫、曬曬太陽，過著米蟲的生活。

還是最近秦氏往家裡頭搬進不少東西，田慧這才意識到，又將是一年過了。

「辦年貨？不辦了，今年冬子給我帶去了好些東西，知情、知趣姊妹倆也送了不少來，就不辦年貨了。」錢氏一氣兒地說著，看著福嬸手裡在忙活。

福嬸衝著錢氏擠眉弄眼的。「這兒沒啥事兒了，慧娘妳帶妳嬸子去屋子裡坐會兒吧，我跟妳鄭嬸子做得了。」錢氏也不客套，拉著田慧就往她的屋子裡去。

「我這有事兒跟妳說呢，冬子和妳秦嬸怕妳誤會，特意請了我跑這一趟。今兒個我就不回去了，明日跟著你們一道兒，阿土他姊姊不是明日辦喜事嗎？」

是了，明日就是臘月初七了。

田慧點頭。「那咱明日一起回去，我也準備了一根銀簪子做添妝禮，這些日子沒回去，就忘了送去了。」說起這根銀簪子，是田慧花了三兩多銀子買的，並不如楊立冬買的那根簪子。

阿土娘這些日子前前後後讓人帶了二兩的銀子過來，田慧並沒有用，都給存著，這回阿木成親，田慧又貼了些銀子給置辦的。

「這都回頭再說，楊家村每年過年前才會開祠堂，將一年裡新的族人都記進族譜裡，若是錯過了今年，就得等到明年了。」

錢氏也不多說廢話，直接來了個開場，只是田慧還是雲裡霧裡的。

「我曉得啊，那幾年災年的時候，都有開祠堂祭祖的。」

「不過，嬸子有些話不得不說，自打妳被二嫂那家人趕了出來，連著圓子團子兄弟倆，族譜上的名字是早就被抹去了的。」錢氏盯著田慧說道，也不知道她在意不在意這些以前的事兒。

田慧了然。

「冬子說了，若是沒意外的話，來年二月就會開縣試了，只是圓子團子的腳色狀那該如何填？」

「腳色狀，那是啥東西？」

「我也不大懂，回頭妳找冬子問問去。就是要填三代人存歿的履歷，如果是過繼的人要寫本人親生父母三代人。圓子團子的事兒，冬子的想法就是年前把喜事兒辦了，讓圓子哥兒倆進了楊家的族譜，這腳色狀也能填上去。」

錢氏來之前已經惡補了一回，總之，就是履歷。

田慧還是頭一回聽說這些。「難不成那些寡婦的兒子就不能考秀才了？這還有沒有天理了！」田慧頓時化身憤青。

錢氏看著田慧激動的模樣，等人安靜下來了，才哀怨地道：「寡婦就是沒了丈夫，人家三代人還是寫得出來的。」

田慧弱了，原來，她給兩兒子整了個「父不詳」！

「不算是啥事兒，冬子都說了，這事兒交給他就成，往後，家裡有個男人，嬸子也能放心。妳秦嬸子和冬子，今兒個就是讓我來跟妳說說親事的，順帶地，讓我作妳的娘家人，定個好日子，把親事兒給辦了。趁著過年前，把名字給上了族譜，這樣子就成了。」

錢氏一副歡喜的模樣，在一旁不住地拉著田慧的手。

「嬸子這是高興，妳總算是有一門好親事了，冬子這人品性不差，妳也是日日一道兒相處的。冬子說了，往後都聽妳的，妳秦嬸子也有這意思，以後這家就交給妳了！我也想好了，我家作為娘家人，就跟當初嫁知情和知趣一樣，嫁妝啥的嬸子都會準備，冬子也偷偷地塞給我一百兩銀子，說是讓我幫妳置辦嫁妝。」

田慧不是矯情的人，再說，這幾日，月事也來遲了兩、三日。「那都聽嬸子的，嬸子您替我辦著就是了。」

錢氏爽快地應了，就去跟秦氏商量細節。

待得圓子哥兒幾個回來的時候，田慧看著兩人笑著叫「娘」，不由心裡熨貼，不管做什麼，都是值得的。不說這些，就是她也不得不承認，楊立冬真的是不錯的，若是換成了別人，她怕是會拒絕的吧。

只是，田慧還是不知道該如何開口。

「娘，您想說啥呢？」團子看著欲言又止的田慧道：「是要搬出去了嗎？」團子還是沒忘記上回他娘說的這事兒。

「團子想搬出去嗎？」田慧一愣神，才想起前些日子說過這話。

團子搖搖頭。「我跟著娘，娘去哪兒我就去哪兒。」

田慧摟著團子，笑得滿足。

「娘，您自從那日抱了團子後，書院裡的同窗每回都笑團子是奶娃娃，現在就連先生也聽說了。不過先生說了，君子重禮儀，重孝道！念在團子對娘一片孺慕之情，不許同窗再喚團子奶娃娃，所以團子總算是解脫了……」

田慧聽圓子三人說了書院裡不少趣事兒，心情也漸漸明朗。

田慧知道自己這是有些患得患失了，她有些擔心自己過不好以後的日子，圓子哥兒倆漸漸地長大，總有一日會離開自己的身旁，若是到了那時候，自己又該何去何從？

她，有些退縮了，圓子團子這些年，一直是她的支撐。

哪怕偶爾她有些無理取鬧地揍他們、訓他們，他們還是一如既往地喚一聲「娘——」，田慧也知道這一路過來，自己並不算是多稱職的娘，但是孩子倆從未有任何的不滿，不願離開自己。

有時候，這樣子，就夠了。

在楊家村，嫁閨女是提前一日請親朋鄰里吃飯的。

因為，等明日新娘被接走後，家人要即刻關閉院門，以期今後閨女不會因夫家發生意外或夫妻鬧翻而離異回轉娘家。

楊立冬知道田慧暈車，所以一大早就駕著馬車晃晃悠悠地往楊家村走，馬車上放著好些東西，都是秦氏張羅要送給阿土家的，還有給阿木的。

楊立冬的馬車才一到楊家村，就有不少小孩子圍了上來，秦氏特意買了好些飴糖，分給了追上來的小孩兒。

如今，秦氏是心想事成，看啥都順眼，心情倍兒爽。

今日，楊府裡的人都過來了，要說，這也是阿土娘想得周到，在她到鎮上來買喜宴上要用的豬肉啥的東西時，就特意來請了一回，讓楊府上下都一道兒過來，大家熱鬧熱鬧。

阿土也沒少請，所以，楊府今日是所有人都來了，一早楊立冬就特意再去租了一輛馬車。

福叔他們四人，因著想融進這楊府去，有喜事兒，自然也想跟著沾點兒喜氣。

福叔付了車資，就和楊立冬一道兒搬著東西，往阿土家去。

阿土家如今還是住在原來的老院子裡，只是中間隔了一堵牆，這也算是分家了。這些年來，阿土娘為了供阿土念書，愣是住在這個小院兒裡，聽著阿水娘和自家婆婆罵罵咧咧的聲音，雖說堵心，倒也真的習慣了。

「大嫂，難不成妳還請了慧娘，這不是要觸了阿木的霉頭嗎？」阿水娘看著田慧走近，驚呼道。惹得周圍來幫忙的人，紛紛抬頭看著田慧一步步走近這個小院兒。

待得田慧跟著秦氏幾人走近，阿水娘擋在院門口。「秦嬸、錢嬸，妳們趕緊進去吧，剛剛大嫂還在說道妳們怎還不來呢。」阿水娘熱情地招待著。特別是見到秦氏後，她還伸手挽上了秦氏的胳膊，打算親自領著人一路走去。

秦氏有些受不住阿水娘的熱情，不過還是啥話都沒說，任由人挽著往裡走，總歸是阿土家辦喜事，秦氏也不想拂了人家的好意。

錢氏根本不在意阿水娘忽視了自己，正跟田慧說著阿木婆家的事兒，跟在秦氏的後頭往裡走。

阿水娘雖說挽著秦氏的胳膊，不過，不時回頭打量著田慧，她是越發嬌豔了。

待得她　看到田慧剛想伸腿邁進院子裡，就出聲阻止道：「慧娘，妳在這兒等下吧，我去問問娘跟大嫂，也不曉得妳進來合適不合適，若是衝撞了阿木，怕是不大好吧？」

秦氏聞言，站住了，推開阿水娘扶著自己的手。「既然如此，那妳就去問問，若是不讓進的話，那我們也不進去了。」

楊立冬搬著東西，只比秦氏她們幾個女的晚了幾步，若不是看在人和自己是同一個村子的分上，楊立冬早就發火了。

如今，他將竹簍子放在地上，就等著裡頭的人出來如何說。

若說維護田慧的心，鄭老伯一點兒都不比秦氏他們少。這人也奇怪，端看緣分，鄭老伯第一眼見著田慧，就是那日剛剛來、給田慧開門的時候。他那會兒就覺得田慧這個人是個好的，越是相處下去，鄭老伯待田慧更是貼心貼肺，就當成自個兒閨女似的。

其實，這也跟田慧的付出離不了關係。在鄭老伯一來，只是在飯桌上聽說了鄭婆子身子骨不大好，前些日子在路上的時候惹了風寒，沒好利索，田慧第二日，待得他們休息夠了，緩過勁兒來了，就來給鄭老伯夫婦倆看病，又抓了好些藥，每日都親自熬了藥，盯著他們喝下去。

就是現在，鄭老伯還每日都喝著田慧泡的藥酒。

這樣的一個人，怎能不讓人心疼？

若不是看在阿土的分上，鄭老伯早發火了！阿土平日裡在楊府，除了每日去書院，回來的時候，也是經常幫著家裡頭做些事兒，偶爾根本就不需要阿土做的時候，阿土也會很自覺地攬著事兒做，很讓人心疼的一個娃兒。

「冬子，你們楊家村的人可真是不厚道，這辦喜事兒，還要特意來刁難慧娘。慧娘可就要是你的媳婦兒了，你媳婦兒都被人欺負了，你怎就不去幫忙？若是換成我，我準一巴掌給抽過去！」鄭老伯看著氣得牙癢癢。

福叔眼睛一眨不眨地盯著前頭，生怕一會兒鬧起來，田慧受了委屈。「都是一個村子的，還是等阿土他娘過來再說吧！」

楊立冬也實在無可奈何。「我娘來之前就叮囑我，讓我別亂來，若是我太衝動了，會給慧娘添麻煩的，私相授受，慧娘可是承受不起的。」要不是早就答應了秦氏，楊立冬這會兒肯定闖了進去，這都算是什麼事兒！

「弟妹，慧娘是我特意請來的，妳擋在這門口算是啥意思，別忘記，咱家可都是已經分了家的，今日妳也只是來幫忙的！」

阿土娘說話半點兒不留情，看來這些日子來，沒少跟阿水娘起衝突。說完，阿土娘就伸手去拉田慧，將人給拉進院子裡。

「嬸子，快進來，我剛剛還在跟阿木說著呢，你們怎就還沒來，該不是忘記了吧？冬子，招呼福叔他們趕緊進來，院子裡小，亂得很！」阿土娘一向爽利慣了，說話也是噼哩啪啦便都給招呼到了。

就是鄭老伯聽著也怪舒服的，阿土這是像了他娘。

「荒唐！阿水他娘的話不聽，那我這個做婆婆的話妳總該聽了，這可是在楊家，等妳哪日媳婦熬成婆了，妳再來擺這個當家的威風！」阿土奶拄著枴杖，不住地敲著地。

田慧實在是難以忍受這些，若不是阿土娘跑了幾回，阿土又是每日都念叨，田慧不想拂了盛情，這才跟著秦氏幾人一道兒過來的。

「娘！我嫁閨女，怎的，我想請誰，我都做不了主兒？」阿土娘絲毫不肯退縮。

「放肆！誰家的媳婦像妳這樣子的，忤逆婆婆，妳娘呢？我今日倒是要問問妳娘，這是怎教的閨女，來禍害我楊家！」阿土奶跟這個大兒媳婦是積怨已深，只是仗著這個機會給鬧了出來。

所以說，田慧也只是個無辜的「引子」。

阿土奶才不關心，田慧是不是會觸了阿木的霉頭，關她何事？

楊立冬幾步走到秦氏的身旁，低頭喚了聲。「娘——」

秦氏點點頭，小聲道：「慧娘是我兒媳婦，我哪會讓她受委屈。」

「阿土他奶奶，若是妳真的關心妳家孫女，啥事兒也好商量啊，難不成在嫁孫女的時候，就想休了孫女她娘了？嘖嘖嘖，這樣子可真是不厚道啊。若非是我這次回村子來，都不知道村子裡如今大變樣了，難不成現在的風氣是一言不合就要休兒媳婦了？我以前可是聽說妳最滿意的就是這個大兒媳婦了。怎的嫁了孫女，這兒媳婦就沒啥用了？」

秦氏上前衝著阿土娘點點頭，從阿土娘的手裡接過田慧的手，讓田慧搭著自己的胳膊。

田慧對於這些真的無話可說，不管她多牙尖嘴利，但她說出來的話，根本就不會有人願意聽，因為沒啥分量。

阿土奶早就知道秦氏的兒子如今可是大出息了，她可不想跟秦氏對上。

「秦嫂子可是好些日子沒見了，我這不都是為了我家的大孫女好嗎？若不然讓慧娘辦完了親事兒再過來？」阿土奶奶只是不想讓阿土娘如意，阿土娘想請的人，她就偏偏不讓她請，別以為分了家就能自己當家做主了！

「我們又不去妳家，關妳何事！」團子早就跑進了院子裡，聽說他娘被為難了，趕緊跑了過來。

「團子！」田慧招呼了團子一聲，不讓他再多說話。

阿土奶奶這耳朵特別好使，就是團子站得有些距離，也被她一字不落地聽見了。「聽說慧娘的兩個兒子都是跟阿土一道兒念書的，這念了那麼多年的書，連禮義廉恥都不會了？」

「禮義廉恥那也是要看人的，一些老人為老不尊，只知道刁難小輩，就不配講這些！」圓子跟在團子的身後，只是稍稍跑慢了些，沒拉得住團子。這會兒因為自己哥兒倆，讓他娘被人說三道四，他就忍不住擠兌阿土奶奶。

楊立冬伸手招呼圓子往自己這兒過來，圓子一過來，鄭老伯就豎著大拇指道：「好樣的，你娘沒白疼了你們兄弟倆！」

「往後別這麼衝動，凡事兒有大人在呢。若是一不小心被人揍了，你娘該多心疼。」楊立冬盯著院子裡看，伸手攬著圓子，站在自己的身後。

圓子點點頭。「我知道，只是我就是受不得旁人欺負我娘，我恨不得上前去跟人拚命！」

楊立冬難得低頭看了眼圓子，沒想到他會如此。圓子的性子一向是比較穩重的，穩重得不大像這個年紀該有的模樣，他一直都是笑咪咪地看著團子黏糊在田慧的懷裡，乖巧得都讓人忘記他也只比團子大了一歲而已。

田慧，怕就是圓子的軟肋吧。

楊立冬一直覺得，這娘兒三人的關係跟旁人是不一樣的。楊立冬伸手摸了摸圓子的頭，這才像半大的孩子。

「乖，往後，我護著你們娘兒三人，你只管跟團子一樣就是了，圍著你娘撒撒嬌——」說著，楊立冬也說不下去了，福嬸早就在旁邊偷偷地抹眼淚。

圓子聽得糊裡糊塗，也不去深究，固執地搖搖頭。「不一樣的，我早就想好了，我要護著我娘，還有團子。只是，日子過得好慢，我還是沒有護好娘！我來不及長大，他們就要欺負我娘！」

楊立冬摟著圓子，卻是不知道如何開口勸慰。

「看來這念書也沒啥用處！大嫂真是的，若是在這大喜的日子，把娘給氣著了，我看妳如何收場。」

阿水娘冷冷地望著阿土娘，扶著阿土奶奶，就看著阿土娘該如何收場了。

秦氏拉了拉阿土娘的手，小聲地說道：「別跟她們明著吵，妳一個媳婦，當著這麼多人的面兒頂撞婆婆，就是再有理兒也變成沒理了。」

「我真是受夠了！」阿土娘憤恨地道。

秦氏衝著她搖搖頭，朗聲道：「看來老婆子這種喪夫的，也進不來了——」這話一說，光是院子裡就有好幾個，阿土的姥姥也是如此。

「秦嫂子真愛說笑，咱說的是慧娘。當初錢嫂子家辦喜事的時候，慧娘都知道避嫌，怎的，這會兒我家大孫女辦喜事兒，慧娘就非得進來？該不是故意的吧？」阿土奶奶絕非好對付的，畢竟她在平日的交手中，都能將阿土娘給氣出個好歹。

「我說吶，原來是為了慧娘啊，這根本就不算啥事兒！」秦氏總算是揚起笑。「走走，咱進屋去，看看阿木去！」話落，就不願意搭理阿土奶奶。

阿土奶奶哪能甘心，這都撕破臉了，哪能這麼輕易讓田慧進屋子去。

「這怎能不算事兒，這可是關係阿木的一輩子，我楊家一向子嗣艱難，就是養大一個孫女也是頗不容易的。」阿土奶奶一手拄著枴杖，一手扶著阿水娘的手，直直地擋住去路。

秦氏看了看周圍，裡裡外外地圍了好些人，故作神祕一笑。「這事兒原本我也不想說的，過些日子，我家冬子就要迎娶媳婦了。這媳婦呢，就是慧娘，我這個做婆婆的，對她真是滿意得不得了，大師可是說了，慧娘就是福氣好。

「錢妹子家就做慧娘的娘家，過幾日會在村子裡擺幾桌水酒，大夥兒可都得來熱鬧熱鬧。原本我這是不打算先說出來的，因為，我不打算請阿土他奶奶，和他二嬸一家子，免得他們家破費了！這不還非得讓我說出來，你們別見怪啊，別往心裡去，省點兒銀子也是好的。」

說完，秦氏就衝著田慧道：「還愣著做啥，趕緊進去瞧瞧啊，早就準備添妝禮了，今日才來添妝，新娘子怕是等急了吧！乖兒媳，咱去沾點兒喜氣。」

田慧低頭紅著臉一道兒跟著秦氏，暢通無阻地進屋子去了。

一進門，阿土娘竟是顧不上招待客人，只顧著拉田慧的手，問道：「嬸子，這是不是真的，總不能是我聽錯了吧？」

「這還能聽錯了？這麼好的媳婦，我可是好不容易打著燈籠尋來的，怎麼都得拐回自家才能安心著呢！」秦氏爽朗地笑著，確實是歡喜極了。

田慧也是頭一回聽秦氏這般說，心裡總算是放心了。

「嬸子，我那是自己在您家死賴著不走的，可不是您打著燈籠尋來的。」田慧也笑著鬧道，絲毫沒感覺到不好意思。

錢氏見著秦氏絲毫不在意，也樂得逗趣兒。「這傻丫頭，妳秦嬸子可是在給妳長臉呢，別不好意思啊，可勁兒地讓妳秦嬸子誇妳，唉喲，過幾日就得改口喚娘了。」

田慧終於如願地紅了臉兒。

院子外頭，圓子團子並沒有跟進來，他們跟著楊立冬回原先的老院子去了。

圓子靜靜地走了一路，看著楊立冬推開院子門，才道：「為啥要娶我娘？」

聽聽，剛剛還能一起摟著的兩人，這就決裂了。

「你娘不好嗎？」楊立冬反問道。

團子乖乖地站在一旁，並不多嘴，每當有重要的事兒時，都是圓子出面，團子聽著，在合適的時候插嘴，兩人常配合得天衣無縫，人神共怒。

圓子有些惱怒楊立冬的不配合。「看你這態度，你就配不上我娘！你不知道我娘的好，你不配！」

自己一片赤誠之心，到了這半大孩子的嘴裡，就成「不配」了，難不成自己該跟這哥兒倆談情說愛？若是被田慧知道了，怕是要揍死自己吧。

教壞小孩子，這罪名可不小。

「圓子，這是大人的事兒，小孩子應該聽話。這事兒，我真的沒法子跟你說，你實在不大懂。」楊立冬一向知道這哥兒倆是多麼難纏，不愧是田慧的兒子。

往後，就是我的兒子了！如此想著，他也就忍不住說出口。

「往後，你們要喚我，爹！」

「我娘為啥會答應嫁給你？是不是你逼我娘的？」圓子緊逼不捨，絲毫不管楊立冬的冷臉色。

鄭老伯在一旁看得津津有味，其實他也很想知道原因。「對啊，冬子，你可別因為圓子團子人小，就不跟人說實話，總有一日人家會長大的，那時候你就老了。若是讓他們知道你是逼著他們娘的，我看你就慘咯！」

圓子、楊立冬、團子，三人狠狠地瞪著鄭老伯。

鄭老伯摸摸鼻子，找椅子去坐了。「還不是父子，就學會一個鼻孔出氣了，只會欺負老人家，還不如慧娘的一個角兒。」

楊立冬推開自己的房門，圓子團子從楊立冬的身側擠了進去。

「唉，不是我不說，是你們真的不懂。你娘既然那麼好，我自然是真心想娶你娘，那你們還有啥不放心的？再說，我這人沒有小妾，也沒有別人的不良習氣，潔身自好的一個人，怎麼都不會委屈了你娘。更別說，我這個人膽子肥，也不會讓人欺負著你娘。我娘好吧？對你娘夠好吧？還有啥不滿意的呢？你們娘還是你們娘，只是現在我替你們保護著，等我老了，你們就能護著你們娘了，這樣不好嗎？」

楊立冬算是不明白了，剛剛還「冬子叔」、「冬子叔」叫得親熱，現在卻一翻臉就不打算認人了。他若是搞不定這兩小子，這門親事說不準就得被他們給攪黃了。楊立冬是知道的，田慧有多重視這兩小子。

要不是因為這兩個小子要參加縣試，田慧怕是不會這麼輕易地應下這門親事。楊立冬在心底好好地謝了一回這兩小子，語氣上自然是好了不少。

「難不成你還想學別人納妾？」圓子不信任地看了眼楊立冬，似在評估楊立冬這人的可信度。

楊立冬那是恨不得抽自己一個嘴巴子，自己這是嘴欠收拾，跟半大的孩子討論什麼納不納妾。「若是我有半點兒這種想法，我娘準是第一個揍死我的！你們娘也不准——」楊立冬看著這哥兒倆的臉色，這都不行？

「那你們說吧——」他攤攤手。

「我娘很好！」圓子死心眼地又強調了一回。

楊立冬要抓狂了，也不知道田慧是如何教這兩小子的，怎就這般難纏，接下來是不是又要說自己不配了？往後他要生多點閨女，兒子太不可愛、太不貼心了，天生就是來跟他作對的！

楊立冬的這個覺悟有些早。

如此想著，楊立冬有些洩氣。「窈窕淑女，寤寐求之。求之不得，寤寐思服。悠哉悠哉，輾轉反側。這是說一個男子在河邊見到一個心愛的姑娘，於是便整天癡心地想她，睡夢裡也追求著她，以致翻來覆去整夜睡不著覺，如癡如狂地想要與她成親。是一個男子的真摯愛情與相思之苦。」

「這個我知道，先生教過。難不成冬子叔，你肖想我娘許久了？你的娘知道不？我娘知道不？」團子從進門到現在一直沒有開口，此刻當真是一鳴驚人。

楊立冬難得紅著臉。「我娘為啥就要知道？你們夠了啊，往後還要叫我爹的，小心我給你們小鞋穿，哼哼！」

團子笑呵呵的。「你不是我娘的對手，小心我娘給你小鞋穿——」一語道破，真相好傷人。

「眼光算是不錯。」圓子也終於抿著嘴笑了。「當初先生說這些的時候，我就覺得不靠譜，這男人還能沒出息到這地步？但是若是那女子是我娘的話，那就肯定是事實了！」

楊立冬憤恨地甩上門，欲出去尋里正了。

鄭老伯早就偷偷地躲在外處。「嘖嘖，栽在了兩小子的手裡。」

不厚道啊，偷聽！

「嘿，這用得著偷聽？冬子你也太瞧不起你鄭伯了，光是看著你的臉色就知道了。」鄭老伯笑嘻嘻地道，說完，還跟坐在一旁的福叔討論起剛剛先出來的那兩小子，眉飛色舞。

楊立冬拎著點心和一大條豬肉，往里正家的院子裡去了。

楊家村今年的喜事兒特別多，所以，即使還沒過年，楊家村裡早就熱熱鬧鬧的，最開心的就數那些小娃子了，滿村子地瞎跑，混得可不錯了。

楊里正親自將楊立冬給迎了進去，楊家村裡的村民或許不大清楚，只道楊立冬如今出息了，帶著他娘去鎮上享福了。不過楊里正卻是經常往鎮上走，也算是知道了楊立冬如今在衙門裡領著職。

如今，楊里正去衙門辦事兒，那個效率真真驚為天人。

「不知道今年開祠堂記族譜的時間是啥時候呢？」楊立冬陰著臉，勉強扯了扯一絲笑。

里正媳婦曹氏低頭不忍看他那臉色，心想這是得受了多大的委屈？

「冬子啊，是不是村子裡誰給你氣受來著？明日就阿土他姊的好日子了吧，是來熱鬧熱鬧的？」曹氏看著他的臉色猜道，阿土他家院子裡的事兒，她也聽說了一些。

楊里正白了眼曹氏，不該說的就別說！

楊立冬這會兒臉皮都懶得扯一下，冷著臉道：「有沒有受著氣，這村子裡的早就傳遍了，還用得著問我嗎？楊家村啥時候都變成女人做主了，都快熱鬧得反了天了！」

楊里正禁不住老臉一紅，這還是頭一回被自己村子裡的年輕後生如此說道，不過一想到楊立冬在鎮上的交情，他只能吶吶地應著是。

曹氏有些坐立難安，原本她坐在這兒，還想將自己娘家的姪女介紹給楊立冬，沒想到，他這一上來就是一張冷臉，這會兒還將老爺給指責上了。

「冬子，這別人家的事兒，我就是做里正的也管不了那許多啊。」楊里正看著楊立冬的臉色漸緩，心裡忍不住念叨著若是他往後有啥不如意，就往自己的家裡一坐，自己準能三日消化不好。

楊立冬又問了一回，上族譜的日子。

「年三十，一早就祭祖，到了午時過後，才能記族譜。」

楊家村的風俗還是老舊一派的，一到年三十早上，祠堂大門大開，祠堂內原本就有五張祭桌。可這幾張祭桌根本就不夠一大村子祭祖，所以，在年三十的前一日晚間，祠堂的外面都一排排地擠滿了桌子。總之，先到先得。

一開始，沒少人為了自己桌子的排序打起來。後來大家才約定好了，按照祠堂裡頭一溜兒的五張桌子排序，一排五張，一個個地排下去。

等到了年初三，就是一家家地開始祭祖，以祠堂的院子為限，哪家都搶著能輪到第一波，總覺得這樣子就能讓列祖列宗多吃些，都是些孝順的子孫。

「那行！我只是想來說一聲，在我家這一支貼上慧娘、圓子、團子。」楊立冬盤算著年三十自家也是得來楊家村的，這祭祖的事兒耽誤不得。

「啥！」屋子裡不約而同地響起了驚呼聲。

楊立冬皺著眉頭望著這屋子的兩人。「你們不是知道在阿土家院子裡的事兒？」

曹氏尷尬地點頭，又搖頭，不過怎樣都說不清楚，索性也豁了開去。「原本正在說著呢，只是，不巧得很，你進來了……」曹氏指了指楊立冬自己。

運氣還真是不夠好的，這難得說人一回八卦，還不得不告訴八卦的主角。看來今年的運氣實在是不咋的，曹氏打定了主意，今年祭祖要多弄些好菜好飯。

「無事，回頭，你們再問問旁人。年前我要娶媳婦了，就是慧娘，至於圓子團子的名字，我再跟慧娘商量商量。」楊立冬完全一副公事公辦的模樣，絲毫不理會曹氏充滿了求知慾的眼神。

楊里正好半會兒才消化了這個消息，灌了一杯水。「這事兒已經定下了？你娘難不成都沒說啥？在鎮上也住了有些日子，聽說你是在衙門裡供職的，這來往的人都見著不少了吧？」

楊里正說得含蓄，但是楊立冬還是聽明白了。

「我娘也覺得慧娘很好，這親事兒已經定下了，等年三十的時候我會再過來一趟。圓子團子來年二月就要參加縣試，所以這事兒得年前就辦了，里正也應該知道這些都不是小事兒吧？」

楊立冬可不希望這事兒出現任何一點兒意外。

「若是我沒記錯的話，過了年，這老大才十歲吧？這不是瞎胡鬧嗎？」楊里正自家的孫子比圓子還大上三、四歲，如今在楊柳村的「大隱書院」裡念書。

不過圓子他們當初去大隱書院的時候，並沒有碰上。因為，里正家的孫子原本在鎮上的書院念書，那是後來幾個孫子大了些，才索性都一起去了大隱書院。

楊立冬雖說被那兩小子給氣了一肚子的火兒，但是不代表旁人能隨意地說。

楊立冬挑眉，略帶得色地道：「這科舉的事兒哪是說考就能考的，這還不是他家先生覺得圓子哥兒倆的水準差不離了，才點頭讓圓子哥兒倆去試試的，他家先生親自作保。」

楊里正看著楊立冬與有榮焉的模樣，說不嫉妒都是假的。

「嗯，這事兒我記下了，若是圓子哥兒倆有出息，怎麼說都是咱村子的喜事兒，我也是樂見其成的！」楊里正說起這種「文化人」的事兒，也難得文謅謅地道。

楊里正客氣地送走了楊立冬，曹氏忍不住開口追問道：「難不成慧娘的事兒，就這樣子定下了？那我娘家的姪女可咋辦？」

「姪女、姪女！妳這麼要管妳娘家的事兒，妳就回娘家去過！」楊里正一吼嗓，把曹氏給嚇呆了。

楊里正這才發覺自己失態，頭也不回地進屋去了。

兒子兒媳都聞風出來，曹氏臉上掛不住，嘴裡罵罵咧咧地道：「死老頭，老娘跟你沒完！」

楊里正坐在屋子裡好一會兒，半晌沒有一個人進來，都在院子裡陪著曹氏，聽著她罵罵咧咧的，越罵越來勁兒。

第四十章 吉日

年前的好日子並不多，初十、十九、二十二。

錢氏趁著這人都在楊家村，便巴巴地拿著一張紅紙尋了過來，上頭寫著好幾個好日子，紅紙上寫寫畫畫，還劃去了好幾個。

初七就是其中一個被劃去的。

「嬸子，您這是做啥？」田慧拿著這一張紅紙，看著上頭整齊地寫著好幾個數字，現在留存的就是臘月初十開頭的，直到來年初。

錢氏根本不在意被田慧看到。「喏，就是請大師挑的好日子，年前的就這幾個了。」錢氏指了指紅紙上那一排的三個日子。

田慧一看這紙上竟是連上個月的日子都有，有些羞惱。「嬸子，您這啥意思，這是巴不得我趕緊嫁出去啊？」

錢氏只抬頭看了一眼田慧，就跟秦氏商量去了。「妳不急，是冬子著急，行了吧？」

楊立冬看著田慧臉色古怪，也不管堂屋裡的幾人，挨挨湊湊地到了田慧跟前。「慧娘，這真是我著急了，不是妳嫁不出去。」

「我去阿土家看看能幫上啥忙不？」田慧起身就要離開這個「是非之地」。

楊立冬不允，把田慧給摁回了椅子上。「剛剛來的時候，那兒有許多人，沒啥活兒能讓妳做的。一會兒去了，再碰上那瘋婆子，妳可不是她的對手，那種老傢伙慣會倚老賣老的。」

「算了，那我還是待在這兒吧——」

錢氏和秦氏兩人原本正在說哪個日子好，楊立冬自以為小動作，可是屋子裡的哪個人是瞎的？人人都捧著茶，交頭接耳地聽著田慧他們這即將出爐的小倆口「閒聊」。

錢氏與秦氏兩人擠眉弄眼。

「我兒子會關心人吧，慧娘跟了他沒錯的，日子定是不會差了！」秦氏只挑了好的說，絲毫不看田慧苦著臉兒坐在那兒。

「選好了沒？」田慧黑著臉看著這兩人講悄悄話。

「啥！」

「噢噢噢——好了，這初十是來不及了，就十九或是二十二吧？慧娘，妳覺得哪日比較合意，會方便些？」秦氏討好地對著田慧說道。

田慧不忍直視，這是一個做婆婆的？「我哪有啥不方便的，您們挑就是了。」田慧還從來沒聽說過，挑日子要問過新嫁娘哪日合意、哪日方便的。

思來想去，大概是秦氏對自己這個身分的轉變還沒能適應好，所以一度按照以前對田慧的模式來，若是等成親了，那會不會來個身分大轉變，轉身變成惡婆婆？

「大師說了，這二十二是最好的，對慧娘和冬子的八字最相宜。」

田慧給錢氏的是自己前世的八字，這一世的，她沒有半點兒記憶。

秦氏早就忘記了還有合八字一說，拉著錢氏的袖子追問道：「慧娘跟冬子的八字如何？」

楊立冬也盯著錢氏看，生怕錢氏說出啥不大動聽的事兒來。

錢氏神秘一笑，故意吊足了胃口。「我也不賣關子，大師說了，從沒見過這般相配的八字，天作之合，日後定能和和美美，這日子也能蒸蒸日上。」

「錢嬸，這是哪兒的大師，算得如此準！」楊立冬還有一大堆的讚美沒說出口。

秦氏不得不承認，自己兒子這是多眼巴巴地想娶田慧過門。

「那就二十二吧，從你錢嬸家發嫁到鎮上。」如今住到了鎮上，秦氏自然是想將鎮上的宅子作為新房。

楊立冬也同意。「明日回了鎮上，我就去租個轎子來，聽說不坐轎子嫁人，就是個缺憾。」楊立冬早就打聽清楚了。這還是他去師爺府上做客的時候，向師爺夫人打聽的，詳詳細細，說不準比秦氏懂的還多些。

畢竟，秦氏她們所知曉的不過是這楊家村的風俗，就是連租個喜轎都已是超過了她們的認知。

「那倒好，讓咱好好摸摸這喜轎，我還只聽說過呢，咱里正的閨女嫁到鎮上去，也是坐著轎子的，當時那可真的是件羨慕死人的事兒了。」錢氏想起那事兒，那可真的是了不得，自家的知情和知趣也只是坐著租來的馬車嫁到了鎮上，倉促得緊。

不過雖說只是租來的馬車，那也是了不得的事兒了，足見當時親家對這門親事的尊重。

鎮上小戶人家，有的不少還是牛車拉的，這牛還時不時地停下拉一泡屎。

左右這是一輩子一次的大事兒，田慧就算是再嫁之身，但是自己兒子還是頭一回成親，秦氏也有意大辦，這些年自己堅持著、苦著，不就是為了這一日？

「成，這事兒就這麼定了。喜轎的事兒，冬子你自己弄去，左右我也找不到那門路。慧娘，嬸子不是有啥意思，就是想說說嫁妝的事兒，我出五十兩，到時候讓妳三嬸跟妳一道兒去首飾鋪子訂些，雖說有些急了，但是好歹應該趕得及。」

秦氏看著田慧的神色沒啥變化才放了心，秦氏生怕田慧拒絕，畢竟這幾年來，田慧從不接受。

「妳嬸子疼妳，往後可得好好孝順妳嬸子，這樣才對得住妳嬸子。」錢氏毫不吝嗇地誇讚道，這話也是心裡話。

「那可不，往後我就將嬸子當親娘的。」再多感性的話，田慧也說不出來。

阿土娘親自來請田慧和錢氏一道兒幫忙去，說是問問錢氏當初嫁閨女的時候，有啥講究的。至於田慧，阿土娘也是有好些話想說。

「我這還不是知道娘的心思，多個媳婦來孝順娘。我還知道娘日日夜夜地想抱孫子，這不，等二十一一過，就有兩個大孫子來孝順您，那可是日日夜夜圍著您喊奶奶的，都是出息的孫子。剛剛我去了里正的院子，說了圓子團子來年二月就要參加縣試，把里正給羨慕的，又羨慕又羞惱。」楊立冬扳著手指頭細數著娶了田慧的好處。

不得不承認，這兩人真是母子倆，楊立冬這番話，說到了秦氏的心坎裡。

秦氏長長地嘆了口氣，對著屋子裡的福嬸幾人說道：「唉，早幾年別人家都到山上挖野菜，但凡遇上能吃的，都給弄回了家。我跟著慧娘，孤兒寡母的幾個人，就算只是裝裝樣子，往上跑，挖點兒竹筍醃了做小菜，每日就是吃上粥，也是能管飽的。那時候，若是讓別人知道了，那可得羨慕死多少人，這一切，都是託了慧娘的福。我就想著，若是慧娘是我兒媳婦該有多好，那我就是沒了兒子，還有兒媳婦和孫子——如今，也算是了了我當年的心願。」

「這人啊，老了就不值錢了——」鄭老伯難得感慨道，他一直從沒提過的是，他們夫婦倆，是被他的侄兒給趕出來的。當初，兒子戰死，他的大哥說是兩家和一家過活，哪天他和老婆子去了，就由侄兒給摔盆子，等侄兒有了兩個兒子，就把小的過繼到自家這戶。

後來，繼孫有了，依舊是跟著侄兒一道兒生活的，但是族譜上還是上了他家這一支。雖說兩家不時會有磨擦，他的地也越來越少，但是好歹還有個盼頭。連年災荒，自家並沒有存糧，早讓那侄兒一點點地拿去換了銀子，後來要不是楊立冬順路經過他們的村子，特意過來替兒子瞧瞧，怕是他們夫婦倆真的得餓死了。

當楊立冬說，自己的兒子曾將他們託付給他時，鄭老伯想也不想地就應了下來，拿著楊立冬給的銀子換了一點兒米，就靠著那麼些米糧熬了過去。後來，世道安穩了，鄭老伯夫婦就啟程，走走停停，徒步走到了南下鎮。他們走過那許多地方，住過破廟，也在農戶家借住過，還曾被好心的少爺給收留過，世間百態，鄭老伯如今也想明白了，人各有命。

左右自家這一支有了繼孫，自己也算是對得起他爹了。

屋子裡陷入了靜謐。

「咱在商議冬子的婚事呢，這可是件值得高興的事兒。老婆子我也不大會說話，你們兩對夫婦啊，就安心地住著，往後啊，就讓冬子、冬子的兒子給你們養老送終。咱都一樣，我這個兒子，我時常想著，就是跟撿回來的一樣，當初早就已經死了心了。」

「真不愧是我娘，我一早就是如此想著的，既然咱都住在了一起，那就是一家人了，養老送終那是鐵定的。如今我可是有兩兒子了，依著田慧生兒子的本事，最起碼還能給我生兩、三個，嬸子你們可都得幫著帶呢。往後啊，我若是實在不得閒，這圓子團子還是得靠著福叔和鄭老伯一道兒去接回來。」

得了秦氏和楊立冬如此坦言，鄭老伯他們兩對夫婦，這眼裡都噙著淚，養老送終，四個字做起來卻是不容易。原本，他們也只是想找個棲身的地兒，衣食無憂。

秦氏肯讓自己的子孫為鄭老伯這兩對夫婦養老送終，也是多少存了自己的私心。可憐他們的處境，想當年也以為自己就是這樣子過下半輩子了，如今失而復得，更是同情。

他們的兒子都或多或少幫過冬子，如今也正是報恩的時候。

秦氏相信，因果迴圈，無愧於心。

「慧娘定然是前一日就住在錢嬸家裡的，那圓子團子呢，住在鎮上會不會想娘？他們可是從來沒分開過的。」楊立冬知道自己說的這事兒根本就不算是啥事兒，只是，他想考慮得妥當些，免得田慧母子三人心裡有半點兒的不舒服。

「這事兒跟慧娘商量去吧，圓子這小子一向懂事，就是咱咋說他咋做的，還是讓他們母子三人去商量也行，咱家沒啥講究。就是當日他們跟著慧娘一道兒進門，也是無事的。」秦氏對於這哥兒倆的愛護，可真的就跟自己親孫子沒差。

得了秦氏的準話兒，楊立冬也就放心了。

「二嫂、二嫂——」這是秦氏的妯娌，林氏的聲音。

秦氏半點兒沒有起身的意思。「這是你三嬸娘，你回來到現在，都還沒見過呢。」話中不無諷刺。

楊立冬回來也近一年了，林氏並不曾上門過，秦氏早就將家裡的地兒都交給了族裡，留下的只是勉強夠秦氏一人嚼用的兩、三畝田。

林氏他們有意冷眼看著，這下子秦氏該如何丟這個人，如何開口跟族裡要田地。林氏兩家人就等著秦氏如何難堪，如何收這個攤子。

因為，當時楊立冬穿著棉布衣，徒步走回村子，就是連輛馬車都使喚不起，這樣子的人，哪像是帶銀子回來的？況且，當初是秦氏不許他們兩家人登門的，這更是有了由頭不讓人上門打秋風。

之後，秦氏四處急著給楊立冬說親，終歸是一門親事也不成。從一開始相看了里正家的閨女、親戚，到了後來，也看過日子稍微好過些的家裡的姑娘，這麼些年來，誰家相看過的姑娘有楊立冬的多！

然後，村子裡都在傳言，楊立冬這回可是轉大運了，是賺了大錢的，在鎮上也有大宅子，過著呼奴使婢的好日子。不巧的是，林氏的兒子親眼看到過，楊立冬自己拎著瓦罐子，去給圓子哥兒倆送飯。

這可是跟傳言中的相差得多了，林氏越發相信，這是秦氏給放出來的煙幕彈，她就想著哪個大姑娘願意嫁給楊立冬。

沒想到頭來，娶的竟是田慧！這誰想得到？

林氏剛剛聽說的那會兒，就是任憑他人如何說，林氏都搖頭不願意相信。不說別的，就是秦氏那要強的性子，能依了這親事？田慧即便再有家底子，那也絕不是良配。秦氏是絕對不會讓自家在妯娌面前矮了身段的。

但是說的人卻多了，還口口聲聲地道，是秦氏親自在阿土家的院子裡承認的，還說得緊著年前給辦了喜事兒，林氏這才信了。

秦氏不去迎人，這人倒是上門來了。

劉氏和林氏妯娌倆連袂而來。楊立冬的三叔，楊定銀，也跟在後頭。

福叔他們見著楊立冬的叔叔他們來了，紛紛起來，將位子讓了出來，去了院子外，瞎轉悠去了，堂屋根本就坐不下這許多人。

不管合不合，他們畢竟還是血親，再者也應該是為了楊立冬成親的事兒來的，說不準就是來搭把手的，所以福叔他們想也沒想地就讓出地兒來了。

看著這四人出去，林氏心裡更加得意，這都逼不得已要娶田慧了，還有啥好擺臉色的。

「二嫂，咱還是在別人的嘴裡得知冬子這是要娶媳婦了啊，二嫂瞞得可是真夠緊的。」

林氏一坐下，看著秦氏繃著臉，心裡就暗爽。

秦氏壓根兒就不打算跟林氏說半句話，如今兒子回來了，她是半點兒氣都不願意再受著，左右不求人！

而劉氏卻不想跟秦氏這一房成冤家，楊立冬回來時，劉氏也是來過一回的。「冬子的事兒可是大事兒，回頭，有啥要幫忙的，我家立海和立河都能幫上忙。若是有啥難處，你們也儘管說，咱幾家人一道兒想想法子。」

秦氏愛娶怎樣的媳婦，都不關她的事兒。如今見她家要娶了田慧，還帶著兩個拖油瓶，劉氏已經打定了主意便說說客套話，當然成親這種大事兒，出出力氣活兒還是要的，但若是要借銀子啥的她就開始哭窮。

秦氏的臉色總算是緩了緩，跟個會說話的說話，就是壓力小些。

「大嫂，冬子的婚事都已經安排妥當了，並無啥要幫忙的。這日子也才剛剛定了下來，二十二，回頭在鎮上擺幾桌，都一道兒來吧，我就不再多請了，都是自家親戚。冬子三叔，記得二十二啊，早些來吃酒。」就是有再大的衝突，這親戚還是要請的，所以，秦氏也就順勢將日子說了，算是邀請了這兩家人。

楊定銀連聲應好。「一定、一定！」楊定銀才說了兩聲，就被林氏狠狠地瞪了好幾眼。

「二嫂，大嫂也說了，若是有啥難處妳就開口吧，冬子那麼好的一個人才，怎就配了田慧？我也不是說田慧不好，只是冬子這樣子一表人才，有著大好的前途，還遇不上更好的？再說慧娘，慧娘雖說有些家底子，不過，若是比起她那念書的兒子倆，這根本就不夠看。二嫂，妳可是想清楚了啊——」林氏聲情並茂，差點兒就流了一把老淚，真是險些將自己都給感動到了。
楊立冬的臉早就快凍出霜來，總算知道他娘日子就是再過不下去，為何也不願跟人走動的原因了。
楊定銀深以為然。「冬子啊，你三嬸平日裡這張嘴是厲害了點兒，不過這回，她沒說錯吶，你若是有啥難處，你就跟三叔說，三叔大的本事沒有，但只要能幫上忙的，你說聲就是了！」在林氏的怒瞪下，楊定銀艱難地說完了。
「三叔，這是我自己樂意的，沒啥難處。就跟我娘說的一樣，二十二那日，你早日來鎮上，坐著吃酒就成。」楊立冬一向知道自己這三叔的性子，就是對著他，想生氣也生氣不起來。
既然楊立冬都這樣子說了，楊定銀也只能吶吶地點點頭。他還是滿心以為，楊立冬這是過得艱難，有些後悔上回拿了楊立冬的那一兩銀子，他打定了主意等二十二那日帶出來，塞回給楊立冬。
劉氏一聽楊立冬都說這話了，再乾坐下去也沒啥意思，就告了辭。而林氏就是再不願意，也只能跟著劉氏一道兒出去，臨走，她還拉著秦氏的手不鬆開。「二嫂啊，若是有難處，妳要儘早說哇！」
「沒難處、沒難處！」秦氏好不容易才奪回自己的手。
臘月二十一，小雪停。

來，一應俱全。

楊立冬親自將田慧母子三人送到了楊家村，錢氏也早就將自己屋子隔壁的那間給收拾出

「錢嬸，我就將他們交給您了，明兒個黃昏我再來接。」楊立冬磨磨蹭蹭地不肯走，楊知故可沒少笑話他。

楊立冬臉不紅氣不喘，直勾勾地盯著田慧的背影。「娶媳婦就得臉皮厚，回頭你若是看上了哪家的姑娘，你告訴冬子哥，冬子哥給你出主意。」

錢氏眼見著楊立冬教壞自己的兒子。「冬子啊，你行行好，若是知故這小子再娶回來個難伺候的媳婦，我家這日子就甭過了。」

楊知故笑得賊兮兮的，絲毫不覺得楊立冬有啥說得不對。「娘，我的媳婦，就要跟冬子哥一樣，我自己找去。若是不孝順的，我就休了她去。當然若是跟慧姊一樣，我娘就是最滿意的。」

「那是我媳婦，你自己想媳婦自己尋去！」楊立冬瞪眼，他可是沒忘記，錢氏曾經為了楊知故，將主意打到了慧娘的身上。

田慧聽著這人說得越加沒個遮攔。「你還不趕緊回去，明日還要不要來了？」

楊立冬立刻起身。「明日來的，那我就先回去了，我明日再來！」覥著臉道。

送走楊立冬，楊知故就將苗頭直指田慧。「慧姊，嘖嘖嘖，實在是瞧不出來啊，藏得夠深，冬子哥錚錚鐵漢，遇上了妳，都變成繞指柔了。果真是好能耐！快教教我唄！」

「你要學繞指柔做啥，難不成你打算迷惑哪個姑娘去？」田慧絲毫不覺得楊知故有啥不

對勁兒的，若是他一句話都不放，田慧還得防範著他使壞。

楊知故禁不住打了個寒顫，想到自己若是學個女人的做派，將個女漢子變成了繞指柔，就覺得惡寒。「我這不是還沒看中，我這不就是想學馭妻之道，然後好好孝順我娘嗎？」楊知故挺了挺胸膛，衝著他娘使了個眼色，惹得錢氏再也繃不住臉。

「你乖乖地弄個媳婦回來就成了，孝順啥的我也不指望，平日裡你少氣我就是孝順了。」錢氏道了聲，阿彌陀佛。

楊知故若是肯乖乖的，就不會讓錢氏頭疼了。

「娘，您是不是沒替我尋大師算過啊，我這是不是有桃花劫啊？怎就一個要嫁給我的都沒有，就是連慧姊都快要嫁出去了。」

田慧瞪了眼楊知故。「我聽一一說，怎的你經常往家裡拿些帕子和荷包啥的，都給了小販，給一一姊妹倆換糖吃？」

錢氏從沒聽說過這些事兒，目露凶光地問道：「確有其事兒？」

「娘，我去尋一一，咱回頭再說！」楊知故眼見情況不對，趕緊閃人。

錢氏早就有防範，一把拉住楊知故的衣角，楊知故不敢使勁兒，被錢氏揪著耳朵，直呼爹喊娘。「娘，疼，我疼！我知道錯了，往後我再也不敢了，我都拿回來給娘，讓娘繡了花再賣，也能賣上好價錢！」

錢氏剛剛想鬆開的手，一聽楊知故的後半句話，揪著耳朵的手，立刻轉了一小圈兒。

「你就是嘴欠收拾！」錢氏也不曉得該如何責罵了，突然感受到言詞的貧乏。

過。

楊知故是不是還是如此行事，這事兒誰也不知道，只知道一一姊妹倆的零嘴從來不曾斷過。

入了夜，娘兒三人打算洗洗睡了，錢氏領著兩兒媳婦進了門來。

「圓子，領著你弟弟去尋你知故叔叔玩會兒，我跟你們娘說會兒話。」錢氏趕了兩小子出去，孔氏去關上了門。

孔氏如今好不容易又有了身子，一一都已經四、五歲了，孔氏這胎也算是懷得艱難。錢氏私底下沒少著急，不過錢氏也知道，前幾年荒年，就是連吃飽都艱難，若是添丁進口的，定然會加大不少壓力。

是以，楊家村前幾年也甚少有嬰兒出生，像二二這般大的，都在少數。

田慧看著這三人神神祕祕的做派，就等著錢氏拿出那春宮圖了，不就是婚前性教育嗎？可她仔細打量了下錢氏的懷裡，還有錢氏兩兒媳婦的懷裡，並不像是藏了東西的。

「明日吉時冬子就會來迎親了，凡事都有喜娘給領著，妳也不用怕。喜服可試過了，有啥要改的地方不？」

看著田慧搖了搖頭，錢氏才繼續說著該注意的，左右不過是有人領著之類的。

又說了一會兒話，錢氏才起身。「我們也回去了，晚上好好歇著，明日得忙上一整日呢。」

孔氏看著田慧欲言又止，噗哧地笑出聲。

「慧娘該不是以為我娘給妳送那種圖來了吧？」

錢氏想都沒想過要給田慧送這個圖，她兒子都有兩個了，用得著嗎？

田慧趕緊搖搖頭，以示自己的清純，咱啥都不曾想過。

錢氏想也不想地就關上門走了，門外，傳來錢氏招呼圓子哥兒倆趕緊去睡的聲音。

這「二婚」了，果然不受人重視啊！

「娘，以後我跟哥哥就要叫冬子叔為爹嗎？」團子睡在田慧的裡邊，田慧替兩人拉了拉被子，自己也跟著躺下，只有微弱的月光照了進來。

「團子不想叫嗎？不想叫秦奶奶為奶奶嗎？」田慧不答反問。

團子默不作聲。

「娘，您別擔心了，團子這是高興呢，他早就盼著有個爹了。剛去書院的時候，每個人都是爹來接送的，有時候才是他們娘。那時候，冬子叔每日都來接我們，他們都以為那是我們的爹，那幾日團子可開心了，後來，混得熟了，同窗才知道那不是我們的爹，為此，團子可是低落了一陣子，也不大願意同他們說話。」

圓子從來沒有說過這些，而今日說的，也不知道是不是為了安慰田慧。田慧眼睛酸酸的，模糊地答道：「你們喜歡就好！」

圓子衝著團子使了個眼色，團子歡喜地衝著田慧道：「娘，冬子叔一早就跟我們說好了，明日讓我跟哥哥做壓轎童子！我可是從來都沒有做過壓轎童子呢，聽我的同窗說，還有好厚的紅包可以拿呢！」

田慧心裡感激楊立冬想得周到。「嗯，好厚的，若是不厚，你們就問秦奶奶要厚厚的紅包！」她笑道。

待得團子睡著了，田慧也招呼圓子趕緊睡。

「娘，這次不同了，您會幸福的。」圓子輕聲道。

田慧並不知道這話圓子是如何聽來的，還是自己想的，她聽了，哭得好不痛快！

圓子就一直這樣子睜著眼，聽著他娘的哭聲，久久地在屋子裡迴蕩，心裡突然間覺得踏實了。淚流光了，以後就不會哭了。

第四十一章 迎親

一大早，田慧就被錢氏從床上揪了起來。

「唉喲，這是咋的，眼睛都腫了，昨晚咋就哭了，要哭也得留著今日哭呀，這可如何是好？」錢氏看著田慧眼睛腫得厲害，驚呼道，急得團團轉。

喜娘是楊立冬請來的，託了縣尉的夫人給請來的，據說是個經驗老道的喜娘，只不過她已收山多年。若不是憑著縣尉夫人一直與她熟識，交往甚密，也請不到這個喜娘。

縣尉本就是南下鎮的人，頗尚武力，這一職位他是使了好些銀子，才站穩了腳跟，不過，他為人仗義，頗受南下鎮的百姓敬重。雖說縣尉只是三把手，不過，就是知縣也不敢小瞧了去。縣尉夫人打小也是住在鎮上的，對南下鎮的情況是再熟悉不過了。

喜娘一早就過來了，是縣尉家的馬車送過來的。

楊立冬的親事，就是知縣大人親自坐鎮的，衙門上下已經提前放了假，因為明日就是小年了，也不算太早放假。除了衙門裡安排好每日當值的之外，其餘的都在楊府的宅子裡熱鬧著呢。

錢氏客氣地請了喜娘過來。「潘妹子，妳快來瞧瞧，這眼兒都腫成這樣子了，可如何見人呢？新郎官掀起紅蓋頭，還不得被這雙核桃大的眼給嚇到了。」

潘喜娘其實並不想接這單喜事兒，原本她早就已經收山，偶爾才接幾單子推不過去的喜事兒，那是縣尉夫人跟她說明了其中的利害關係，於是潘喜娘想也不想地就應下了。

「大姊，妳去弄幾個煮熟的雞蛋來，給新娘子滾滾眼袋，勉強能消點兒。」潘喜娘見多了新娘子哭腫眼的，不過聽說這位並沒有娘家人，怎能哭得這般紅腫？還一看就知道哭了好一會兒的。

潘喜娘輕聲寬慰了一番田慧，看著田慧有些拘謹地坐在床沿，笑道：「慧娘妳還記得娟子不？就是娘兒幾個在鎮上擺攤子賣吃食的。」

「記得啊，我還遇過好幾回呢，她家那攤子如今生意不錯呢。」眼見著就能攀上交情了，田慧心裡也自然了些。

潘喜娘笑著道：「可不是，娟子也是個頂利索的姑娘家，如今她可是我家未過門的兒媳婦呢，跟我家二兒子訂了親，就等著來年給辦了喜事。」

田慧道了聲恭喜。「可算是苦盡福運來了。」

聽著潘喜娘言語裡的歡喜，田慧也替娟子高興。這未進門前，就得了婆婆的歡喜，日子定然能好過不少。

「他們一早就去楊府了，也不知道進不進得去？這還是我在路上遇上了娟子娘，說了要來楊家村辦喜事兒，她這才知道的，娟子娘還在怪妳不厚道呢，這般大喜事兒還藏著掖著。」

「這不是不想他們破費嗎？」田慧只能訕訕地傻笑。

「這熱湯準備好了，慧娘妳去洗洗。」潘喜娘聽到知事媳婦來說，開水已經燒好了。

這大冷的天兒，就是屋子裡燒了煤炭，也抵不住從腳底往上冒的寒氣，田慧快速下水，洗頭搓澡，再快速地包好頭髮、擦乾身子，拿起裡衣就往身上套，裡裡外外全是簇新的。

「慧娘，我進來了哦——」

田慧顫抖著聲音讓潘喜娘進來。

潘喜娘一進來就看了眼木桶，地上也是濕漉漉的。

「凍著了吧？我先替妳絞了面吧——」潘喜娘才剛剛說完，錢氏就遞上了五色的棉線。

「等等——這麼粗的棉線，要不然就用一條吧？」田慧討饒道，潘喜娘手裡拿著的棉線，是由五條細線搓成一條細棉線的。

錢氏拍開了田慧伸出來的爪子。「妳懂啥！這可是一般人都用不到的，大戶人家才會用這五色的棉線開臉。潘妹子，妳趕緊，慧娘這人就是這般咋咋呼呼的！」

錢氏不由得對潘喜娘更加尊崇，一看這做派、這拿出來的東西，都不是小打小鬧的。她看著潘喜娘用粉塗在田慧的臉上，尤其是在頭髮邊緣處塗擦。

把彩線變化成有三頭的一條棉線，兩手各拉一個頭，線在兩手間繃直，另一頭便用嘴咬住、拉開。潘喜娘雙手俐落地上下動作，那五彩棉線便有分有合，線挨到人的面部，便可將汗毛絞掉。

她又替田慧絞了柳葉眉。

田慧的心情，已經不知道用啥來形容了，那疼痛、那痠爽。

錢氏看得嘖嘖稱奇。「我活了這般久，還是頭一回見著這手法。我記得我當初那會兒，可是疼得死去活來的，這臉兒生生變了形。再看看田慧，竟是一聲兒都不曾發出來。」

田慧那是內傷！

「這柳葉眉修的，可是添色了不少，這人的喜氣兒一下子就起來了。」里正的媳婦曹氏也笑著附和道。

端看潘喜娘榮辱不驚，曹氏心裡就越發高看了一眼，讚美之詞不要錢地丟出來。

「大娘，我能不能穿衣裳了？」田慧哆哆嗦嗦，被擠著圍著又指頭畫腳地討論了一番，原諒田慧只穿著一身裡衣，早就凍得夠嗆了。她吸了吸鼻子，幸虧沒流鼻涕，做個鼻涕蟲的新娘子，可真的挺丟人的！

「唉喲，都忘了慧娘還穿著單衣呢。」阿花奶奶驚呼道，趕緊讓開一個地兒，讓潘喜娘給田慧穿衣裳。

田慧隨著潘喜娘站起身子，往床邊走，打量著屋子裡的眾人，紅光滿面，熱氣騰騰，一個個都穿著大棉襖，她怨念頓起！

不等潘喜娘吩咐，田慧抓起一件衣裳就要往身上套。

「等會兒——」潘喜娘給衣裳排了個序，才幫著田慧一件件地穿上。

「大娘，我能不能再穿個冬衣？好冷哇——」田慧強烈地表示懷疑，自己將是第一個凍哭的新娘子。

錢氏不忍直視，實在是太丟人了，她很想假裝沒看見，只是田慧一直拉著自己的衣角不放手。「慧娘，妳已經穿了五件，這喜服的最高規格，都被妳穿上了！」

總之，言下之意，妳要珍惜！不可妄言！

潘喜娘臉上的笑，更加真實了。「現在穿一會兒冬衣也是無妨的，迎親的時間還早得很呢。」

說時遲那時快，還不等錢氏開口拒絕，田慧就已經將冬衣往自己身上裹了。

「走走，咱先出去，這開臉湯果已經可以吃了。多吃些，聽說，請來的廚子可是鎮上大酒樓的廚娘，做湯果的手藝是一流的。」錢氏招呼著眾人出去。

孔氏正好走到了門口。「我這正打算來請妳們去吃湯果呢，外頭的都已經吃上了，光是湯果就有六種，取個六六大順之意。」

「吃了這麼多的喜宴，我還從來沒見過有六道湯果的呢，我得趕緊去瞧瞧！」曹氏得了里正的吩咐，是一早就來候著的，不說能幫上啥忙，就是湊個趣兒也好。

自里正去了鎮上的楊府後，過不了多久，知縣老爺的車駕也過來了，里正趕緊讓自家大兒子回了楊家村給曹氏捎信，讓她好生候著，不可端著架子，曹氏自然是知曉其中的利害。

一番吵鬧後，屋子裡只剩下田慧一個人靜靜地坐著。

田慧不敢湊近火盆，若是燒壞了嫁衣，就真的要人命了。田慧孤零零地在屋子裡，享受著「暖氣」。

唉，沒得吃，總算是暖和了。

門外吵吵嚷嚷的，好生熱鬧。

田慧打從醒來，就沒有出過院子，現在她真的有些餓了，特別是聽著外頭的聲音時。

「給我舀一碗酒釀丸子，還有那個綠色的湯圓——」

「真的怪好看的，也不知道是怎麼弄的——」

田慧光是聽著就想咽口水，這誰啊，將桌子擺得這麼近，嗓門那麼大。

突然，門被推開了小小的一條縫兒，兩個小身板溜了進來。

「圓子哥哥，你快些，我給你守著門。」一一小聲地從門縫裡傳出聲音。

田慧看著兒子倆偷偷溜了進來，趕緊從床上起來，飛奔向門口，待得看見圓子手裡的碗時，她更是歡喜。

「兒啊，真不愧是我親兒子！」

圓子抿著嘴樂道：「娘，這是給您的，肉包湯圓，娘最喜歡的，我嘗過了，這味兒實在是太好了。」

田慧接過圓子的碗，尖尖的湯圓，一碗裡放著六個，真貼心。

「娘，我剛剛在外頭，三婆婆在吃湯果，還說不能給您吃呢！」團子強烈地表達著自己的不滿。

「等娘先吃完了再說啊——」田慧狠狠地喝了一口湯，長嘆一口氣。「暖和哇——」

待得田慧終於吃飽喝足，圓子說道：「娘，趕緊把碗給我，回頭三婆婆就要進來了。」

田慧原本已經將碗交還給了圓子，一聽著錢氏的聲音靠近，竟本能地從床上竄了下來，劈手奪過那只碗，隨手塞到床裡邊。

「娘，那不合適——」

田慧恍然，這碗最終去了床底下。

門外，一一擋著錢氏。「奶奶，我就是想看看田嬸，可以不？她們都說可以跟新娘子要糖吃呢！」一一故作無辜。

「別擋著這兒，回頭去了鎮上，多得是糖果呢。湯果有沒有吃了？趕緊去吃點兒，回頭一會兒就沒有了……」

一一被錢氏領著，聲音也漸漸遠了。

「娘，我們先出去了，一會兒再進來。」圓子小聲地道，至於那碗，就先放著吧。

田慧擦了擦嘴角，晃著腳坐在床上，吃飽喝足，這心情倍兒爽的！

等潘喜娘推門進來的時候，對田慧的好心情表示了濃濃不解，隨即想到，大抵是有了一門好親事，她立時了然。

「慧娘，我只給妳拿了一塊兒點心，這還得坐一日呢。要是想小解啥的，就不方便。若是吃壞了肚子──」潘喜娘衝著田慧笑了笑。

田慧事不關己！一早就忘記自己有吃東西這個事兒了。

待得上了妝，穿上了大紅的喜服，田慧安安靜靜地坐在床沿。

因著田慧並沒有娘家人，而錢氏自然不肯受田慧的跪禮，田慧算是輕鬆了不少。

「快、快，這人已經從鎮上出來了──」楊立冬很是貼心地安排了一個人先到楊家村報信兒。

錢氏一聽，著急了。「唉喲，怎這麼早就出來了，冬子這是急著娶媳婦回去了！」

潘喜娘自然也知道這比預計的時間還早了些。「無事，這一路敲敲打打地過來，還得好些時候呢，趕緊先將飯給餵了——」潘喜娘盤算著時間，只需再看看田慧妝容可好，也就完事兒了。

潘喜娘是個資深的喜娘，田慧的妝容亦是極美的。

田慧看過阿木的妝容，整張臉煞白煞白，臉頰上抹著紅豔豔的胭脂，若是笑起來，都讓人覺得不忍直視。

為此，田慧對自己的臉表示了擔心。

不過，看著鏡子裡的自己，田慧覺得自己簡直就是個美人胚子！往日裡怎就沒發現呢，難不成楊立冬慧眼識珠，早就知道自己美豔得不可方物？

田慧已經坐一天了，除了想想「心事兒」，也真的找不到啥事兒可以做。

期間，田慧如了三次廁！

潘喜娘是看得眼都直了，明明她只給田慧吃了一塊點心，這是哪兒來的讓她想如廁？

「嘿嘿，這是昨日的庫存。」田慧傻不隆咚地解釋道。

自此，潘喜娘寸步不離地盯著田慧，免得田慧又生啥么蛾子，砸了她南下鎮「第一喜娘」的招牌。

潘喜娘生怕田慧在轎子裡的時候要小解——唉，光是想想，她都覺得頭疼。接完了這樁喜事，她還是趕緊收了吧，看來自己心裡承受不住這連連的壓力了。

田慧並未覺得自己小解有啥不對的，這不是還沒出門嗎？她不知她的連番做派，讓一個優秀的喜娘萌生了完全退隱之意。

錢氏親自餵田慧吃「上轎飯」。

餓了一天，田慧張嘴嗷嗷待哺。

錢氏只是象徵性地挾了幾筷子，就打算放下筷子了。

「嬸子，再挾點兒吧，我肚子裡沒貨兒——」雖說坐著不大消耗能量，但是從早到晚，她就吃了圓子給她偷運過來的六個肉包湯圓，並著潘喜娘給的一小塊兒點心。

錢氏趕緊收了筷子，讓阿土娘拿走。

一切收拾妥當了，她才語重心長地教導了一番田慧，要好好孝順秦氏，夫妻和睦……吧啦吧啦。

「新郎官來咯——」

「先不慌，等新郎三次催妝了後再出去。」潘喜娘的聲音也隱約帶了絲緊張。

錢氏一家子也是等把田慧送上轎子後，才跟著一道兒去鎮上吃酒的。

「快檢查檢查，紅包啥的可有備著了？還有那啥，五穀都有準備了不是？知故那小子呢，不是說要背慧娘上轎子嗎？那人呢，這人呢——」聲聲急。

田慧原本還算是淡然，可是被錢氏的吼聲給嚇著了，不免有些著急起來。

「不得了了，趕緊出去瞧瞧呢！那是八抬大轎，這可是稀罕了。上回還是好些年前的里正家嫁閨女，才看到了一回轎子。這回卻是不同了，八抬大轎，比里正家原先的四抬還多呢！」

八抬大轎，就是連錢氏事先也沒聽說。

聽到阿土娘來報信兒，錢氏也心癢癢的。「我先出去瞧瞧——」

一哄而散。

潘喜娘又細細地檢查了一番，看有啥落下的。

「慧娘，妳到裡間如廁吧，一會兒就不能去了。到了鎮上還要拜堂，可是不能如廁的——」

田慧渴得厲害。「我不大想去，我就是想喝點兒水，這一天兒不曾喝水了。」

潘喜娘搖搖頭。「慧娘啊，出了這門，就沒地兒如廁了。」

在潘喜娘的諄諄教導下，田慧還是乖乖地去解了手，連半點兒水都沒有撈到……

「新娘子，咱出門咯——」

孔氏往田慧的手裡塞了一條帕子，孔氏自己的手裡也攥著一條帕子，往田慧的眼邊揮了揮。

田慧瞬間淚湧而出！

「是娘說怕妳太開心了，哭不出來。」

田慧想也不想地順手拿了手裡的帕子，想抹眼淚——

又瞬間淚飆！

「慧娘這丫頭也真是實心眼，這哭一下子也就算了，眼淚可流得真猛啊！」

潘喜娘還能看不出來？她趕緊將田慧手裡的帕子給扔到了一旁，又重新替田慧收拾了一番，蓋上蓋頭。

「新娘子腳下是不得沾地的！」潘喜娘生怕田慧又犯渾，愣是念了好幾回。

田慧腳下踩著的是竹篾子。

「小舅子，你蹲下，將新娘子背起來，新娘子的腳是不能著地的。」潘喜娘不厭其煩。

楊知故還是頭一回背新娘子，自家兩個姊姊嫁人的時候，他還小，自然是輪不到他，所以這回田慧出嫁，楊知故可是生生殺出了一條血路，才搶得了這個位置。

楊知故蹲下。「慧姊，相信我，我還是靠譜的！」

潘喜娘替田慧蓋上了紅蓋頭，田慧小心地攀著楊知故的肩膀，趴在他的背上。

「慧姊，人家新娘子都挺瘦的，妳應該減減了。」楊知故背著田慧，還掂了掂，嚇得田慧立刻抱緊他！

「別鬧了，你小子若是這點兒事都辦不好，小心你冬子哥找你算帳！」錢氏威脅道，實在是心裡也沒底啊。

潘喜娘看著田慧安穩地在轎裡落坐，趕緊提醒道：「屁股不能動彈，這一輩子平安穩當都在妳這屁股下了。」

田慧立刻正襟危坐，這玩得實在是太大了些，田慧嚇得動都不敢動了，自己這屁股啥時候責任這般重大！

「起轎——」潘喜娘大聲唱道。

「大娘，您幫我瞧瞧，圓子哥兒倆是不是坐上了？」田慧一早就聽說了，楊立冬借來了兩頂轎子，另一頂就是給壓轎男童坐的。

「放心，我這就去看看，我剛剛已經看著楊知故抱著團子，給放到另一頂轎子裡了。」

村子裡圍滿了人，連隔壁村子都來了不少人。

等轎子走了一會兒，潘喜娘就回到了轎子旁，瞧了瞧轎子，輕聲道：「都坐在轎子裡了，放心！」

田慧這才放了心，隨著轎子一顛一顛的，只是，越顛越猛，田慧扶著轎子，才能勉強坐穩了。

「潘大娘，大娘！」田慧急急地喊道。

轎子不能停，潘喜娘就站在轎子旁。「放心，這是在顛轎，顛一會兒就好了！屁股不能挪啊，可記好了——」

待得顛了一小會兒，田慧求饒聲又傳來了，潘喜娘給領頭的轎夫一個大大的紅包。

轎夫捏了捏紅包，大聲地喊道：「兄弟們，抬穩咯！新郎官一會兒請吃酒哦。」

「好咧——」轎夫齊齊地喊道。

這轎子才抬得穩當些，田慧終於舒服些了，拍了拍胸脯。

咯噔，轎停。

「新娘子，到了，妳在轎子裡等等——」潘喜娘壓低聲音小心地提醒著。

田慧絞著手坐在轎子裡，越緊張越覺得寒冷，牙齒又忍不住打顫，這天兒真夠冷的。

昨日好不容易停了雪，雖說是小雪，可這時化了雪，又是黃昏，天兒自然是透心涼。

楊立冬根本就不等人催促，衝著轎門射了三箭，完事之後，就要伸手撩簾子。

「等等——」潘喜娘伸手阻止。

「敲三下轎門！」秦氏遞給楊立冬一個「如意」。

「娘——」

「這是規矩！快點兒，別誤了吉時。」

田慧聽著這聲音就知道這是在給她「下馬威」。

楊立冬拿著那麵粉做的如意對著轎子敲。

一下。

兩下。

啪！

楊立冬呆了！他手裡握著如意柄，如意的頭，則滾落在地面。

嘩！哈哈哈——圍觀的百姓沸騰了。

「重振夫綱這怕是難咯——」

「我這還是頭一回見著麵粉做的如意呢，也不知道這新郎官的娘親，是不是故意來整新郎官的。」

「唉喲，說不準這新娘子才是這新郎官娘親的親閨女呢！」

秦氏親手遞的如意，她也沒想到這如意這般不經用，這才第二下就斷了。怎麼說，也得第三下啊。

知縣夫人站在一旁，原本是陪著秦氏的，看到這一幕也忍俊不禁。「大娘，這可如何是好？」

縣尉夫人則不甚在意。「大娘，看樣子這如意的確是不能用了，要不弄個玉如意來，讓冬子再敲敲轎門？」

秦氏搖搖頭，看著呆愣的楊立冬，推了推。「還不趕緊去將新娘子給迎出來，可別誤了吉時。」

「好咧——」潘喜娘扶著田慧的手，跨過火盆，進了楊府。

圍觀的百姓久久不散去，難得北區的大戶人家娶媳婦，就是連知縣老爺都來了，還並不趕這些圍觀的。福叔和鄭老伯一大早便發了不少喜餅喜糖，讓大夥兒都沾沾喜氣。

南下鎮的百姓還在那兒說著剛剛的那一幕，如意只敲了兩下轎門，就斷了——有好事的，還在那兒打賭，看是新郎壓制新娘，還是新娘壓倒性的勝利？

後來，南下鎮又多了一條不成文的規矩，娶親時，敲轎門的如意都要換成麵粉做的如意。

若是用玉如意，或是木頭做的如意，都會遭到新娘家人的抗議！

自然，麵粉做的如意也並不總是會斷的，不過，楊府的早就已經注定了，秦氏心裡也不甚在意，只是添了不少談資而已。

——未完，待續，請看文創風392《二嫁得好》3

2016年3月出版

商女高嫁

文創風388～389

這位大將軍，工作危險係數高，獎金雖多但一毛沒攢下，爹不親、娘已逝，小媽鳩占鵲巢，同父異母的大哥對世子之位虎視眈眈。名聲比她差，家底沒她厚，家裡糟心事比她多……成親，還真難說是誰高攀誰！

娶妻單刀直入·甜的喲！／輕舟已過

世人都道她白素錦不是一般的好命，
一個退過婚的商戶女竟能高嫁撫西大將軍，山雞一朝變鳳凰！
可惜世人看不穿，撫西大將軍府就是個虛名在外的空殼子，窮的喲！
他說：「數日前，偶然經過令府門前，有幸一睹姑娘風采，再難思遷。」
哼，與其說他會提親是對她「一見鍾情」，倒不如說是「一見中意」更恰當，
想他堂堂一方封疆大吏、榮親王府世子爺，帳面上就只有三百多兩的現銀，
這……拮据得讓人難以置信，遇見她這麼會理財又有錢的當然再難思遷了。
不過，看在他拿金書鐵券以死保證他只會有她一個女人的分上，嫁了！
唉，她原是考古學女博士，穿越成了平民女土豪，
這一嫁，怕是要與皇家窮親王互相抱大腿過一輩子了……

醫諾千金

文創風 381～385

換個位置，當然要換個腦袋！
過去她出身傭兵團，被迫殺人不眨眼；
如今她晉升女神醫，自然救人不手軟！
怎奈高明醫術竟令她陷入難以抉擇的情網中，
這下神醫也救不了自己了……

步步為營　字字藏情／清茶一盞

前世她是個孑然一身的女殺手，為了生存，只能讓雙手沾滿血腥，
不料穿越後，她竟成了夏家醫堂的三房千金夏衿，
不但祖上三代懸壺濟世，還多了雙親疼愛，享盡不曾有的天倫之樂，
怎奈日子雖與過去天差地別，卻不代表從此和樂美滿，
皆因原先的夏衿雖體弱多病，但不至於喝了碗雞湯就香消玉殞，
如今平白無故死了，在曾為殺手的她看來，其中必有蹊蹺！
偏偏這大門不出、二門不邁的小嫡女能惹上什麼仇家？
最可疑的，便是那鎮日與三房為難作對的大房了，
這不，她才剛釐清真相，又一堆烏煙瘴氣的糟心事接踵而來，
不巧他們這回的對手，不再是過去的軟弱小姑娘，
她要讓大房知道——既然有膽招惹，就別怪她不客氣！

文創風
391

二嫁得好 2

國家圖書館出版品預行編目資料

二嫁得好 / 小餅乾著. --
初版. -- 臺北市 : 狗屋, 2016.03
冊 ; 公分. --（文創風）
ISBN 978-986-328-568-7（第2冊：平裝）. --

857.7　　105000275

著作者	小餅乾
編輯	王佳薇
校對	蔡佾岑　許雯婷
發行所	狗屋出版社有限公司
地址	台北市104中山區龍江路71巷15號1樓
電話	02-2776-5889～0
發行字號	局版台業字845號
法律顧問	蕭雄淋律師
總經銷	知遠文化事業有限公司
電話	02-2664-8800
初版	2016年3月
國際書碼	ISBN-13　978-986-328-568-7
原著書名	《寡妇难贤》

定價250元
狗屋劃撥帳號：19001626
網址：love.doghouse.com.tw　E-mail：love@doghouse.com.tw